Jüdische Anekdoten

Salcia Landmann

Jüdische Anekdoten

Neu herausgegeben und mit einem Nachwort von Valentin Landmann

Verlag Huber
Frauenfeld Stuttgart Wien

www.verlaghuber.ch

Umschlag: Barbara Ziltener, Frauenfeld
Umschlagabbildung: fotolia
Bildtitel: Jews on the way to sabbath pray © Peter Zurek
Druck: fgb • freiburger graphische betriebe, Freiburg

ISBN 978-3-7193-1569-6

Bibliografische Information der Deutschen Nationalbibliothek
Die Deutsche Nationalbibliothek verzeichnet diese Publikation in der Deutschen Nationalbibliografie; detaillierte bibliografische Daten sind im Internet über http://dnb.d-nb.de abrufbar.

Inhaltsverzeichnis

Über dieses Buch 7

Einführung 9
Ostjüdische Sprüche und Anekdoten 9
Die ostjüdische Welt 10
Die Gestalten der ostjüdischen Anekdote 12
Probleme der Auswahl 16
Jüdische Witze weiter westlich 21
Jüdische Anekdoten und Sprüche und die jiddische Sprache . . 23
Die Quellen unserer Sammlung: Horacy Safrin und Spruchliteratur 25

Avis an den Leser des jiddischen Textes 28

Anekdoten 33
Berühmte Juden 34
Herschl Ostropolier und Motke Chabad 48
Die Chelmer Narren 64
Unterwegs 84
Gauner und Schnorrer 94
Geschäfte 110
Beim Heiratsvermittler 122
Beim Arzt 136
Der Rabbi 144
Im Bethaus 164
Ketzer und Christen 188
In der Religionsschule 202

Ausgefallenes 212
Israel 234

Sprichwörter 239

Glossar 301
Nachwort 309

Über dieses Buch

Jüdische Witze und Redensarten waren früher in Mitteleuropa fast jedem so geläufig wie alte deutsche Sprichwörter. Neuerdings sind sie vor allem durch Salcia Landmanns Bestseller ‹Der jüdische Witz› vielen wieder vertraut geworden. Aber nur die genauen Kenner der Materie wissen etwas von dem Unterschied zwischen den ostjüdischen Anekdoten, die fast nur in originalem Jiddisch zirkulierten, und dem mitteleuropäischen Judenwitz, der mit Vorliebe in einem jargonhaft verfärbten Deutsch mit jiddischen Wendungen erzählt wurde. Und beinahe unbekannt ist im Westen das reiche Spruchgut der Ostjuden, das sich durch seine Bitterkeit sowie seine philosophische Schärfe und Tiefe so sehr von der naiven Spruchweisheit der anderen Völker unterscheidet.

Dieser Band enthält originaljiddische Anekdoten und Sprüche; übersetzt, mit Glossar versehen, kommentiert und eingeleitet von Salcia Landmann.

Einführung

Ostjüdische Sprüche und Anekdoten

Jedes Volk hat seine besonderen Sprüche und Anekdoten. Und innerhalb eines jeden Volkes hat wieder jede lokale und soziale Gruppe ihre eigene Folklore. Als ich vor fünf Jahren mein Buch ‹Der Jüdische Witz› herausgab, nahm ich darin alles mir erreichbare Material auf, wo immer es herkommen mochte. In dem Buch stehen die Anekdoten der armen ostjüdischen Massen neben solchen, die nur bei der hochgebildeten religiösen Oberschicht entstanden sein können. Es enthält Witze der gläubigen Chassiden gegen ihre rationalen, talmudgelehrten Gegner, und solche der Talmudkenner gegen die armen, gläubigen Chassiden. Ich sammelte Witze aus den Gebieten weiter westlich, wo sich am Schnittpunkt der ost- und mitteleuropäischen Länder die religiöse Tradition der Juden bereits gelockert hatte, wo die Probleme der Assimilation und der Taufe aufkamen und mit ihnen zusammen etwas, das es im Osten nie gegeben hatte: jüdische Selbstscham, die nichts zu tun hat mit jüdischer Selbstkritik. In diesen westlichen Anekdoten findet man die großartige religiöse Bildung der Juden nur noch in Spuren. In meinem Buche stehen neben Witzen, die aus dem Mittelalter stammen, auch solche, die erst in der Hitlerzeit oder sogar noch später aufkamen. Und neben Anekdoten, in denen sich die Welt des slawischen Ostens spiegelt, stehen solche, die den sozialen und wirtschaftlichen Hintergrund Amerikas, Deutschlands oder Israels voraussetzen.

Noch viele Unterscheidungen ließen sich aufzählen. Eine aber ist grundlegend: die zwischen den Scherzen und Sprüchen des jüdischen Ostens und jenen aus allen andern Ländern, in welche mittel- und osteuropäische Juden eingewandert sind. Es ist dies gleichzeitig eine sprachliche und eine geistige Grenze: Es ist die Grenze zwischen dem jiddischen und dem allgemein jüdischen Witz.

Die ostjüdische Welt

Sehen wir einmal von den Juden aus orientalischen Ländern ab, die uns in unserm Zusammenhange nicht interessieren, dann können wir behaupten: Nur im slawischen Osten gab es eine geschlossene jüdische Welt bis in die letzten Jahrzehnte hinein. Es hatte sie früher einmal, vor langer Zeit, auch weiter westlich gegeben, in Spanien, in Frankreich, in Deutschland. Spätestens zu Beginn der Neuzeit war sie aber in blutigen Verfolgungen untergegangen. Im Osten jedoch blieb sie, trotz der fürchterlichen Pogromwellen des siebzehnten Jahrhunderts in der Ukraine, bis zum Einmarsch der Hitlertruppen beinahe intakt. Und in dieser Welt einten sich, noch voll lebendig, die Traditionen der Juden aus vier Jahrtausenden:

Hier herrschte noch unverändert, wie bei allen religiösen Juden, der Glaube an den bildlosen Eingott, den die Juden seinerzeit aus der Steppe und Wüste in ihr verheißenes Land mitgebracht und nie mit der bunten Vielfalt der kanaanitischen Götterwelt vermengt hatten. Es ist dies der abstrakte Gott der Wandervölker aus der leeren, gestaltlosen Steppe, ein Gott, den nur Stämme entdecken, verehren und bewahren, die zum formal-abstrakten Denken neigen. Dieses gleiche Denken prägte später, im Mittelalter, das gesamte religiöse Schrifttum der Juden. Und es gab auch ihrem Volksspruch und Witz eine Prägnanz und Schärfe, die man bei andern Völkern in Europa nur selten finden wird.

Aus den Uranfängen ihres Schrifttums behielten sie die Neigung zur erbarmungslosen Selbstkritik, die sich seit jeher daraus ergab, daß sie das Tun des eigenen Volkes an den Forderungen ihres strengen Gottes maßen. Sie waren damals, in der frühen Antike, das einzige Volk, dessen Selbstdarstellung nicht Selbstverherrlichung war und in dessen historischem Selbstportrait die Verdammung der eigenen Taten weit mehr Raum einnahm als die Verdammung der Gegner. Diese Haltung behielten sie bei, solange sie aus ihrem Glauben heraus lebten. Abermals war damit ein Faktor gewonnen, aus dem jüdischer Spruch und Witz Tiefendimensionen gewannen. Erst in einer lau gewordenen Gegenwart konnte es vorkommen, daß diese bittere Selbstanklage als mangelndes Selbstbewußtsein mißverstanden wurde.

Zu diesen Urelementen, von denen das eine vier- und das andere gegen dreitausend Jahre alt ist, kamen etwas jüngere Faktoren: Die Bibel, die von den Schicksalen des jüdischen Volkes in seinem eigenen Lande berichtet, kennt neben den Gestalten des Heiligen und Propheten auch die des Helden. Seit aber die Juden als verstreute Minorität wehrlos unter andern Völkern lebten, konnten sie ihr Heldentum nur noch im Mut zum Leiden beweisen. Der Führer der Gemeinschaft konnte jetzt nicht mehr ein Feldherr sein vom Schlage Josuas, ein Befreier von der Art Simsons oder ein König wie Saul, sondern nur noch der geistig und religiös Gebildete. So wurde die religiöse Bildung zum Maßstab für die soziale Beurteilung. Und brachte die Bildung meist auch wenig ein, blieb sie in vielen Fällen auch eine brotlose Kunst, so war diese Wertskala doch Ansporn genug, jeden Begabten zur Schulung seines Geistes zu bewegen. Und abermals war damit ein Element geschaffen, welches Spruch und Anekdote des jüdischen Volkes aus den verträumten Seelentiefen sonstiger Folklore in die Klarheit und Brillanz des scharfen Denkens hinaufhob.

Die Gestalten der ostjüdischen Anekdote

Die ostjüdischen Gemeinschaften hatten sich im späten Mittelalter herangebildet, als die deutschen Juden, in ihrer Heimat blutig verfolgt, nach den slawischen und baltischen Ländern auswichen. Im Osten aber herrschten bis tief in die Neuzeit hinein die Sozialzustände des Mittelalters. Hier gab es die ganze malerische Welt, die wir aus alten Erzählungen des Orients und Okzidents kennen, sogar noch im zwanzigsten Jahrhundert. Hier saßen die selbstherrlichen Großgrundbesitzer, für die die Juden als Faktoten oder selbständige Kaufleute die Geschäfte abwickelten, oder bei denen sie als Pächter ihr Brot fanden. Hier lebten die armen, analphabetischen Bauern, die bis in die letzten Jahrzehnte hinein nicht viel anders dahinvegetierten als zur Zeit der Leibeigenschaft. Hier blühten die jüdischen Siedlungen mit dem hochgelehrten Rabbi an der Spitze, der zugleich richterliche Funktionen ausübte und Rechtsfälle nach dem talmudischen Gesetze entschied, genau wie in der moslemischen Welt der Kadi, hier gab es die unendlich armen Kultusbeamten und den ewig hungernden Melamed, den Elementarlehrer für Hebräisch. Da standen die Jeschiwess, die Talmudhochschulen, wo die mittellosen Studenten nicht nur Tag und Nacht über ihren Folianten brüteten, ihre Körper schaukelten und sich in scholastisch-scharfsinnigen Disputen erhitzten, wo sie auf den harten Bänken der Schule auch schliefen und sich auf dem kleinen Öfchen eine spärliche Mahlzeit kochten. Gottesfürchtige Bürger machten sich eine Ehre daraus, solche Studenten regelmäßig zu einer Mahlzeit einzuladen. Aber die meisten Gastgeber waren selber so arm, daß dem Gast der Bissen im Halse stecken blieb. Daneben allerdings gab es Studenten, die bei solchen raren Gelegenheiten sich gern auf Vorrat sattaßen, und unzählig sind daher die Anekdoten über den impertinenten, verfressenen «Jeschiwe-Bocher» und den ausnahmsweise einmal reichen, aber geizigen Hausherrn, bei dem er eingeladen ist. Im Grunde unterscheidet sich der Jeschiwe-Bocher wenig von dem nichtjüdischen Studenten der mittelalterlichen Universitäten, der singend und musizierend, bettelnd und manchmal auch gaunernd über die Landstraßen zog, ein Schrecken für die Bauern und ansässigen Bürger. Auch er war der künftige Kleriker und Rechtsgelehrte, genau wie der Jeschiwe-Bocher. Nur, daß die Ostjuden dem Geist und seinen Vertretern auch in deren lästigster Form noch ihre Reverenz erwiesen. So kam es, daß der begabte mittellose Talmudstudent oft als Schwiegersohn im Hause eines Reichen landete, wodurch es ihm ermöglicht wurde, auch nach der Heirat noch viele Jahre weiter seinem brotlosen Studium nachzugehen. Und dies wieder, die Abhängigkeit vom Schwiegervater, führte dazu, daß Reibungen aufkamen, die man im Westen nur zwischen Schwiegersohn und Schwiegermutter kennt. Schwiegervaterwitze gibt es daher nur im traditionsgebundenen jüdischen Osten.

Diese gleiche Hochschätzung des Geistes war auch der Grund, weshalb man die Knaben schon unwahrscheinlich früh zur Schule schickte. Nur so erklärt sich z.B. der hübsche Witz von dem Vater, welcher stolz verkündet: «Mein Söhnchen ist ein Wunderkind! Es ist schon volle drei Jahre alt und hat noch nicht ein einziges Blatt Talmud studiert!»

Und so erklärt sich auch der Spott gegen den religiös Ungebildeten, meist einen Pächter auf dem Lande draußen, wo der geistschulende Kontakt mit andern Juden fehlte, oder gegen den Wanderprediger, welcher im Gegensatz zum hochgelehrten Rabbiner nicht Vorträge für talmudgeschulte Männer hielt, sondern gefühlvolle Moralpredigten für die weniger gebildeten Frauen.

Aber nicht nur der Magid, der Prediger, wanderte von Stadt zu Stadt. Die aussichtslose Armut trieb manchen ins Bettelgewerbe. Im Mittelalter hatten sich in ganz Europa die Bettler in Zünften geordnet. Das taten sie in der ostjüdischen Welt zwar nicht. Aber Schnorrer zu sein galt doch als regelrechter Beruf. Und es war nicht einmal der schlechteste! Denn die Sozialgesetzgebung des Alten Testamentes wirkte bei den gläubigen ostjüdischen Massen so stark nach, daß sie keinen Bettler von der Türe wiesen. Nur so erklärt sich der Witz – wenn man dergleichen noch als Witz bezeichnen kann – von dem Manne aus gutem Hause, der verarmte und verhungerte. «Wie ist das möglich?» fragt einer. «Wäre er zum nächsten besten reichen Juden hineingegangen, so hätte ihn der doch bewirtet!» – «Er hat sich geschämt», erklärt der andere. Worauf der erste meint: «In diesem Falle ist er an seinem Stolz gestorben und nicht am Hunger; am Hunger stirbt kein Jude!» – Tatsächlich konnte im Osten ein jeder am Hunger sterben – ausgenommen eben der Bettler. Unzählig sind daher, genau wie über den Jeschiwe-Bocher, auch die Anekdoten und Witze über den Schnorrer, der, gestützt auf die Gesetze des Alten Testamentes, als Fordernder auftritt.

Die fürchterliche Armut des Ostens spiegelt sich aber auch in vielen Anekdoten, die um das dortige Geschäftsleben kreisen. Nur allzu deutlich geht aus ihnen hervor, daß die ganze Hast und Aktivität des ostjüdischen Händlers im Grunde sinn- und zwecklos war, nichts als eine Art von Selbstbetrug und Selbstbetäubung. Man hungerte. Man starb an Schwindsucht dahin und an Epidemien. Man agierte und plante, um zu vergessen, daß man am Abend mit leeren Händen zur Familie zurückkehren würde.

Im Grunde hatte man sehr viel Zeit. Zeit, Geist und Bildung waren das einzige, was man in Hülle und Fülle besaß. Und auch dies kam der jüdischen Anekdote des Ostens zugute. Denn während im Westen längst eine zielgerichtete Aktivität Kraft und Energie des Menschen aufzehrte, hatte man hier noch die Muße, miteinander zu plaudern. Nach dem Gebet blieben die Männer noch gern im Bethaus beisammen und erzählten sich Anekdoten und Schnurren.

Zum Teil waren es auch Geschichten, die gar nicht demschen Kulturkreis entsprangen, die man vielmehr vor Jahrhunderten aus der deutschen Heimat mitgebracht hatte. Die Narrenstreiche der Bürger von Schilda zum Beispiel. Aus Schilda war bei den Ostjuden das polnische Städtchen Chelmo geworden. Zwar kamen zu den Anekdoten aus Deutschland, die man fast unverändert weitererzählte, natürlich viele neue, in welche das rituelle Leben der Juden eingebaut war. Der Grundtenor aber blieb derselbe.

Und andere alte Anekdoten gab es von boshaften Witzbolden, meist armen Teufeln, die sich mühsam durchs Leben schlugen. Manche von ihnen erinnern ein wenig an Till Eulenspiegel, doch sind sie meist weniger grob und auch geistreicher.

Der berühmteste Witzbold des jüdischen Ostens war Herschl Ostropolier, welcher im achtzehnten Jahrhundert als Diener eines chassidischen Rabbis in Medzibóz lebte. Er war ein Trinker und verbittert ob seiner Armut. Sein Weib führte ein Lädchen, das kaum etwas einbrachte. Er hat ohne Zweifel gelebt, und seine Umrisse werden in der Anekdote deutlich sichtbar.

Fast ebenso deutlich sind auch die Konturen zweier anderer Witzfiguren: Motke Chabad und Frojm Grajdinger. Letzterer ist allerdings mehr ein Narr als ein Schalksnarr.

Weit ungenauer ist die Kunde eines vierten Schalksnarren: Chojsek. Es ist nicht einmal sicher, ob er gelebt hat. In gewissem Sinne hat aber gerade er die stärksten Spuren hinterlassen, sein Name ist sogar in die jiddische Sprache eingegangen: «chojsekmachn» heißt soviel wie «verspotten».

Es ist klar, daß viele dieser alten Schnurren keinen spezifisch jüdischen Inhalt haben, im Gegensatz zu den jüdischen Witzen, die weiter westlich entstanden, wo die jüdischen Gemeinschaften sich zum Teil bereits in voller Auflösung befanden. Das scheint zunächst paradox und befremdend, ist aber dennoch logisch. Die Ursache ist genau dieselbe, aus welcher heraus ein israelischer Bürger oft genug keine innerliche Verpflichtung fühlt, sich an jüdisch-rituelle Gebote zu halten. Dadurch, daß er in einer jüdischen Welt aufwächst, ist er bereits vollkommen Jude. Ähnlich konnte nur in der geschlossenen jüdischen Gemeinschaft des Ostens eine närrische Geschichte aus Schilda, etwa die von dem Mond, dessen Spiegelbild die Bürger in einem Wasserfäßchen zugenagelt für dunkle Nächte eingefangen halten, als eine «jüdische» Anekdote empfunden und erzählt werden.

Probleme der Auswahl

Anderseits aber stammen auch die charakteristischsten jüdischen Sprüche und Anekdoten ebenfalls aus dem Osten, jene nämlich, deren Verständnis den ganzen enormen Ballast der scholastischen Talmudschulung voraussetzt. Es sind Kleinode der Folklore! Im Grunde sollte eine Sammlung ostjüdischer Anekdoten und Sprüche sich fast ausschließlich an diese Varianten halten. Aber da erhebt sich ein ernsthaftes Problem: Wie soll man diese Perlen der Denk- und Erzählkunst einem Außenstehenden nahebringen, dem die Talmudbildung des Ostjuden fehlt? Es ist das gleiche Problem, mit dem auch alle

Herausgeber zu kämpfen haben, die etwa eine Auswahl aus dem Talmud für nichtjüdische Leser zusammenstellen wollen. Sollen sie gerade die scharfsinnigsten und spitzfindigsten religiösen und juristischen Streitfragen wiedergeben? Dann besteht die Gefahr, daß der Leser das Buch am Ende entmutigt beiseite legt.

Oder sollen sie umgekehrt nur solche Stellen heraussuchen, die ein jeder mühelos begreift, zum Beispiel die Sagen also, die es im Talmud neben den Debatten in Hülle und Fülle gibt, oder die erbaulichen Geschichtchen? Dann hat man nachher eine Sammlung, die zwar ein jeder gerne liest, aus der heraus aber niemand begreifen wird, warum man dem Talmud geistesschärfende Wirkung nachsagt und was es da überhaupt je zu studieren und zu debattieren gab, und warum im Mittelalter von Inquisitoren ganze Wagenladungen von Talmudkompendien dem Autodafé übergeben wurden.

Unsere Sammlung gibt Proben von talmudischer Gehirnakrobatik – wenn auch nicht zu viele. Denn es läßt sich nicht bestreiten, daß diese Anekdoten, ganz von ihrer schweren Verständlichkeit abgesehen, viel von ihrem Reiz einbüßen, wenn sie der hebräischen und aramäischen logisch-formalen Fachterminologie beraubt sind. Nachfolgend resümiere ich drei solcher Scherze, die ich mich nicht entschließen konnte, der Sammlung einzufügen:

Da gibt es die kleine Geschichte von dem talmudgebildeten Kutscher, der mit einem brüchigen Wagen die Reise mit seinen Passagieren unternimmt. Kaum fahren sie los – krach! Ein Rad bricht ab. «Wie werden wir jetzt fahren?» fragen die besorgten Passagiere. – «Sehr einfach», beruhigt der Kutscher. «Wir fahren mit dem kal-wachomer, dem Schluß e minori in maiorem aus dem Veloziped: wenn das Veloziped auf zwei Rädern fahren kann – um wieviel mehr können wir dann auf drei Rädern fahren!» – Das Pferd zieht an – abermals ein

Krach, das zweite Rad rollt davon. – «Was nun?» fragen die Passagiere. – «Na und?» beschwichtigt der Kutscher. «Jetzt fahren wir halt mit dem ma mazinu, dem Analogieschluß aus dem Veloziped: kann jenes auf zwei Rädern vorwärtskommen, dann können wir es auch!» Wieder ein Krach – das dritte Rad bricht ab. «Kein Unglück!» versichert der Kutscher, «jetzt fahren wir mit dem kal-wachomer aus einem Schlitten: kann jener ganz ohne Räder vom Fleck kommen, so können wir es erst recht mit einem Rade.» – Und als auch noch das vierte Rad abbricht, kommt das «ma mazinu», der Analogieschluß zum Schlitten, an die Reihe.

Aber natürlich verliert der Witz seinen Charme, wenn man ihn nicht körperschaukelnd im Talmudsingsang wiedergibt. Und verliert ihn vor allem, wenn man an Stelle der hebräischen und aramäischen Terminologie die lateinische einsetzen muß, die nie in diesem Sinne zur Volksbildung gehörte und daher auch nie dazu dienen konnte, einen weltfremden und hilflosen einfachen Mann über eine unüberwindliche praktische Schwierigkeit hinwegzutäuschen.

Oder nehmen wir einen zweiten reizenden Witz aus dem Talmudbereich. Er spielt im Jahre 1898 in Galizien, nach der Ermordung der Kaiserin Elisabeth von Österreich. Alle Rabbiner haben von der Regierung den Auftrag erhalten, einen Nekrolog zu halten. Unter ihnen ist auch der Rabbiner in einer abgelegenen kleinen Stadt. Er hat keine Ahnung von den Zusammenhängen, aber Befehl ist Befehl. Am nächsten Sabbat hält er also seinen «Hessped», seine Trauerrede. Von Anfang an ist ihm nicht wohl dabei zumute, denn am Sabbat darf ein Jude ja gar nicht trauern. Er muß sogar die «Schiwe», das siebentägige Trauersitzen nach dem Tode Verwandter, am Sabbat unterbrechen. Dennoch muß die Rede gehalten werden. «Rabbotaj», beginnt der Rabbiner, «meine Herren! Ihr habt wohl schon vernommen, daß ein Schejgez (das ist ein grober nichtjüdischer Bursche) in Bulgarien oder Schweizarien oder was weiß ich unsere Kaiserin ermordet hat. Dieser Schejgez – ein Italiener mit österreichischem Namen, wenn ich mich recht erinnere – ‹jimach schmo w'sichro!› Möge sein Namen und Andenken ausgelöscht sein! – Dieser Schejgez also hat uns allen gewaltiges agmess-nefesch, Seelenschmerz, verursacht. Aber was soll man tun? Heute ist doch Schabbes, und am Schabbes darf man laut Talmudgebot kein Trauergeschrei anheben ... Doch da wir schon vom Morden sprechen und vom Sabbat und vom Talmud, will ich euch meine Interpretation der Talmudstelle darlegen über die Frage ‹hahorejg parosch b'schabat› ... Wenn einer einen Floh am Schabbes mordet ...»

Hierzu muß man wissen – und jeder Ostjude, der die Anekdote hört, weiß es natürlich –, daß nicht nur Trauern, sondern auch das Töten am Sabbat verboten ist. Und man muß ferner wissen, daß der Talmud, bei allem Scharfsinn, seine Kapitel oft genug nicht logisch, sondern assoziativ, genau wie dieser Rabbiner, aneinanderreiht. Das kommt einfach daher, daß der Talmud, im Gegensatz zur Bibel, anfangs nur mündlich tradiert wurde. Beim Auftauchen eines passenden Stichwortes ergriff man den Anlaß gern, alle passenden Stellen zu repetieren. Der Witz parodiert also nicht nur den armen Rabbiner, sondern zugleich auch die Talmudmethode der hyperlogisch umkleideten, sinnlosen Assoziation – wenn auch diese Assoziationen im Talmud natürlich nie so komisch ausfallen wie in dieser Anekdote, die die Ermordung der schönen Kaiserin Elisabeth mit dem Knicken eines Flohs parallel setzt.

Und nun noch ein dritter Talmudscherz, ein kleines Wortspiel, in welchem aber auch kabbalistische Elemente eine Rolle spielen. Die Kabbala, die jüdische Mystik des Mittelalters, arbeitet mit eigentümlichen Methoden. Unter anderm versucht sie, letzte Geheimnisse dadurch aufzudecken, daß sie einzelne Wörter oder Passagen aus der Bibel in ihre

Buchstaben zerlegt und dann diese Buchstaben entweder als die Anklangslaute ganzer Worte auffaßt, oder aber den Zahlenwert der Buchstaben errechnet – im Hebräischen werden Zahlen mit Buchstaben wiedergegeben – und diese Zahl in andere Buchstaben und Wörter zerlegt. Es gibt noch eine ganze Reihe ähnlich komplizierter Deutungsmethoden der Kabbala. Uns geht hier nur die zuerst zitierte an. Sie spielt eine Rolle in folgender Scherzfrage, zu deren Verständnis Sie noch wissen müssen, daß in der hebräischen Schrift die Buchstaben U, O und W alle drei mit dem gleichen Zeichen «Waw» wiedergegeben werden können:

Fragt ein Jeschiwe-Student den zweiten: «Eines verstehe ich nicht! Aus der Bibel geht doch hervor, daß Noah genau so ein fürchterlicher Trinker war wie Lot! Warum sagt man im Jiddischen immer nur ‹betrunken wie Lot› und nie ‹betrunken wie Noah›?»

«Das ist einfach», erklärt der zweite. «Bei Lot geht die Trunksucht schon aus dem Namen hervor, darum ist sie auch sprichwörtlich geworden. Schau selber: Lot, das ist Lamed – Waw – Tet, und das macht: L-ot W-ill T-rinken.»

«Großartig!» sagt der erste begeistert. «Aber dann klänge es doch noch hübscher, wenn er nicht Lot hieße, sondern TUL: T-rinken W-ill L-ot.»

«Falsch», sagt der zweite, «in diesem Falle hieße er ja nicht TUL, sondern TUT.»

Sind Sie nachgekommen? – Ob ja, ob nein: in jedem Falle werden Sie begreifen, warum unsere Sammlung nur einzelne Anekdoten dieser Art enthält, obwohl sie in gewissem Sinne nicht nur die charmantesten, sondern auch die typischsten sind.

Dagegen kann man den größten Teil der antichassidischen Anekdoten leicht übersetzen und auch dem nichtjüdischen Leser verständlich machen. Allerdings wird vor allem der Deutschsprachige, der die chassidische Welt nur aus den Schriften von Martin Buber kennt, anfangs Mühe haben, die Wut und Bitterkeit zu begreifen, die aus diesen antichassidischen Anekdoten hervorbrechen. Bei Buber lernen wir die rührenden Anfänge der Bewegung kennen. Sie entstand bekanntlich nach den furchtbaren Judenpogromen, die der Hetman Bogdan Chmielnizki mit seinen Kosakenhorden in der Ukraine im Jahre 1648 auslöste. Die verschreckten Überbleibsel der jüdischen Gemeinschaft brauchten damals weniger den talmudischen Scharfsinn ihrer hochgebildeten Rabbiner als seelischen Rückhalt, und sie fanden ihn bei den chassidischen Rabbis, die Ähnliches forderten und predigten wie seinerzeit Jesus und die Urchristen. Sie bejahten die Armut, liebten die Demut und nahten sich Gott in Freude und gemeinsamem mystischem Erleben. Sie glaubten an Wunder, genau wie die Urchristen. Und sicher spielten sich viele Wunder vor den Augen der Gläubigen auch ab.

Nicht diese Heiligen, die den Chassidismus begründeten, und die in großer Armut lebten und starben, greift der antichassidische Witz an, sondern ihre Nachfolger, die den chassidischen «Thron» vererbten, sich mit einem Hofstaat umgaben, reiche Geschenke annahmen, oft genug jede Aufklärung und weltliche Bildung mit inquisitorischen Mitteln verfolgten und den Aberglauben, den Obskurantismus, die seelische Abhängigkeit der Jünger systematisch förderten und forderten. Die chassidische Wirklichkeit im neunzehnten Jahrhundert hatte mit ihren Anfängen nur noch wenig gemein.

Jüdische Witze weiter westlich

Kennt man die Welt, die sozialen und geistigen Voraussetzungen, aus denen die Sprüche und Anekdoten der Ostjuden geboren sind, dann hat man wenig Mühe, jüdische Witze und Redensarten zu lokalisieren. Zwar gibt es auch weiter westlich noch eine Menge Anekdoten, die talmudischen Scharfsinn verraten – aber sie tragen ihn nur als Hintergrund in sich, haben ihn nicht mehr zum eigentlichen Gegenstand. Der Witz profitiert noch von der Talmudschulung derer, die ihn schaffen, setzt sich mit ihr aber nicht auseinander.

Daß die Gestalt des Jeschiwe-Studenten, des Magid – das ist der Wanderprediger –, des Melamed – das ist der Kleinkinderlehrer für Hebräisch –, des ungebildeten jüdischen Gutspächters, des analphabetischen slawischen Bauern und des selbstherrlichen Gutsherrn nur in der Anekdote des jüdischen Ostens beheimatet sind, ist klar. Schnurren und Anekdoten mit nichtjüdischem Inhalt gab es ebenfalls nur bei den Ostjuden, wir erwähnten und erklärten es bereits.

Dem Osten und Westen gemeinsam dagegen ist die Gestalt des Schnorrers. Denn der Schnorrer des Ostens wanderte oft genug auf seiner Betteltournee auch in den Westen, und das Erteilen von Almosen empfindet auch der unreligiös gewordene Jude meist noch als eine Pflicht, der er sich nicht ohne weiteres entziehen kann und will.

Verhältnismäßig selten findet man im Osten dagegen Anekdoten, die um die Gestalt des Assimilanten und Täuflings kreisen. Beide gehörten nie der jüdischen Elite an und schieden rasch aus dem Interesse und Blickfeld der Juden; sie lohnten ihnen nicht einmal die Verspottung im Witz. Einen desto breiteren Raum nehmen solche Anekdoten in Mittel- und Westeuropa bei den Juden ein.

Weit häufiger als im Osten finden wir in den deutschsprachigen Gebieten alle jene Witze, die um das Geld und allgemein um das Geschäftsleben kreisen. Mit gutem Grund: hier, im Westen, war das Geld zum sozialen Maßstab aufgerückt. Im Osten hatte es nur Macht bedeutet; Reverenz erwies man ausschließlich der religiösen Bildung.

Nur im Westen finden wir daher auch die abstoßende Figur des kleinen Moritz, des jüdischen Schulknaben, der schon im zarten Alter die Welt ausschließlich unter geschäftlich-praktischen Gesichtspunkten beurteilt. Die Knaben des Ostens hatten eine hochgeistige Bildung erhalten und waren vollkommen weltfremd. Und selbstverständlich wird man umgekehrt im Westen vergeblich nach Anekdoten aus der chassidischen Welt suchen ... Beiden Gruppen gemeinsam jedoch ist die harte Selbstkritik und vor allem die Bitterkeit der Weltbetrachtung, ein Ergebnis jahrtausendelanger Verfolgung.

Jüdische Anekdoten und Sprüche und die jiddische Sprache

Diese inhaltliche Grenze bedeutet, wir erwähnten es bereits, zugleich eine Sprachgrenze. Die Ostjuden sprachen Jiddisch. Jiddisch vereint einen mittelhochdeutschen Grundstock mit vielen hebräischen, aramäischen und slawischen Elementen. Es bringt die Kraft und Farbe des mittelalterlichen Deutsch mit dem scholastischen Scharfsinn der talmudischen Fachsprache und der Gefühlsweichheit der slawischen Idiome faszinierend zur Synthese. In dieser Sprache erzählten sich die Ostjuden ihre Sprüche und Anekdoten, und wir geben sie in der Originalform wieder. Allerdings in lateinischen Buchstaben. Merkwürdigerweise schrieben die Juden nämlich ihr ursprünglich deutsches, genauer: judenteutsches Idiom von Anfang an in hebräischen Lettern, also von rechts nach links und mit nur fragmentarischer Angabe der Vokale. Unsere Transskription erspart dem Leser das Erlernen des hebräischen Alphabetes. Sie hat auch Nachteile: sie zwingt uns zum Ausschreiben der Vokale und damit in eins zur Festlegung auf einen bestimmten jiddischen Dialekt. Wir haben das gleiche gemilderte Litauisch-Jiddisch gewählt, das man heute in Amerika für Bühnenzwecke allgemein empfiehlt.

Diese Ausgabe jiddischer Anekdoten und Sprüche ist nicht der Ort, auf die Eigenart, Struktur und die Probleme der jiddischen Sprache näher einzugehen. Wer Genaueres erfahren will, findet die Orientierung in dem dtv-Band Nr. 252: Salcia Landmann, ‹Jiddisch, Abenteuer einer Sprache›. Wer darüber hinaus eine Anleitung sucht zum Entziffern von jiddischen Texten in der originalen semitischen Schreibweise, der greife nach der im Walter-Verlag 1962 erschienenen Buchausgabe mit dem gleichen Titel.

Die Schwierigkeit, jiddische Texte in der Originalschrift zu entziffern, wird von den einzelnen Fachleuten ganz verschieden beurteilt. Für einen, der ein wenig hebräisch kann, ist sie sicher nicht sehr groß. Die Durchsicht einer Anleitung und einige Stunden Übung dürften genügen. Im andern Falle braucht es natürlich etwas mehr Zeit. Allzu schwierig kann es aber auch dann nicht sein. Denn schon kurz nach Erscheinen meines Buches baten mich mehrere christliche Leser um Zeitungen und Bücher in jiddischer Sprache, und manche von ihnen schreiben selber heute ein literarisch vollendetes Jiddisch.

Dennoch geben wir in unserm Buche die Texte, wie gesagt, nur in lateinischen Buchstaben wieder. Der Leser findet bei jeder Anekdote und jedem Spruch eine nicht allzu freie deutsche Übersetzung und außerdem die Erklärung aller schwer verständlichen Wörter und Wendungen. Leser, die nie Gelegenheit hatten, Jiddisch zu hören, werden vielleicht gut daran tun, sich eine Grammophonplatte mit jiddischen Liedern anzuhören, um einen Eindruck vom Klang dieses eigenartigen Idioms zu gewinnen, das im Westen von so vielen – Juden wie Christen – früher oft zu Unrecht als «Gemauschel» und «Jargon» charakterisiert wurde. Benennungen, die man höchstens für die trüben Mischungen aus Jiddisch und Neuhochdeutsch verwenden dürfte, die sich da und dort an den Grenzen zwischen Ost- und Mitteleuropa heranbildeten.

Indes möchte ich auch für diesen verderbten Jargon, den vor allem die Liebhaber des echten und reinen Jiddisch in Grund und Boden verdammen und verachten, hier eine Lanze brechen: er ist zwar, im Gegensatz zum reinen Jiddisch, bestimmt keine Sprache der Literatur, des Liedes, der Dichtung. Aber mit seinen talmudischen Resten und seinen kaufmännischen Einsprengseln hat er doch auch seinen besonderen Reiz. Für kurze, scharfe Bonmots eignet er sich großartig. Nicht umsonst pflegten daher früher auch christliche Confénciers in Wien und an andern Einfallstoren des Ostjudentums in den deutschen Sprachbereich ihre Anekdoten gerne jüdelnd vorzutragen. Man warf ihnen dann von jüdischer Seite Antisemitismus vor, und der Verdacht lag natürlich besonders nahe, wenn die jüdelnden Witzfiguren mit den jüdischen Namen ein obszönes, unhygienisches oder geschäftlich anfechtbares Verhalten an den Tag legten. Dennoch jüdelten die Conférenciers wohl weniger aus antijüdischen Gefühlen heraus als deshalb, weil sie auf ein Sprachinstrument nicht verzichten wollten, das durch seinen Schliff, seine Schärfe und seine Kürze auch den fadesten Witz noch steigert.

Die Quellen unserer Sammlung: Horacy Safrin und Spruchliteratur

Witz, Anekdote und Spruch sind Folklore. Als solche haben sie keine nennbaren Verfasser. Sie können nur aufnotiert und gesammelt werden. Dennoch wird Diktion, Art und Auswahl bei jedem Sammler anders ausfallen.

In meinem Buche ‹Der jüdische Witz› hatte ich die Leser gebeten, mir weiteres passendes Material zu schicken. Etliche schickten mir Witze und Redensarten in originalem Jiddisch. Die Anekdoten des Buches sind fast alle von Horacy Safrin formuliert, die Sprüche habe ich teilweise auch älteren Sammlungen entnommen. Safrin ist in Buczacz in Ostgalizien geboren und erhielt als Kind die übliche Ausbildung: in zartem Alter studierte er die hebräische Bibel und als Zehnjähriger brütete er bereits über den aramäischen Debatten des scharfsinnigen Talmuds. Es war aber nicht diese mittelalterlich-scholastische Welt, die ihn fesselte. Seine Liebe galt dem einfachen jüdischen Volke. Den Traditionen der Familie entgegen wurde er Künstler und Schauspieler. Mit jiddischen Wanderbühnen durchzog er das Land, stets in naher Berührung mit dem jüdischen einfachen Volke, dem er in Herbergen, Eisenbahnen und auf den Landstraßen begegnete und «aufs Maul schaute». Heute lebt er alt und geehrt in Lödz im «Dom Literatów» und publiziert jiddische Folklore in polnischer Übersetzung. Unserer Sammlung zuliebe hat er Anekdoten in seinem bildhaften Jiddisch aufnotiert, in welchem ein und dieselbe Sache bunt wechselnd mit deutschen, hebräischen oder slawischen Ausdrücken benannt ist und dessen Zauber uns den Kummer über den Untergang dieses einzigartigen Idioms doppelt empfinden läßt. –

Die alten jiddischen Sprichwörter werden den Nichtjuden, der ihnen zum ersten Male begegnet, aufhorchen lassen. Volksweisheit ist immer tief und schmerzlich. Aber nur wenige Völker haben jahrtausendelang so bitter gelitten wie die Juden, und es dürfte auch kaum ein zweites Volk geben, bei dem eine solide philosophische und juristische Bildung und die Kenntnis zweier alter Sprachen und Literaturen – der hebräischen und aramäischen – fast zur Selbstverständlichkeit gehören. Das alles färbt auf das Sprichwort der Juden ab. Es ist voll von Problemen der Theodizee, der Religion, der Literatur. Wo sonst auf der Welt fände man einen Volksspruch, wonach «ein Buch ohne Einleitung wie ein Körper ohne Seele» ist? Oder das Wissen darum, daß «das Wort spitzer ist als ein Dolch» und «die Schreibfeder schärfer als ein Pfeil»? Nicht ohne ein Lächeln nimmt man zur Kenntnis, daß «Gott den Ignoranten straft, indem er ihm ein hebräisches Wort in den Mund legt» – damit er sich nämlich blamiere; und daß ein Gelehrter, auch wenn er gläubig ist, dennoch nie ein Chassid werden wird, daß dagegen ein Chassid, plötzlich ungläubig geworden, leicht anfangen kann, Gott zu lästern. Und da sind die uralten Talmudweisheiten, teils ins Jiddische übertragen, teils in hebräischer Urform – wozu übersetzen, wenn jeder versteht? –, die längst zu Volkssprüchen geworden sind und uns begreifen lassen, warum gerade die Talmudgläubigen unter den Juden am ehesten überdauern konnten. Die Einsicht etwa, daß «der Brauch das Gesetz bricht» oder daß – leider «das Geld alle Fragen und Probleme löst» und sogar «den Bankert von seinem Makel befreit». Oder daß Weisheit nur in Kombination mit Geldmacht gilt und der Verarmte einem Narren oder Verrückten gleicht. Und daß sich die Welt «weder mit Lachen noch mit Schelten» verändern läßt. Daß es ferner «leicht ist, die Qualen der andern gottergeben hinzunehmen». Und daß die Gesetze der Psychologie merkwürdig komplex sind, denn: «Einen guten Freund bekommt man umsonst, einen Feind muß man sich kaufen.» – Solche Sprüche verbinden die Weisheit eines alten Bildungsvolkes mit der Bitterkeit des ungerecht Verfolgten und der Illusionslosigkeit und Klarheit dessen, der dennoch zu überleben sucht, wie eben die Juden es taten.

Avis an den Leser des jiddischen Textes

Wir sagten schon: der Leser findet jeden Spruch, jede Anekdote auf der nebenstehenden Seite auch in deutscher Übersetzung. Dennoch wäre es sehr schade, wenn er auf die Lektüre der jiddischen Fassung verzichten wollte. Zumal die Übersetzung nur einen Teil vom Reiz der Originalfassung wiedergeben kann. Dies gilt für jede Sprache, aber insbesondere betrifft es die Übertragung aus dem Jiddischen ins Deutsche. Während es umgekehrt leichter ist, deutsche Texte – sogar Lyrik! – ins Jiddische zu übersetzen. Es liegt dies daran, daß Jiddisch, dieser eigenartige Abkömmling des Mittelhochdeutschen, alle Register der deutschen Sprache in sich birgt, seinerseits aber durch den Kontakt mit der slawischen Welt und mit zwei alten semitischen Sprachen – der hebräischen und aramäischen – und deren religiösem Schrifttum Dimensionen hinzugewonnen hat, die man sonst nur in der bildlos-abstrakten, strengen Fachsprache der Hochgebildeten findet. Ob man nun Jiddisches pedantisch genau ins Deutsche überträgt oder ob man, unter Preisgabe der Genauigkeit, eine literarisch reizvolle deutsche Formulierung anstrebt – in beiden Fällen geht Wesentliches verloren. Wir haben für unsere Übertragung die Wörtlichkeit vorgezogen, weil die deutsche Version dem Leser nur als Sprungbrett und Erleichterung zur Lektüre der jiddischen Originalfassung dienen und auch etwas vom Charakter des Originals bewahren soll.

Trotz der deutlich sichtbaren nahen Verwandtschaft zwischen Deutsch und Jiddisch werden vielleicht manche Leser zunächst die Schwierigkeit überschätzen und nur die deutschen Texte lesen. Bitte, tun Sie es nicht! Lassen Sie sich von dem zunächst etwas befremdenden Schriftbild nicht abschrecken! Alle schwierigen Wörter sind ja bei jeder Anekdote und jedem Spruch gesondert erklärt oder im kleinen Glossar der häufigsten unverständlichen Begriffe, dessen Wortschatz aber mehr zufällig als prinzipiell ausgewählt ist, zu finden. Daß Leser, die noch nie Jiddisch gehört haben, gut tun werden, sich wenigstens eine Platte mit jiddischen Liedern anzuhören, um eine Ahnung vom Klang der Sprache zu bekommen, sagten wir bereits. Darüber hinaus mögen folgende kleine Hinweise helfen:

ch wird im Jiddischen immer hart gesprochen wie im Worte ‹Bach›. *s* wird stimmhaft gesprochen wie in ‹singen›. *ss* wird scharf gesprochen wie in ‹hassen›. Da im Jiddischen Wörter oft mit scharfem *s* beginnen, müssen wir im Text oft ein *ss* an den Wortanfang setzen. Die Aussprache der Vokale variiert in den verschiedenen Gegenden, meist aber sind *e* und *o* offen zu sprechen.

Die vielen *j* mögen auf den ersten Blick etwas befremdend wirken. Ihr Ausssprachewert ist = i, außer im Anlaut einer Silbe. Daß die Diphthonge *ai* und *e'i* mit *aj* und *ej* wiedergegeben sind, hat nur eine einzige Ursache; schrieben wir *‹ei›*, so würde der deutschsprachige Leser automatisch *‹ai›* lesen, weil er es von seiner Muttersprache her so gewöhnt ist. Durch das j ist die Möglichkeit dieses Mißverständnisses reduziert – dafür ist das Schriftbild ein wenig fremd und unruhig. Einer der beiden Nachteile mußte in Kauf genommen werden.

Viele Wörter – vor allem die ursprünglich hebräischen – sind nicht einheitlich geschrieben. Das hebräische *sséjchel* = Verstand ist im Jiddischen abwechselnd mit oder ohne é in der zweiten Silbe wiedergegeben. Ich habe mir die Texte von zwei litauisch-jüdischen Fachleuten vorlesen lassen, beide lasen eben ein wenig verschieden. Nicht nur das: ein und derselbe Vorleser sprach z.B. das hebräische Wort *k'hilá* (= Gemeinde) abwechselnd als *‹kehíle›*, *‹k'híle›* oder *‹kíle›*. Oder das Wort *ojlom* (Welt) mitunter auch als *‹ojlem›*. Denn die hebräischen Wörter werden nicht nur von den verschiedenen jüdischen Gruppen im Exil verschieden ausgesprochen: im Jiddischen haben sie noch einmal eine Wandlung durchgemacht, eine Abschleifung, die aber nicht obligatorisch ist. Und eine gewisse Freiheit herrscht auch bei den nichtsemitischen Elementen des Jiddischen *(z.B. léjnen* = lesen wird auch als *‹léjnen›* ausgesprochen) und sogar bei deutschstämmigen Wörtern. Hier eine Vereinheitlichung zu erzwingen, schien mir wenig sinnvoll. Zumal ich sie ganz willkürlich hätte durchführen müssen. –

Lesen Sie die jiddischen Texte zunächst mit lauter Stimme! Die Erfahrung lehrt, daß das «Hörbild» einer nahe verwandten Sprache viel leichter verständlich ist als das «Sehbild». Sie werden das bißchen Anstrengung, das es anfangs für die Leseversuche braucht, bestimmt nicht bereuen!

Die Abkürzungen:

aram. = aramäisch. Aramäisch ist eine alte semitische Sprache, die in der Spätantike fast im gesamten Vorderen Orient gesprochen wurde und zur Zeit Jesu das klassische Hebräisch im Lande Israel bereits verdrängt hatte. Jesus hat aramäisch gepredigt. Große Teile des nachbiblischen Schrifttums der Juden sind ebenfalls aramäisch abgefaßt. Im Jiddischen finden sich viele aramäische Ausdrücke. Da viel Aramäisches in der Spätantike auch ins hebräische Schrifttum eingeflossen ist, kann man manche Wörter – genau wie im Deutschen z. B. Genie oder Ingenieur – nach Belieben als Fremdwörter des Hebräischen oder als aramäische Ausdrücke kennzeichnen.

d. = deutsch
h. = hebräisch
j. und jid. = jiddisch
mhd. = mittelhochdeutsch
p. = polnisch

r. = russisch

ukr. = ukrainisch

Manche Wörter finden sich außer im Glossar auch da und dort bei den Worterklärungen der Anekdoten. Volle Konsequenz wäre nur auf Kosten der Bequemlichkeit des Lesers zu erzielen gewesen.

Anekdoten

Berühmte Juden

In Berliner «Romanischn kafehojs» senen gesessn jidische un dajtschjidische schrajber. Men hot gefirt a hizikn wiku'ech wegn dem, welche schprach ojf der welt is di schensste. Lion Fajchtwanger hot gehaltn, as di franzejsische, Schoul Tschernichowsski, as di russische.

Wen Scholem Asch is gekumen zum wort, hot er gesogt kurz un bindik:

– Un mir dacht sich, as di schensste schprach ojf der weit is jidisch.

– Farwoss epess jidisch? – wundern sich di pen-chawejrim.

– Wajl men farschtejt jedess wort!

schrájber, Schriftsteller • *wikú'ech* (h. wikúach), Disput, Diskussion • *p.n-chawéjrim:* pen = Feder, h. *chawejrím* = Kameraden

Albert Ajnschtajn is amol zugeforn zu a bank ojssbajtn a tschek. Wen er is zurikgekumen zum ojto, hot er bamerkt, as sajn mantl is nelem geworn.

Bald hobn im arumgeringelt etleche mentschn.

– 'ss is ajer schuld – hot im ejner gesogt. – Men lost nischt iber a mantl ojf hefker...

Nejn! – rajsst im iber a zwejter. – Doss is di schuld fun schofer, wajl er hot nischt kejn achtung gegebn...

– 'ss is di schuld fun bank-schwejzer – mischt sich arajn a driter. – Er hot gedarft sen, wi der ganew lojft awek mitn mantl.

– Emess! - schoklt zu mitn kop Ajnschtajn. – Mir ale draj senen di schuldike. Umschuldik is blojs der ganew, wajl er darf nebech machn a lebn!

ójssbajtn («ausbeuten»), eintauschen, einwechseln • nélem (h. ne'elám), verschwunden • belker (h. hefkéjr = vogelfrei), unbewacht • rajsst iber, unterbricht • *schwéjzer* (Schweizer), Portier • schoklt, nickt • mache a lebe («ein Lehen machen»), von etwas leben

Berühmte Juden

Im Berliner «Romanischen Café» saßen jiddische und deutsch-jüdische Schriftsteller beisammen. Man führte eine hitzige Diskussion darüber, welche Sprache die schönste auf der Welt sei. Lyon Feuchtwanger war der Meinung, die französische, Saul Tschernichowsky, die russische.
Als Scholem Asch zu Worte kam, sagte er kurz und bündig: «Und mir deucht, daß die schönste Sprache auf der Welt Jiddisch ist.»
«Warum gerade Jiddisch?» wundern sich die Kameraden von der Feder.
«Weil man jedes Wort versteht!»

Albert Einstein fuhr einmal zu einer Bank, um einen Scheck einzuwechseln. Als er zum Auto zurückkam, bemerkte er, daß sein Mantel verschwunden war.
Alsbald umringten ihn etliche Menschen.
«Es ist Eure Schuld», sagte einer von ihnen. «Man läßt einen Mantel nicht unbewacht liegen ...»
«Nein», unterbricht ihn der zweite. «Es ist die Schuld des Chauffeurs, weil er nicht achtgegeben hat ...»
«Es ist die Schuld des Portiers von der Bank», mischt sich ein dritter ein. «Er hätte sehen müssen, wie der Dieb mit dem Mantel wegläuft.»
Albert Einstein nickt mit dem Kopf: «Stimmt! Wir alle drei sind schuldig. Unschuldig ist bloß der Dieb, denn er muß doch, nebich, davon leben!»

Be'ejss der «Makabjade» in Sakopane hot der dichter Ssegalowitsch farbetn etleche frajnt in a tajern resstoran.
Nochdem wi er hot bazolt farn mitog kim'at hundert sloti, hot er gehejssn rufn dem ajgntimer funm lokal.
Wen der baleboss hot sich nor bawisn, is im der dichter antkegngegangen, im arumgenumen un hejss gekuscht in bejde bakn. Der ajgntimer fregt a derschtojnter:
– Zi senen mir bakant?
– Nejn – entfert Ssegalowitsch. – Nor ich hob sich gewolt asoj harzik mit ajch gesegenen, wajl mir wein sich schojn kejnmol in lebn nischt sen!

Makabjade: Jüdische Sportfeste und -vereine benennen sich nach dem Helden Jehuda Makkabi, der 167 v. Chr. die Erhebung gegen die Seleukiden leitete • *farétn* («verbeten»), eingeladen • *kim' át* (h. kim' át), beinahe • *sich bawísn* («sich bewiesen»), erschienen • *gekúscht, geküßt* • *sich gelegenen,* sich verabschieden

Dem hebre'ischn schrajber Awrom Mapo hot men amol derzejlt, as a jid a gewesener nogid fun sajn schtot, is asoj faroremt geworn, as er is poschet geschtorbn fun hunger.
– A jid ken nischt schtarbn fun hunger – hot Mapo bamerkt.
– Wen er gejt araj n zum erschtn besstn baleboss, wolt er im gegebn an onbajssn.
Ober woss redt ir, reb Awrom! – hot men im geentfert – er is doch amol gewen asa gwir, hot er sich doch geschemt!
– To wos-sche redt ir, as er is geschtorbn fun hunger? – git sej zu farschtejn der schrajber. – Er is doch geschtorbn fun busche un nischt fun hunger ...

schrájber, Schriftsteller • *póschet* (h. paschút), einfach • *gwir* (h.), Reicher • búsche (h. buschá), Scham, Schande

Während der Makabiade in Zakopane lud der Dichter Segalowitsch einige seiner Freunde in ein teures Restaurant ein. Nachdem er für das Mittagessen fast hundert Zloty bezahlt hatte, befahl er, man solle den Eigentümer des Lokals rufen. Kaum erschien der Besitzer, da ging ihm der Dichter entgegen, umarmte ihn und küßte ihn heiß auf beide Backen.
Der Eigentümer fragt erstaunt:
«Kennen wir uns denn?»
«Nein», antwortet Segalowitsch. «Aber ich wollte mich so herzlich von Euch verabschieden, weil wir uns unser Lebtag nie mehr sehen werden!»

Dem hebräischen Schriftsteller Abraham Mapo erzählte man einmal, daß ein Jude aus seiner Stadt, früher ein reicher Mann, so verarmt war, daß er einfach Hungers starb.
«Ein Jude kann nicht Hungers sterben», bemerkte Mapo. «Wenn er zum ersten besten Hausherrn hineingeht, würde ihm der etwas zum Beißen geben.»
«Aber was redet Ihr, Reb Awrom!» antwortete man ihm. «Er war ja einmal so reich! Da hat er sich doch geschämt!»
«Was also redet Ihr dann, daß er am Hunger gestorben sei?» gab ihnen der Schriftsteller zu verstehen. «Er ist also an der Scham gestorben und nicht am Hunger ...»

Der schrajber Ajsik Mejer Dik gejt amol in gass schtark zetrogn un redt zu sich alejn. Bagegent im sajner a guter frajnt un fregt:
– Reb Ajsik Mejer, woss redt ir epess zu sich alejn?
Entfert im der schrajber:
– Tomer red ich amol mit a farschtendikn mentsch, fargint ir mir ojch nischt?

schrájber, Schriftsteller • *zetrógn* («zertragen»), zerstreut • *tómer* (h. tomár = du wirst sagen), vielleicht

Wen der dichter Moriz Wintschewsski is in jor achzenhundert firunnajnzik gekumen kejn Amerike, hot er be'iten kabolessponem ojssgerufn:
– Brider un schwesster! 'ss is nischt gut! Der sejger fun progress hot sich opgeschtelt ...
Ojf morgn hot a jid ongeklapt in Wintschewsskis tir, is arajn un hot gesogt:
– Ich hob sich nechtn zugehert zu ajere tajere werter. Nischt alz hob ich farschtanen, nor ejn sach is mir klor geworn: Ir hot zoress mit ajer sejger. Los ich ajch wissn, as ich bin fun fach a sejgermacher un ich kon im zurechtmachn. Sajt ruik – baj mir wet er schojn gejn!

be'iten (h. b'itán), zur Zeit • *kabóless-pónem* (h. kabalát-paním, wörtl. Empfang des Antlitzes), Empfang, Begrüßung • *séjger* (mhd.) ,Uhr • *sich ópgeschte't,* stehen geblieben • *nechtn,* gestern • *zóress* (h. zarót), Sorgen, Kummer

Der hebre'ischer dichter, esse'isst un ibersezer Dowid Frischman is gewen a bakanter chojsekmacher.
Ejnmol firt er a schmu'ess mit sajn Berliner farleger un sajne lipn zeschmejchlen sich ironisch.
Macht der farleger:
– Ich wolt gegebn zwanzik mark zu wissn wegn woss ir klert ...

Der Schriftsteller Eisik Meir Dick geht einmal sehr zerstreut durch die Gasse und redet zu sich selber. Begegnet ihm ein guter Freund und fragt:
«Reb Eisik Meir, was redet Ihr da zu Euch selber?»
Antwortet ihm der Schriftsteller:
«Wenn ich einmal mit einem verständigen Menschen rede, wollt Ihr mir nicht einmal das gönnen?»

Als der Dichter Moritz Wintschewski im Jahre 1894 (nach den russischen Pogromen!) nach Amerika kam, rief er gleich bei der Begrüßung aus:
«Brüder und Schwestern! Es steht nicht gut! Die Uhr des Fortschrittes ist stehen geblieben ...»
Am andern Morgen klopfte ein Jude an Wintschewskis Tür, trat ein und sagte:
«Ich habe gestern Euren teuren Worten gelauscht. Nicht alles habe ich verstanden, aber eine Sache ist mir klar geworden: Ihr habt Sorgen mit Eurer Uhr. Laß ich Euch also wissen, daß ich von Beruf Uhrmacher bin und sie richten kann. Seid ruhig – bei mir wird sie schon gehen!»

Der hebräische Dichter, Essayist und Übersetzer David Frischmann war ein bekannter Spaßvogel.
Einmal führt er ein Gespräch mit seinem Berliner Verleger, und seine Lippen verziehen sich zu einem ironischen Lächeln. Bemerkt der Verleger:
«Ich würde zwanzig Mark dafür geben, um zu wissen, woran Ihr denkt ...»

– Doss wegn woss ich kler, is nischt wert afile kejn ejn mark.
– Wegn woss klert ir den?
– Wegn ajch!

chójsekmacher: Chójsek = ein legendärer Spaßvogel im jüdischen Osten • *chojsekmachn* = verspotten • *schmú'ess* (h. schmuót = Gerücht, Gehörtes), Gerede • Plauderei *zeschméjchlen sich* («zerschmeicheln sich»), beginnen zu lächeln

A mitlmessiker aktjor flegt derzejln, as er hot amol gearbet inejnem mit dem barimtn reschisser Makss Rajnhardt in a Winer bank. Er hot bakumen achzik kronen a chojdesch un Rajnhardt blojs sechzik.
Bejde hot gezojgn zum teater. Ober asoj wi Rajnhardt hot fardint winziker, hot er fri'er baschlossn zu farlosn di bank un is awek glajch zum teater, un er, dem reschisserss chawer, hot doss geton mit sekss chodoschim schpeter.
– Un jene sekss chodoschim – flegt er endikn mit a sifz – hob ich kejnmol nischt gekont derjogn!

áktjor, Schauspieler • *chójderch* (h. chódesch), Monat. *cháwer* (h. chawéjr), Kamerad • *chodóschim* (h. chodaschím), Monate • *derjógn* («erjagen»), einholen

Der jidischer komponisst Bensman hot amol in Wilne farhert a jungenman, woss tate-mame hobn im gehaltn far a genialn fidler.
Nochdem wi der bocher hot ge'endikt di ssonate, hot Bensman arojssgesogt sajn mejnung:
– Ajer sun schpilt wi Artur Rubinschtajn.
– Ober Artur Rubinschtajn – bamerkt di muter – is doch nischt kejn fidler!
– Ajer sun ojch nischt ...

«Das, woran ich denke, ist nicht einmal eine einzige Mark wert!»
«Woran denkt Ihr denn?»
«An Euch!»

Ein mittelmäßiger Schauspieler pflegte zu erzählen, daß er früher einmal mit dem berühmten Regisseur Max Reinhardt in einer Wiener Bank zusammen gearbeitet habe. Er selber bekam achtzig Kronen im Monat, und Reinhardt bloß sechzig.
Beide zog es zum Theater. Da aber Reinhardt weniger verdiente, entschloß er sich früher, die Bank zu verlassen, und er ging gleich zum Theater. Und er, der Kamerad des Regisseurs, tat das erst sechs Monate später.
«Und jene sechs Monate», pflegte er mit einem Seufzer zu endigen, «habe ich niemals mehr einholen können!»

Der jüdische Komponist Benzmann hörte sich einmal in Wilna einen jungen Mann an, den seine Eltern für einen genialen Geiger hielten.
Nachdem der Jüngling die Sonate beendet hatte, äußerte Benzmann seine Meinung:
«Euer Sohn spielt wie Arthur Rubinstein.»
«Aber Arthur Rubinstein», bemerkt die Mutter, «ist doch kein Geiger!»
«Euer Sohn auch nicht ...»

Der Lemberger dichter Jan Sstuch (Jossef Fajngold) is oft atakirt geworn fun der antissemitischer presse.
Ejnmol hot er zugeschikt dem ssame farbissenem kritiker asa briwele:
Ich siz akorscht in bejss-hakisse un hob far mir ajer rezensje. Bald wel ich si hobn hinter mir ...

ssáme (p. sam = selber, allein), der aller ... (Superlativ). *akórscbt,* akkurat, gerade *bejss-hakiise* (h. bejt-hakisséj), Abort

A bakanter jidischer bankir in Win flegt fun zajt zu zajt lajen der esstrajchischer mluche a gressern ss'chum.
Hot er ober gehat a sun, woss is gewen punkt der hefech funm tatn, dem miljoner. Er hot schojn in schul gehert zu der umzufridener jugent un schpeter geworn an anarchisst. Ssof kol ssof hot men im ajngesezt in tfisse.
Wen der finanss-minisster hot sich wideramol gewonden wegn a halwoje zum jidischn bankir, hot im jener ge'entfert:
– Ajer eksszelenz! Ir hot baj mir ongewojrn dem ganzn kredit. Ich wel ajch nischt borgn kejn zebrochene prute...
– Farwoss?
– Nu, sogt schojn alejn! Kon ich den onfertrojen gelt a mluche, woss hot mojre far majn Monjek?!

ss'chum (h.), Summe, Betrag • *punkt,* genau • *héfech* (h.), Gegenteil • *ssof kol ssof* (h.), schlußendlich • *tfísse* (h. tfissá), Gefängnis. *halwóje* (h. halwa'á), Anleihe. *óngewojrn,* verloren, eingebüßt • *prúte* (h. prutá), Münze • mojre (h. morá), Furcht, Angst

Bruno Winawer, a barimter pojlisch-jidischer schrajber, Chemiker un wissnschaftler, hot sich amol ongebejsert ojf sajn froj. Di froj hot ongehojbn wejnen ...
– Dajne trern wirkn gornischt ojf mir – hot gesogt mit a ruikn ton Winawer. – Wajl woss anthaltn den trern? A ganz klejne dose fun fosfor-sojer un a klejn bissele chlor. Doss iberike is blojs wasser!

óngebejsert • ist böse geworden, hat ausgezankt • *trern,* Tränen

Der Lemberger Dichter Jan Stuch (Joseph Feingold) wurde oft von der antisemitischen Presse attackiert.
Einmal schickte er an den verbissensten unter seinen Kritikern ein solches Brieflein:
«Ich sitze gerade im Klosett und habe Eure Rezension vor mir. Bald werde ich sie hinter mir haben ...»

Ein bekannter jüdischer Bankier in Wien pflegte von Zeit zu Zeit der österreichischen Regierung einen größeren Betrag zu leihen.
Nun hatte er aber einen Sohn, welcher genau das Gegenteil vom Vater, dem Millionär, war. Er gehörte schon in der Schule zur unzufriedenen Jugend und wurde später Anarchist. Schließlich sperrte man ihn ins Gefängnis.
Als der Finanzminister sich wieder einmal an den jüdischen Bankier um eine Anleihe wandte, antwortete ihm dieser: «Euer Exzellenz! Ihr habt bei mir den ganzen Kredit verspielt. Ich werde Euch nicht einen zerbrochenen Heller borgen ...»
«Warum?»
«Nun, sagt schon selber! Kann ich denn mein Geld einer Regierung anvertrauen, welche Angst hat vor meinem Monjek?!»

Bruno Winawer, ein berühmter polnisch-jüdischer Schriftsteller, Chemiker und Wissenschaftler, hatte einmal seine Frau angeschrien. Die Frau begann zu weinen ...
«Deine Tränen wirken gar nicht auf mich», sagte in ruhigem Tone Winawer. «Denn was enthalten Tränen? Eine ganz Dosis Phosphorsäure und ein klein bißchen Chlor. Das übrige ist bloß Wasser!»

A katojlischer gajsstlecher hot diskutirt mitn bawusstn humorisst Moriz Safir, welcher is gewen a grojsser apikojress. Hot der galach gesogt zum humorisst:

– Iber aselche mentschn wi ir, wet got brengn a zwejtn mabl!

– Er wet nischt brengn! – hot Safir ge'entfert mit der fuler sicherkajt.

– Farwoss?

– Wajl der erschter hot nischt geholfn ...

bawússtn («bewußten»), bekannten • *apikdjress* (h. apikoráss), Ketzer, Freigeist • *gálacb* (v. h. galóach = rasieren), Pfarrer, vor allem kathol. Geistlicher • *mahl* (h. mabúl), Flut Sintflut

Baron Rotschild, forendik fun Paris kejn Peterssburg, mus ibernechtikn in a klejn Wolinje schtetl. 'ss is frajtik-zunacht un der milioner kumt arajn in der ortiker schul. Dort ober farschpetikt men sich mitn dawenen – der ojlem wart ojfn nogid reb Jankele.

Diselbe farschpetikung chasert sich iber schabess in der fri. Der nogid lost wider ojf sich wartn ...

Der baron is mole kass, un as men ruft im ojf zu der tojre, nodert er:

– Doss ganze hob un gutss funm nogid ... Dem cheschbn schikt mir arajn in majn Pariser bank!

In schtetl wert a rasch, men ruft zunojf a komissje, men sizt ajngebojgn iber ale gescheftss-bicher, men rechent – un woss kumt zulezt aroj ss? A defizit ...

fórendik, fahrend • ójlem (h. olám = Welt, Ewigkeit), Publikum, Leute • chásert *sich iber* (h. chasór = wiederholen), wiederholt sich – *móle kass* (h. maléj ká'ass), voller Zorn. *tójre* (h. torá), Lehre, Pentateuch. «Jemand en zur Tora aufrufen»: jemandem (meist einem Fremden, Konfirmanden, Ehrengast etc.) die Ehre zuteil werden lassen, aus der Torarolle ein Stück vorzutragen. Der Betreffende pflegt dann für die Kultusgemeinde etwas zu spenden • nádert (h. nadór = geloben), gelobt eine Spende • *cheschbn* (h. cheschbón), Rechnung • rásch (h. rä'asch), Geräusch, Tumult

Ein katholischer Geistlicher diskutierte mit dem bekannten Humoristen Moritz Saphir, der ein großer Ketzer war. Sagte der Priester zu dem Humoristen:
«Wegen solcher Menschen, wie Ihr es seid, wird Gott eine zweite Sintflut über uns bringen!»
«Er wird sie nicht bringen!» antwortete Saphir mit voller Sicherheit.
«Wieso?»
«Weil die erste nicht geholfen hat ...»

Auf der Fahrt von Paris nach Petersburg muß Baron Rothschild in einem kleinen wolhynischen Städtchen übernachten. Es ist Freitagabend, und der Millionär geht in die Synagoge des Ortes. Dort aber beginnt man mit dem Gebet verspätet – die Leute warten auf den reichen Reb Jankele.
Dieselbe Verspätung wiederholt sich Sabbat in der Frühe. Der Reiche läßt wieder auf sich warten ...
Der Baron ist voller Zorn, und als man ihn zur Tora aufruft, gelobt er als Spende:
«Das ganze Hab und Gut des Reichen ... Schickt mir die Rechnung an meine Pariser Bank!»
Im Städtchen entsteht ein Tumult. Man ruft eine Kommission zusammen, man sitzt gebeugt über alle Geschäftsbücher, man rechnet – und was kommt zuletzt heraus? Ein Defizit ...

A grafoman hot sich amol gerimt in Warschewer literatnfarejn ojf Tlumazke drajzn:
– Mit etleche jorn zurik hot men mir ajngeordnt a literarischn ownt in a klejn schtetl. Hot men mich arumgetrogn ojf di hent!
Ich hob be'emess nischt gewusst wi opzuschafn jene farerung, woss di jugent hot mir arojssgewisn – ich bin poschet gewen a behejme!
– Sorg sich nischt majn tajerer! – hot a sog geton der humorisst Nodelman. – Du hosst sich in ganzn nischt ge'endert sint jener zajt ...

étleche jorn zurík, vor etlichen Jahren • *ownt*, Abend • *be'émess* (b'emét = in Wahrheit), tatsächlich, wahrlich • póschet (h. paschút), einfach • behéjme (h. b'hejmá), Rindvieh

Ein Schreiberling prahlt einmal im Warschauer Literatenverein, Tlumacki 13:
«Vor etlichen Jahren hatte ich einen Leseabend in einem kleinen Städtchen. Dort hat man mich auf den Armen herumgetragen!
Ich habe wirklich nicht gewußt, wie ich mich der Verehrung erwehren sollte, die mir die Jugend erwiesen hat – ich bin dagestanden, einfach wie ein Rindvieh!»
«Mach dir keine Gedanken, mein Teurer!» sagte zu ihm der Humorist Nodelman. «Du hast dich seit jener Zeit überhaupt nicht verändert ...»

Herschl Ostropolier und Motke Chabad

Men hot amol gefregt Herschl Osstropoljer, zi er hot schojn alz zugegrejt ojf pejssech. Hot der chojsekmacher ge'entfert:
– Halb ojf halb. Kejn mazess hob ich noch nischt, ober kejn brekel brojt is schojn in schtub ojch nischt.

Die Juden feiern ihr achttägiges Osterfest zur Erinnerung an den Auszug aus Ägypten. Da die Bibel berichtet, die Juden hätten damals vor dem Auszug keine Zeit mehr gehabt, ihr Brot zu säuern, essen die Juden auch heute während des Osterfestes nur ungesäuerte Brotfladen, die sog. Mazze. Zu den Vorbereitungen für das Osterfest gehört das radikale Wegräumen auch des kleinsten Brotbröckchens aus der Wohnung. – Herschl Ostropolier war sein Lebtag bitter arm.
alz, alles • *zúgegrejt,* vorbereitet • *péjssech* (h. péssach), Osterfest der Juden • *chájsekmacher:* (Chójsek = legendärer Schalksnarr der Ostjuden), Spaßmacher • *mázess* (h. mazót), die ungesäuerten Brotfladen, die während der Pessachtage an Stelle von gesäuertem Brot gegessen werden • *schtub,* Stube, Häuschen

Herschl kumt in a schej nem frimorgn zum Medschibuscher zadik un sogt:
– Ej, rebe, ich hob zu ajch a harbe, sejer a harbe kasche …
– Freg!
– Woss tut men, as men is hungerik un hot nischt kejn prute baj der neschome?
Der zadik derlangt im etleche matbejess.
'ss fargejn kojm zwej teg – Herschl is wider do.
– Ej, rebe, ich hob zu ajch a harbe, sejer a harbe kasche …
– Misstome di ejgene kasche woss animelt?
– Jo, rebe!
– Ich hob dir doch gegebn ojf ir an entfer!
– Emess, rebe! Nor as ich bin gekumen ahejm un hob gewolt ajer entfer zekajen, is gornischt derfun geblibn. Bin ich take hajnt gekumen noch a najer entfer …

harb, herb, hart, schwierig • *kásche* (h. kuschiá), schwierige Frage in talmudischem oder allgemein rituellem Zusammenhang • prúte (h. prutá), Münze • neschóme (h. n'schamá), Seele • *derlángn,* reichen, geben • *matbéjess* (h. matbeót), Münzen • *misstóme* (h. misstamá), gewiß, sicherlich • / *gene,* 1. éjgene, 2. dieselbe • *ánimelt,* zuvor, früher • *zekájen,* zerkauen

Herschl Ostropolier und Motke Chabad

Man fragte einmal Herschl Ostropolier, ob er schon alles für das Osterfest vorbereitet habe. Antwortete der Spaßvogel: «Halb auf halb. Mazzes habe ich noch keine, aber im Hause ist schon kein Bröcklein Brot mehr.»

Herschl kommt an einem schönen Frühmorgen zum Rabbi von Medzibóz und sagt:
«Ei, Rabbi, ich habe an Euch eine sehr, sehr schwierige Frage ...»
«Frag nur!»
«Was tut man, wenn man hungrig ist und keinen Groschen im Hause hat?»
Der Rabbi gibt ihm einige Münzen.
Es vergehen kaum zwei Tage – Herschl ist wieder da.
«Ei, Rabbi, ich habe an Euch eine sehr, sehr schwierige Frage ...»
«Vermutlich die gleiche Frage wie vorher?»
«ja, Rabbi!»
«Ich habe dir doch eine Antwort auf sie gegeben!»
«Das ist wahr, Rabbi! Bloß: als ich heimkam und Eure Antwort gründlich zerkauen wollte, blieb nichts von ihr übrig. Drum komme ich heute um eine neue Antwort ...»

Herschl Osstropoljer hot gehat asa min glajchwertl:
– As a pojer esst hering, darf men fregn najn kaschess. Erschtenss, wejkt er dem hering in wasser un dernoch trinkt er ojss doss wasser. Zwejtenss schejlt er op funm hering di hojt un schpeter esst er ojf di hojt. Dritenss schnajdt er dem hering in klejne schtiklech un nemt zu etleche schtiklech in mojl arajn …
Fregt men dem chojsekmacher:
– Doss senen erscht draj kaschess, nischt kejn najn …
– Farwoss farschtejt ir nischt? – macht Herschl. – As a pojer sezt sich zum tisch, esst er doch ojf nischt wejniker wi draj hering!

glájchwertl, Sprichwort, Sinnspruch, Scherzwort • *káschess* (h. kuschi6t = schwierige Fragen), talmudische Fragen, Probleme

Herschl flegt tajnen:
– As a pojer kojft baj a jidischen kremer a sserp, macht er mit im draj probn.
Erschtenss schlogt er mitn sserp on a schtejn. Schpringt a funk, is gut. Schpringt er nischt, is schlecht.
Zwejtnss – rajsst er arojss fun sajn bort a hor un pruft, zi der sserp wet si zeschnajdn in zwejen. Schnajdt der sserp, is gut, schnajdt er nischt, is schlecht.
Dritenss – nemt er dem sserp un bahalt im unterm pelz. Derset ess nischt der kremer, is gut. Derset er ess jo – is schlecht …

tájnen (h. taón), argumentieren, reden • *sserp* (ukr. serp), Sense • *pruft*, probiert • *bahált*, versteckt • *dersét*, erblickt

Herschls wajb hot gehat in Osstropolje a klejn kreml. Is Herschl amol arojss ojfn mark mit zeschojberte hor.
Fregt men im:
Bisst schojn, kejn ajnore, a derwakssener mentsch! Farwoss hosstu dich hajnt nischt farkemt?

Herschl Ostropolier hatte folgendes Scherzwort:
«Wenn ein Bauer einen Hering ißt, dann gibt es neun Punkte: Erstens weicht er den Hering in Wasser ein – und darnach trinkt er das Wasser aus. Zweitens schält er die Haut vom Hering ab, und später ißt er die Haut auf. Drittens schneidet er den Hering in kleine Stücklein und nimmt jeweils einige Stücklein auf einmal ins Maul hinein ...»
Fragt man den Spaßvogel:
«Das sind doch erst drei Punkte und nicht neun ...»
«Warum versteht ihr nicht?» meint Herschl. «Wenn ein Bauer sich zu Tisch setzt, ißt er doch nicht weniger als drei Heringe auf!»

Herschl pflegte zu argumentieren:
«Wenn ein Bauer bei einem jüdischen Krämer eine Sense kauft, macht er mit ihr drei Proben.
Erstens schlägt er mit der Klinge an einen Stein. Springt ein Funken, dann ist es gut. Springt keiner, dann ist es schlecht. Zweitens reißt er aus seinem Bart ein Haar und probiert, ob die Sense es entzweischneiden wird. Schneidet die Sense, dann ist es gut. Schneidet sie nicht, dann ist es schlecht.
Drittens nimmt er die Sense und versteckt sie unterm Pelz. Sieht es der Krämer nicht, dann ist es gut. Sieht er es – dann ist es schlecht ...»

Herschls Weib hatte in Ostropolie ein kleines Lädchen. Kommt einmal Herschl mit zerzaustem Haar auf den Markt heraus. Fragt man ihn:
«Bist doch schon – toj-toj! – ein erwachsener Mensch! Warum hast du dich heute nicht gekämmt?»

– Ir hert, jidn – entfert sej der lez. – Ich hob gemacht a cheschbn un barechnt, as ich bin asoj fil gelt schuldik far majn wajbss kreml, doss di hor sajnen nischt majne ... To freg ich ajch, farwoss epess sol ich kernen fremde hor?!

krem, Kramladen • *Zeschojbert*, zerzaust. «*kejn ajnóre*» (h. ajin hara'á, schlechtes Auge), wörtl. «kein schlechtes Auge!», abwehrend beschwörende Formel • *lez* (h. lejz), Spötter • *cheschbn* (h. cheschbón), Rechnung

Men hot amol gefregt Herschl Osstropoljer:
Wi gejt ess dir?
Entfert er:
– Gut.
– Woss hejsst epess: gut?
– Ich bin gut hungerik un doss wajb is gut krank ...

Im Jid. steht nicht «schön», sondern «gut». Das ist hier unübersetzbar

Herschl pusstepassowet ojf dem Berditschewer mark. Ruft im zu a ssojcher fun alte mebel:
Reb Hersch, kojft ajch a schafe ... ganz bilik ... halb umsisst!
– Zu woss tojg mir a schafe? – fregt Osstropoljer.
– Woss hejsst, zu woss? Jr wet in ir ojfhengen ajere malbuschim.
– Chochem fun der «ma nischtane»! Un alejn wel ich arumlojfn naket?!

pusstepássowet (p. pusty = leer), sich müßig herumtreiben • *schäfe (p.* szafa), Schrank• *malbúschim* (h. malbuschím), Kleider • «*ma nischtáne*» (h. ma nischtané = was unterscheidet ...). Die Anfangsworte einer Passage in der «Hagada», der Festlegende für Pessach (Ostern), in welcher von vier verschiedenen Söhnen, darunter einem «chacham», einem weisen, die Rede ist

Frume jidn flegn langsstike zajtn – dermanendik baj der tfile «olejnu» di gezendiner – ojssschpajen.

«Ihr hört, Juden», antwortet der Spaßvogel, «ich habe die Abrechnung gemacht und herausbekommen: ich bin auf meines Weibes Lädchen soviel schuldig, daß nicht einmal die Haare mehr mein sind ... Nun frag ich euch: Wozu in aller Welt soll ich fremde Haare kämmen?!»

Man fragte einmal Herschl Ostropolier:
«Wie geht es dir?»
Antwortet er: «Schön!»
«Was heißt das: Schön?»
«Ich bin schön hungrig und mein Weib ist schön krank ...»

Herschl treibt sich müßig auf dem Berditschewer Markt herum. Ruft ihm ein Altmöbel-Händler zu:
«Reb Hersch, kauft Euch einen Schrank ... ganz billig ... halb umsonst!»
«Wozu brauche ich einen Schrank?» fragt Ostropolier.
«Was heißt: wozu? Ihr werdet darin Eure Kleider aufhängen.»
«Obergescheiter, wie er in der Hagada beschrieben steht! Und ich selber soll nackt herumlaufen?!»

In früheren Zeiten pflegten fromme Juden auszuspeien, wenn sie in dem Gebet «alejnu» die Götzendiener erwähnten.

Herschl Osstropoljer hot schojn in di kinderjorn fajnt gekrogn doss dawenen un fleg derfar jedn montik un donerschtik chapn klep un schmiz.
Ejnmol derlangt im di mame etleche petsch:
– Farwoss bisstu nischt gewen in schul?!
– 'ch lebn – schwert sich Herschl – hajnt bin ich jo gewen! Wilsst hobn a bawajs? To kum mit mir in schul, wel ich dir wajsn majn schpejechz fun «olejnu»!

dermánendik, gedenkend, erwähnend • *tfíle* (h. tfilá), Gebet • *oléjnu* (h. aléjnu) auf uns, uns fällt die Pflicht zu. Erstes Wort der Schlußpassage des täglichen Gebetes • *«fajnt gekróign»* («Feind gekriegt»), zu hassen begonnen • *schmiz*, Peitschenhiebe • *montik un donerschtik:* An diesen beiden Wochentagen wird das Gebet «w'hu rachúm» gesprochen, dessen erster Satz 39 Worte umfaßt. Wenn ein Jude aus rituellen Gründen sich selber geißeln wollte oder gegeißelt wurde, pflegte man durch gleichzeitiges Rezitieren dieser 39 Worte 39 Schläge abzuzählen • *petsch*, Ohrfeigen • *'ch lebn* = «Ich (soll so) leben!» • *wajsn* («weisen»), zeigen

A pojlischer firscht, a chojsekmacher, hot amol zugeschikt dem Medschibuscher zadik asa briwele:
– Ojb 'ss is emess, as du bisst a weltchochem, entfer mir ojf fir fragn. Erschtenss – wifil erd farmog ich? Zwejtenss – woss bin ich wert? Dritenss – wifil wegt di lewone? Fertenss – wegn woss kler ich in der minut?»
Se'endik, as der rebe hot derfun grojss agmess-nefesch, ruft sich on Herschl:
– Git mir ajer ssojblhitl mit der schabessdiker bekesche, wel ich forn zum poriz ...
Wechoch hojo.
Herschl is batewe nischt gewen kejn schrekewdiker. Hot er dem firscht gekukt glajch in ponem arajn un drajsst ge'entfert:
– Lichtiker har! Op du wesst hejssn opmessn di leng un di brajt fun dajne tajchn, wel ich dir bald sogn, wifil erd du farmogsst. Un wert bisstu asojfil wifil Awrom awinu, woss

Herschl Ostropolier haßte schon als Kind das viele Beten und bekam deshalb jeden Montag und Donnerstag Hiebe und Schläge.
Einmal gab ihm die Mutter ein paar Ohrfeigen:
«Warum warst du nicht in der Synagoge?»
«Ich soll so leben», schwört Herschl, «wie ich heute wirklich dort gewesen bin! Willst du einen Beweis haben? Dann komm mit mir in die Synagoge, dort werde ich dir meine Spucke vom ‹alejnu› zeigen!»

Ein polnischer Fürst, ein Spaßvogel, hat einmal dem Wunderrabbi von Medzibó folgendes Brieflein geschickt:
«Wenn es wahr ist, daß Du einer der weisesten Männer der Welt bist, dann beantworte mir vier Fragen: Erstens, wieviel Erde besitze ich. Zweitens, was bin ich wert. Drittens, wieviel wiegt der Mond. Viertens – was denke ich in dieser Minute?»
Herschl sah, daß der Rabbi großen Kummer darüber empfand, und daher sagte er:
«Gebt mir Euren Zobelhut und Euren Sabbatkaftan, dann werde ich zum Grafen fahren ...»
W'chach haja – und so geschah es.
Herschl war von Natur nicht ängstlich. Er blickte also dem Fürsten gerade ins Gesicht und antwortete dreist:
«Erlauchter Herr! Laß die Länge und Breite deiner Flüsse ausmessen, dann werde ich dir alsbald sagen, wieviel Erde du besitzest ... Und wert bist du genau so viel wie unser

hot sich alejn geglichn zu a semdl fun jam ... Woss schajech di lewone, kon ich dich farsichern, as si wegt genoj zwej pud. Tomer glojbsstu mir nischt, hejss si lejgn ojf der wog! ... Un benojgeje der ferter frage: kukendik ojf mir, klersstu awade: «Asoj set ojss der zadik fun Medschibusch!» To ssaj-sche wissn, lichtiker har, as du firsst a schmu'ess mit a jidischn oreman, an ewjojn Herschl fun Osstropolje ...

chójsekmacher, Spötter, Spaßvogel • *wéltchochem (v.* h. chachám), wörtl. «Weltweiser» • *farmóg*, vermag = besitze • *lewóne* (h. l'waná), Mond • *sd'endik*, sehend • *ágmess-néfesch* (h. agmát-néfesch), Seelenkummer • *békesche*, Pekesche, Kaftan • *wechóch hójo* (h. w'chách hajá), und so war es • *batéwe* (h. batéwa), von Natur • *schrékendiker*, schreckhafter • *glaich*, 1. gleich, 2. geradeaus • *Áwrom awinu* (h. Awrám awínu), Abraham, unser Vater • *jam* (h.), Meer • *schájech* (h. schajách), verbunden mit, angehend ... • *tómer* (h. tomár = du wirst sagen), vielleicht • *benoigéje* (b'nogéa), in Bezug, in Hinsicht auf ... • *kúkendik*, blickend • *ssaj-sche* (p. ze), sei also • *schmu'ess* (h. schmuót = Gerücht), Gespräch, Plauderei • *éwjojn* (h. ewión), Armer

Herschl sajendik in Berditschew, gejt farbaj a bejss-medresch. Schtelt men im op:

– Reb Herschl, kumt arajn! 'ss is schojn zajt zu dawnen minche un ess feit uns ejner zum minjen.

– Ich tor nischt dawnen minche – entfert sej op der lez.

– Farwoss epess? – fregt men im.

– Wajl ich hob sich iberzajgt, as wen ich dawn nischt kejn min-che, hob ich a gutn jerid.

– Un as ir dawnt jo?

– Doss, set ir, hob ich noch nischt gepruwt!

sájendik, seiend • *bejss-médresch* (h. bejt-hamidrásch), Lehrhaus, Bethaus • *«men schtelt im op»* («man stellt ihn ab»), man hält ihn an • *mínche* (h. minchá), Nachmittagsgebet • *minjen* (h. minján = Zahl), gemeint: die Zehnzahl jüdischer Männer im Alter von über 13 Jahren, die für einen Gemeindegottesdienst unerläßlich ist • *tor*, darf • *lez* (h. lejz), Spötter • *jerid* (h. j'rid), Jahrmarkt • *geprúwt*, probiert

Patriarch Abraham, welcher sich selber mit einem Sandkorn vom Meere verglich ... Was den Mond angeht, so kann ich dir versichern, daß er genau zwei Pud wiegt. Falls du mir nicht glaubst, heiß ihn auf die Waage legen! ... Und was die vierte Frage angeht: indem du auf mich blickst, denkst du sicher: So sieht also der Wunderrabbi von Medzibóz aus! Dann wisse also, erlauchter Herr, daß du dein Gespräch mit einem mittellosen jüdischen Manne, dem armen Teufel Herschl von Ostropolie führst ...»

Als Herschl einmal in Berditschew war, ging er an einem Bethaus vorbei. Man hielt ihn an:
«Reb Herschl, kommt herein! Es ist schon Zeit ‹Mincha› zu beten, und uns fehlt einer zur Zehnzahl!»
«Ich darf nicht ‹Mincha› beten», antwortet ihnen der Spaßvogel.
«Warum denn?» fragt man ihn.
«Weil ich zur Überzeugung gekommen bin, daß ich beim Jahrmarkt gut abschneide, sofern ich nicht ‹Mincha› bete.»
«Und wenn Ihr betet?»
«Das, seht Ihr, habe ich noch nicht ausprobiert!»

Herschl bagegent amol ojfn mark di karete fun a magnat. Derse'endik dem jid, git im der oden a freg:
– Fun wanen bisstu, parech?
– Fun Osstropolje.
– Un doss hitl?! Doss hitl?! – bejsert sich der poriz, woss a jid schtejt far im mit a zugedektn kop.
– Doss hitl – entfert Herschl gelassn – is ojch fun Osstropolje.

sé'endik, erblickend • *git,* gibt • *óden* (h. adón), Herr • *párech* (v. h. paróach = aufblühen. Gemeint ist das Aufbrechen von Geschwüren), Kopfkrätze; übertragen: Dreckskerl, verächtliches Individuum • *hitle,* Hut oder Mütze • *béisert sich,* wird zornig, zürnt

Herschl hot sejer lib gehat dem bitern tropn. Er fleg schtendik tajnen:
– As ich trink, wer ich gor an anderer mentsch. Un der anderer mentsch, farschtejt sich, wil doch ojch trinkn ...
Erscht far der gssisse hot er sich gehejssn derlangn a krug mit wasser. Derse'endik, as doss wajb, di kinder un di schchejnim kukn im on farwundert, hot er a geschraj geton:
– Woss glozt ir asoj? Jr wejsst den nischt, as farn tojt darf men sich iberbetn mitn ergsstn ssojne?!

tájnen (v. h. taón), argumentieren. *gessisse* (h. gssissá), Agonie • *derlángn,* reichen • *derse'endik,* sehend • *schchéjnim* (h. *schchéjnim*), Nachbarn • *darf,* soll, muß • *sich iberbetn* («sich überbitten»), sich versöhnen • *ssójne* (h. ssonéj), Feind

Ejder Herschl is awek fun der welt, hot im mewaker-chojle gewen der row fun Osstropolje.
Git er im a freg:
– Sog nor, Herschl, zi hosstu nischt kejn mojre far dajn gojrel ojfn ojlem-ho'emess?
– Nejn, Rebe – entfert der lez. – Ich hob nor mojre, as men sol mich in gan-ejdn nischt aweksezn lebn a frumen schojte!

éjder (d.), bevor • *«is awék»* («ist weg»), verließ • *memáker-chójle* (h. m'wakdér-cholé), einen Kranken besuchen • *git,* gibt • *mójre* (h. morá), Furcht • *gójrel* (h. gorál), Los, Schicksal • *ójlem-ho'émess* (h. olám-ho'emét), «Welt der Wahrheit», Jenseits • *lez* (h. lejz), Spötter *awéksezn* («wegsetzen»), hinsetzen. *lebn,* neben

Herschl begegnet einmal auf dem Markt der Kutsche eines reichen Herrn. Als der Herr den Juden erblickt, wirft er ihm die Frage hin:
«Von wo bist du, Dreckskerl?»
«Von Ostropolie.»
«Und die Mütze?! Die Mütze?!» ruft der Gutsherr aus, erzürnt, weil ein Jude mit bedecktem Kopfe vor ihm steht.
«Die Mütze», antwortet Herschl gelassen, «ist auch von Ostropolie.»

Herschl liebte gar sehr den «bitteren Tropfen». Er pflegte ständig zu erklären:
«Wenn ich trinke, werde ich ein anderer Mensch. Und der andere Mensch, versteht sich, will doch auch trinken ...»
Erst als er im Sterben lag, ließ er sich einen Krug Wasser reichen. Und als er sah, daß das Weib, die Kinder und die Nachbarn ihn verwundert anblickten, schrie er auf:
«Was glotzt ihr so? Wißt ihr denn nicht, daß man vor dem Tode sich mit dem ärgsten Feinde aussöhnen soll?!»

Als Herschl sich anschickte, die Welt zu verlassen, machte ihm der Rabbiner von Ostropolie einen Krankenbesuch.
Er wirft ihm die Frage hin:
«Sag nur, Herschl, hast du keine Furcht vor deinem Los in jener Welt?»
«Nein, Rabbi», antwortet der Spaßvogel, «ich habe nur Furcht davor, daß man mich im Paradiese neben einen frommen Dummkopf setzen könnte!»

Ejnmol hot sich Motke Chabad schtark farklert un dernoch gesogt:

– 'ch farschtej nischt, farwoss darfn sich ale mentschn sorgn? Ich halt, as men darf ojfnemen a ba'amtn, jeder wet im zoln a klejnem gehalt, un er wet sich schojn sorgn far ale …

– Jo, Motke – bamerkt a kremer. – Ober as jeder fun uns wet im zoln a gehalt, wet er doch nischt hobn wegn woss sich zu sorgn …

– To macht sche take asoj, as doss gelt sol er bakumen durch majn hant. Hot nischt kejn mojre! Er wet schojn hobn zu sorgn un zu sorgn!

Motke Chabád, halb legendäre Figur eines Spaßmachers im jüd. Osten • *farklért* («verklärt»), in Gedanken • *darfn,* brauchen, müssen • *mójre* (h. morá), Furcht, Sorge

Motke Chabad hot amol opgegessn in a resstoran a geschmak mitog. Wen 'ss is gekumen zum zoln, bet men baj im a rubl. Asoj wi Motke hot nischt farmogt afile kejn kopike, fregt er dem baleboss:

– Sogt mir, wifil darf men baj ajch in gericht bazoln farn derlangn emizn a patsch?

– Dacht sich, as finf rubl …

– Ojb asoj – macht Motke – git mir a patsch un fir rubl rescht!

bet, bittet, verlangt • *farmógt,* «als Vermögen besessen», gehabt • *afíle* (h. afílu), sogar • *derlángn,* reichen • *émizn,* jemandem • *patsch,* Ohrfeige

Motke hot amol gesogt wegn a kargn nogid:

Sumer git er nischt kejn nedowe, wajl in di hizn glusst sich im nischt arajnschtekn di hent in keschene. Un Winter wil er nischt arojssnemen di hent fun keschene …

kargn, geizigen. nedáwe (h. n'dawá), Almosen • *késchene* (p. keszen), Tasche

Einmal versank Motke Chabad tief in Nachdenken, und darnach sagte er:
«Ich verstehe nicht, wozu sich die Menschen zu sorgen brauchen. Ich finde, man sollte einen Beamten aufnehmen, jeder wird ihm ein kleines Gehalt zahlen, und er wird schon für alle sorgen ...»
«Ja, Motke», bemerkt ein Krämer, «aber wenn jeder von uns ihm ein Gehalt zahlt, dann wird er ja keine Ursache mehr haben, sich zu sorgen ...»
«Dann macht es also so, daß er das Geld durch meine Hand bekommen soll. Habt keine Angst! Er wird schon Ursache haben, sich noch und noch zu sorgen!»

Motke Chabad hat einmal im Restaurant ein wohlschmeckendes Mittagessen eingenommen. Als es zum Zahlen kam, verlangte man von ihm einen Rubel.
Da aber Motke nicht einmal eine Kopeke besaß, fragte er den Gastwirt:
«Sagt mir, wieviel muß man bei Euch vor Gericht bezahlen, wenn man jemandem eine Ohrfeige verabreicht?»
«Ich glaube fünf Rubel ...»
«Wenn es so ist», sagt Motke, «dann gebt mir eine Ohrfeige und vier Rubel Rest.»

Über einen reichen Geizkragen sagte Motke einmal:
«Im Sommer gibt er kein Almosen, weil er keine Lust hat, in der Hitze die Hände in die Tasche zu stecken. Und im Winter will er die Hände nicht aus der Tasche herausziehen ...»

Der row hot amol gemussert Motke Chabad:

– Farwoss trinksstu? Du hosst doch kejn ajnore a wajb mit fir kinderlech!

– Rebe, ich trink, wajl ich wil dertrinkn in bronfn ale majne zoress un jissurim.

– To farwoss senen sej schojn fun lang nischt dertrunken geworn?

– Rebe lehn, sej konen schwimen!

gemússert (v. h. mussár = Tadel, Rüge, Moral), tadeln, eine Moralpredigt halten • «kejn anjóre» (d. kein+h. «ájin hara'á» = schlechtes Auge, böser Blick), etwa: toi-toi! • *bronfn*, Branntwein • zóress (h. zarót) Sorgen • jissúrim (h. jissúrím), Qualen

Der Rabbiner hielt einmal Motke Chabad eine Strafpredigt: «Warum trinkst du? Du hast doch – toi-toi! – ein Weib und vier Kinderlein!»
«Rebbe, ich trinke, weil ich im Schnaps alle meine Sorgen und Qualen ertränken will.»
«Na, und wieso sind sie nicht schon lange ertrunken?»
«Rebbe-Leben, sie können schwimmen!»

Die Chelmer Narren

A schrajber hot gehat a wajb fun Chelem.
Ejnmol hot er ibergelost ojfn tisch di norwoss farschribene papir-bojgn un is awek ojf a sizung. Zurikkumendik hot er bald dersen sajn broch. Ojfn schrajbtisch hot er gefunen an ojssergewejnleche ordenung. Hot er a freg geton sajn plojnesste:
– Tajere majne, woss far a papir hosstu arajngeworfn in fajer?
– Woss hejsst? – entfert doss wajbl. – Halsst mich far asa nar, woss mach a tel fun rejnem papir?! Awade hob ich farbrent blojs doss farschribene!

schrájber, Schriftsteller • *nórwoss* («nur was»), soeben • *bald*, alsbald • *zurík-kumendik*, zurückkommend • *dersén*, erblickt • *broch*, Unglück • *plójnesste* (h. plonít = irgendeine), Gattin, Ehefrau • *mach a tel* (wörtl. «mache einen Teil», d. h. zertrümmere in Teile), ruiniere

Chelemer negidim is deressn geworn schlofn ojf kischnss un ojberbetn fun hinersche federn, hobn sej baschlossn zu forn kejn Radom ajnkojfn sich gensenem puch.
In Radom hobn sej ajngepakt di ss'chojre in grojsse sek. Ober wi asoj firt men ess ariber kejn Chelem?
Ruft sich an der klugsster fun sej:
– Rabojssaj! Der ban-transsport wet kosstn a ssach gelt. Derfar lejg ich for opwartn, wen der wint wet blosn in der richtung fun Chelem. Demolt ween mir ojftrenen di sek un aweklosn dem puch mitn wint!
Un asoj hobn sej geton.

negídim (h. n'gidím), Reiche, reiche Leute • *deréssn geworn*, sie hatten sich daran überessen, hatten es satt • *puch* (p.), Flaum • *ss'chójre* (h. ss'chorá), Ware

Die Chelmer Narren

Ein Schriftsteller hatte ein Weib aus Chelm.
Einmal ließ er auf dem Tisch die frisch beschriebenen Bogen liegen und ging zu einer Sitzung weg. Als er zurückkam, gewahrte er gleich sein Unglück. Auf dem Schreibtisch fand er eine außergewöhnliche Ordnung. Da fragte er seine Gattin:
«Meine Teure, was für Papier hast du ins Feuer geworfen?»
«Was heißt das?» antwortet das Weibchen. «Hältst du mich für so närrisch, daß ich reines Papier ruinieren sollte?! Natürlich habe ich nur das beschriebene verbrannt!»

Die reichen Leute von Chelm bekamen es satt, auf Kissen und Überbetten mit Hühnerfedern zu schlafen. So beschlossen sie also, nach Radom zu fahren, um Gänseflaum einzukaufen.
In Radom packten sie die Waren in große Säcke ein. Aber sie wußten nicht, wie man sie nach Chelm transportieren sollte.
Da rief der klügste von ihnen aus:
«Meine Herren! Der Bahntransport wird viel Geld kosten. Darum schlage ich vor, abzuwarten, bis der Wind in die Richtung von Chelm blasen wird. Dann werden wir die Säcke auftrennen und den Flaum mit dem Wind wegblasen!»
Und so taten sie.

A Chelmer baleboss hot gesogt zu sajn meschoress:
– Na dir a briw un drajssik kopikess. Dem briw warf arajn in posst-kesstl, ober fargess nischt fri'er zu kojfn di marke un si onklepn …
Der meschoress kumt zurik mitn gelt in der hant. Der baleboss fregt:
– Farwoss hosstu nischt gekojft kejn marke?!
– Ir halt mich aponem far a nar? Bajm posst-kesstl hob ich sich
gut arumgekukt, un wen kejner hot mich nischt bamerkt, hob ich arajngeworfn dem briw on a marke …

meschóress (h. m'scharéjt), Diener • *apónem* (d. a • h. paním = Gesicht, Oberfläche), offenbar

A Chelemer hot sich gelost forn mit a wogn kejn Lublin, hot er gehaltn bejde hent schtajf far sich …
Gejt er zu zum wogn, badingt sich mitn balagole un bet im, er sol baj im fun keschene alejn arojssnemen di por matbejess. Dernoch sezt er sich mit grojss mi zwischn di passaschirn.
– A kaleke, nebech! – schoklt men mit di kep.
– Sogt mir, feter – fregt im a jidene. – Schojn lang, as doss umglik is mit ajch geschen?
– Wosser umglik?! hot der Chelemer a derschrokener si ongekukt.
– Nu, ich mejn di lejmung fun ajere hent.
– Doss is nischt kejn lejmung! Asoj wi ich for kejn Lublin, hot majn wajb mir ongesogt, as ich sol ir brengen a por schich.
– Wosche halt ir di hent asoj schtajf far sich?
– Doss is di moss fun ire fiss …

balagóle (h. bá'al-agalá), Kutscher, Fuhrmann • *késchene* (p. keszén), Tasche • *matbéjess* (h. matbeót), Münzen • *kaléke* (p. kaléka), Krüppel • *wósser,* was für

Ein Chelmer Hausherr sagte zu seinem Diener:
«Da hast du einen Brief und dreißig Kopeken! Den Brief wirf ins Postkästchen, aber vergiß nicht, vorher eine Marke zu kaufen und sie aufzukleben ...»
Der Diener kommt zurück – mit dem Geld in der Hand. Der Hausherr fragt:
«Warum hast du keine Marke gekauft?!»
«Ihr haltet mich offenbar für einen Narren? Beim Postkästchen habe ich mich gut umgeschaut, und als keiner auf mich achtete, habe ich den Brief ohne Marke eingeworfen ...»

Ein Chelmer fuhr mit dem Wagen nach Lublin. Beide Hände hielt er steif vor sich hin ...
Er geht an den Wagen heran, macht mit dem Kutscher einen Preis aus und bittet ihn, er solle selber die paar Münzen aus seiner Tasche herausnehmen. Darnach setzt er sich mit großer Mühe zwischen die Passagiere.
Man wackelt mitleidig mit den Köpfen: «Nebich, ein Krüppel!»
«Sagt mir, Vetter», fragt ihn eine Jüdin. «Schon lange her, daß Euch das Unglück getroffen hat?»
«Was für ein Unglück?!» Der Chelmer blickt sie erschrocken an.
«Nun, ich meine die Lähmung Eurer Hände.»
«Das ist keine Lähmung! Da ich nach Lublin fahre, hat mein Weib mich beauftragt, ich soll ihr ein Paar Schuhe kaufen.»
«Warum aber haltet Ihr die Hände so steif von Euch?»
«Das ist das Maß ihrer Füße ...»

A Chelemer – nochdem wi er hot ibergelejent in possek: «Schojmer pssojim adeschem», woss is der tajtsch «got hit op di naronim» – hot gewolt sich alejn iberzajgn, zi is er be'emess a chochem, wi er mejnt, oder cholile gor a tipesch.

Is er arojssgeschprungn durchn fensster, gefaln ojfn bruk un zebrochn a fuss. Ligt er asoj ojf der erd, krechzt far grojss wejtok un ruft sich on zu di schchejnim:

– Ir hert, jidn? Tomid bin ich gewen iberzajgt, as ich bin nischt kejn schojte, nor ad hajom hob ich nischt gewußt, as ich bin asch asoj klug! …

Ibergelejent (v. altfranz. lejre = lesen), durchgelesen • *be'émess* (h. b'emét), in Wahrheit • *cholíle* (h. chalilá), etwa: Gott bewahre! • *típesch* (h. tipéjsch), Dummkopf • *bruk*, Boden • *fuss*, Fuß, Bein • *wéjtok*, Schmerz • *schchéjnim* (h. schchejním), Nachbarn • *tómid* (h. tamíd), immer • *ad hajóm* (h.), bis heute • *asch* (p. az), bis zu diesem Grade

Zwej Chelemer sizn in teatr ojfn balkon. Ejner fun sej, batrachtendik dem sal mitn ojlem bojgt sich schtark arop.

Der chower chapt im on baj di akssel:

– Du, Berisch, gib nor achtung, solsst cholile nischt aropfaln ojfn parter! Dort kosstn di biletn a ssach tajerer …

batráchtendik, betrachtend • *ójlem* (h. olám), Welt, Ewigkeit; Publikum • *chówer* (h. chawéjr), Kamerad • *cholíle* (h. chalilá), abwehrend beschwörender Ausdruck

Zwej Chelemer schutfim redn sich op.

– Ich wel dich basuchn morgn mitog-zajt. Nor ojb mitog-zajt wet regnen, wel ich kumen zu dir inowent.

– Un tomer wet regnen inowent?

– Wel ich kumen mitog-zajt!

schútfim, plur. v. schútef (h. schutáf, schutfím), Teilhaber • *ich wel* (wörtl. ich will), ich werde • *ojb*, ob, wenn • *inówent* (im Abend), abends, am Abend • *tómer* (h. tomár = du wirst sagen), vielleicht

Ein Chelmer hatte den Talmudabschnitt gelesen: Schomejr ptaim adoschem, was auf Deutsch heißt: Gott behütet die Narren. Da wollte er sich selber überzeugen, ob er wirklich so klug sei, wie er meinte, oder am Ende – Gott behüte – ein Dummkopf.

Sprang er also durchs Fenster, fiel zu Boden und brach sich ein Bein. Liegt er so auf der Erde, ächzt vor großen Schmerzen und ruft seinen Nachbarn zu:

«Hört ihr, Juden? Immer schon war ich überzeugt, daß ich kein Dummkopf bin, aber bis heute habe ich nicht gewußt, daß ich so klug bin! ...»

Zwei Chelmer sitzen im Theater auf dem Balkon. Einer von ihnen betrachtet den Saal und das Publikum und beugt sich dabei stark hinunter.

Der Kamerad packt ihn bei der Achsel:

«Du, Berisch, gib nur acht, daß du – Gott behüte! – nicht ins Parterre fällst! Dort kosten die Billette viel mehr ...»

Zwei Chelmer Compagnons verabreden sich:

«Ich werde dich morgen zur Mittagszeit besuchen. Doch wenn es morgen mittag regnen sollte, dann komme ich zu dir am Abend.»

«Und vielleicht wird es am Abend regnen?»

«Dann komme ich am Mittag!»

Der kluger Jojel, woss ganz Chelem grojsst sich mit im, bakumt a briw. Er rajsst ojf dem konwert un gefint dort a rejnem umbaschribenem bojgn papir.
Jojel batracht dem bojgn fun ale sajtn un sogt noch a lengern jischew-hadaass:
– Doss is misstome fun majn eltern bruder. Mir senen brojges …

grojsst sich, macht sich groß, ist stolz • *jíschew-hadáass* (h. jischúw-hadá'at), Überlegung, Nachdenken • *misstóme* (h. misstamá), sicherlich, gewiß • *brójges* (h. b'róges = im Zorn), zerzankt

A Chelemer kremer farbet sajne frajnt zum pidjen-haben fun dem najgebojrenem sundl. Asoj wi sej nemen an di ajnladung, git er sej an ejze:
– Un as ir wet zukumen zu majn dire, fargesst nischt zu gebn a klap mitn fuss in der tir!
– Farwoss epess mitn fuss?! – wundern sich di frajnt.
– Wajl ir wet doch nischt kumen mit lejdike hent!

farbét («verbittet»), lädt ein • *pídéen-habén* (h. pidión-habén), «Auslösung des Sohnes». Nach biblischem Gesetz muß jede männliche Erstgeburt Gott geopfert werden. Bei Menschen ist das Opfer durch ein Geldgeschenk an die Priester abgelöst. Auch heute noch ist es üblich, ein Fest zu geben und einem beliebigen Cohen, einem Abkömmling der Priesterkaste, einen Geldbetrag zu überreichen • *éjze* (h. ejzá), Rat • *díre* (h. dirá), Wohnung

Der row reb Sissl schpazirt ojfn Chelemer mark un set, wi a hendler schtupt a wegele mit fruchtn. Git er im a freg:
– Is nischt gringer zu schlepn dem wogn fun fornt? Farwoss schtupsst du im fun hintn?
– Wajl ich bin nischt kejn ferd!

«git a freg» («gibt eine Frage»), fragt, wirft eine Frage hin • *gringer*, leichter

Der kluge Joel, auf den ganz Chelm stolz ist, bekommt einen Brief. Er reißt das Kuvert auf – und findet darin einen reinen, unbeschriebenen Bogen Papier.
Joel betrachtet den Brief von allen Seiten und sagt nach längerem Nachdenken:
«Das ist sicher von meinem älteren Bruder. Wir sind verzankt ...»

Ein Chelmer Krämer lädt seine Freunde zum Fest der Auslösung seines neugeborenen Söhnleins ein. Als sie die Einladung annehmen, gibt er ihnen den Rat:
«Und wenn ihr bei meiner Wohnung anlangt, vergeßt nicht, der Tür mit dem Fuß einen Stoß zu geben!»
«Warum gerade mit dem Fuß?» wundern sich die Freunde.
«Weil ihr doch nicht mit leeren Händen kommen werdet!»

Der Rabbiner Reb Süssel spaziert auf dem Markt von Chelm und sieht, wie ein Händler ein Wägelchen mit Früchten schiebt. Fragt er ihn:
«Ist es nicht leichter, den Wagen von vorne zu ziehen? Warum schiebst du ihn von hinten?»
«Weil ich kein Pferd bin!»

Kejn Chelem is amol gekumen ojf a wisitazje der russischer general graf Ignatjew. Zwischn di roschej-ho'ir, woss hohn im bagrisst in rothojs, hot sich ojch gefunen der row reb Sissl. Der general schtelt im a frage:
Sogt mir nor, her rabiner, efscher senen do baj ajch in Chelem gebojrn geworn grojsse lajt?
– Nejn, hojchgnediker har! – entfert baschejdn reb Sissl. – Sint ich gedenk, wern do gebojrn blojs klejne kinder.

róschej-ho'ir (h. roschéj-ha'ir), Häupter der Stadt, Honoratioren • *éfscher* (h. efschár), vielleicht

Men fregt a Chelemer:
– Wifil halt der sejger?
– Drajfirtl ...
– Ojf welcher scho?
– Ich wejss nischt. Der klejner wajser is opgebrochn ...

séjger (mhd.), Uhr • *scho* (h. scha'á), Stunde • wájser («Weiser»), Zeiger

Ejnmol is kejn Chelem gekumen a litwak. Gejt er asoj in gass un set, wi zwej gesunte jidn schlepn a ferd. Schtelt er sej op:
– Wuhin schlept ir im?
Hert er an entfer:
– Men darf dem ferd gebn essn un doss haj mitn hober senen ojfn bojdem.
Lacht der litwak:
– Chelemer naronim, woss ir sent! Ir kont doch aroptrogn doss essn zum ferd, woss darft ir mutschn a behejme?!
Men hot bald farschtanen, as der litwak is gerecht. Derfar ober, woss er hot bekowedike balebatim ongerufen «Chelemer naronim», hot der kehile-rosch baschlossn, im arajnzusezn in tfisse. Sizt der litwak un tracht, wi asoj arojsszugejn ojf der fraj. Un bald hot er take zugetracht a schpizl.

Der russische General Graf Ignatiew kam einmal nach Chelm auf eine Visite. Unter den Honoratioren der Stadt, die ihn im Rathaus begrüßten, befand sich auch der Rabbiner Reb Süssel. Der General stellt ihm eine Frage:
«Sagt mir nur, Herr Rabbiner, sind vielleicht hier bei Euch in Chelm große Männer geboren worden?»
«Nein, hochgnädiger Herr», antwortet bescheiden Reb Süssel. «Seit ich denke, wurden hier nur kleine Kinder geboren.»

Man fragt einen Chelmer:
«Was ist die Uhr?»
«Dreiviertel ...»
«Auf welche Stunde?»
«Ich weiß nicht, der kleine Zeiger ist abgebrochen ...»

Einmal kam ein litauischer Jude, ein «Litwak», nach Chelm. Geht er so durch die Gasse und sieht, wie zwei kräftige Juden ein Pferd tragen. Hält er sie an:
«Wohin tragt ihr es?»
Hört er die Antwort:
«Man muß das Pferd füttern, und Heu und Hafer sind auf dem Dachboden.»
Lacht der Litwak:
«Chelmer Narren, die ihr seid! Ihr könnt doch das Futter zum Pferd heruntertragen. Was braucht ihr das Tier zu plagen?!»
Man verstand sogleich, daß der Litwak recht hatte. Dafür aber, daß er ehrbare Bürger «Chelmer Narren» genannt hatte, beschloß der Gemeindepräsident, ihn ins Gefängnis zu sperren. Da sitzt nun der Litwak und denkt nach, wie er die

– Reb jid! – ruft er sich an zum schojmer. – Ich bin sejer hungerik. Nat ajch draj kopikess un brengt mir a wajsse bulke. Der schojmer is awek un der litwak is antlofn. Ojf morgn hot men im ober gechapt un wider arajngesezt. Dossmol hot men schojn ongesogt dem schojmer, er sol far kejn fal sich derwajtern fun der tfisse.

As ale senen awek un der aresstirter is geblibn alejn mitn schojmer, sogt er zu im:

– Reb jidt Ich bin sejer hungerik. Nat ajch draj kopikess un brengt mir a wajsse bulke!

Der schojmer zeschmejchelt sich un entfert:

– Ej, du chochem fun litwe! Halsst mich aponem far a jold? Mich wesstu nischt opnarn! Ich rir sich nischt fun ort ... Ojb du wilsst essn a wajsse bulke, to gej alejn in schpajskrom!

Lítwak (p. litwin), litauischer Jude. Dem Litwak sagte man scharfes talmudisches Denken, rationale, antichassidische Haltung und große Lebenstüchtigkeit nach • *gesúnt,* gesund, kräftig • *«er schtelt sej op»* («er stellt sie ab»), er hält sie an • *darf,* soll • muß • *bójdem,* Dachboden • *narónim,* Narren • *mutschn* (p. meczyc), plagen, quälen • *bebée* (h. b'hejmá), Vieh • *bald,* sogleich, alsbald • *«is gerecht»,* ist im Recht, hat Recht • *bekówedik* (v. *h.* kawód), ehrbar, respektiert, «bekowet» *balebátím* (h. ba'aléj-batim), Hausherren, respektierte Bürger • *kehtle-rosch* (h. k'hilá = Gemeinde, rósch = Haupt), Gemeindeoberhaupt • *tfissre* (h. tfissá), Gefängnis • *tracht,* trachtet, denkt nach • *schpizl,* Streich • *reb jid* (cf Glossar), übliche Anrede für jeden unbekannten Juden • *ruft sich on* («ruft sich an»), ruft • *schójmer* (h. schoméjr), Wächter, Hüter • *búlke* (p. bulka), Semmel • *sich derwájtern,* sich entfernen • *nat* (p. na! Das «t» ist nur eingefügt, weil das nachfolgende Wort mit einem Vokal beginnt), da! Da hast du! • *zeschméjchelt sich,* beginnt zu lächeln • *Lítwe* (p. Litwa), Litauen • *apónem* (h. paním = Angesicht, Oberfläche), offenbar • *«halsst mich far a jold»* = Hältst mich für einen Lackel! Die Bedeutung des Wortes «jold» ist nicht abgeklärt • *úpnarn, zum* Narren halten, hereinlegen

Freiheit erlangen kann. Und bald hat er tatsächlich einen Streich ausgedacht.
«Reb Jude!» ruft er dem Wächter zu. «Ich bin sehr hungrig. Da habt Ihr drei Kopeken und bringt mir eine weiße Semmel!» Der Wächter ging fort, und der Litwak entfloh. Am Morgen aber fing man ihn wieder und sperrte ihn wieder ein. Diesmal prägte man dem Wächter aber ein, er dürfe sich auf keinen Fall vom Gefängnis entfernen.
Als alle fort waren und der Arrestierte mit dem Wächter allein geblieben war, sagt er zu ihm:
«Reb Jude! Ich bin sehr hungrig. Da habt Ihr drei Kopeken und bringt mir eine weiße Semmel!»
Der Wächter beginnt zu lächeln und antwortet:
«Ei, du Oberweiser aus Litauen! Hältst mich offenbar für einen Trottel? Mich wirst du nicht hereinlegen! Ich rühre mich nicht von der Stelle! Wenn du eine weiße Semmel essen willst, dann geh selber in den Eßwaren-Laden!»

Ejnmol in an ojssgelajterter sumernacht hot sich ongerufn a Chelemer chochem:
– Jidn! set nor wi ess schajnt di lewone un wi lichtik ’ss is hajnt in gass! Efscher woltn mir gemacht, as ess sol schojn asoj blajbn ojf schtendik?
Fregt men im:
– Wi asoj macht men doss?
– Ich hob derzu an ejze – sogt der chochem. – Ot schtejt in mark a fessl wasser. As ir kukt arajn, set ir dort di lewone. Ober si kon doch fun dort arojss! Is lomir arojflejgn ojfn fessl a dekl un as ess ween kumen finztere necht, ween mir di lewone arojsslosn un si wet schajnen.
Hobn di jidn geton, wi der kluger Chelemer hot sej gehejssn. Un as ess senen gekumen di finztere necht, hot men aropgenumen doss dekl un arajngekukt in fessl – ober di lewone is dort nischt gewen!
Hoben di Chelemer genumen schrajen:
– Emizer hot zugeganwet di lewone!!
Un sej hohn sich awekgelost iber di gassn, kedej zu chapn dem ganew …

ójssgelajtert («ausgeläutert»), klar • *lewóne* (h. l’waná), Mond • *éfscher* (h. efschár), vielleicht • ejze (h. ejzá), Rat • *ot* (p.), da! • *lómir*, lasst uns! • *gewén*, gewesen • *«hobén genúmen schrájen»* = begannen zu schreien • *zúgeganwet (v.* h. ganáw = Dieb), gestohlen • *émizer* (mhd.), jemand • *kedéj* (h. k’dej), damit, dass

Der Chelemer ganew Jankl Mosskewssker is opgesessn in tfisse ganze fir jor. Kumendik ahejm derwisst er sich, as sajn wajb hot nischt lang gebojrn a jingl.
Mosskewssker is batewe a ruiker mentsch un hot lib scholembajiss. Klert er baj sich: Ojb ich hob a fule schtub mit kinder, sol sajn noch a jat …

Einmal, in einer klaren Sommernacht, rief ein Chelmer Obergescheiter aus:
«Juden! Seht nur, wie der Mond scheint und wie hell es heute auf der Gasse ist! Wollen wir es vielleicht so machen, daß es für immer so bleiben soll?»
Fragt man ihn:
«Wie macht man das?»
«Ich weiß hierzu einen Rat», sagt der Obergescheite. «Da steht doch auf dem Markt ein Fäßlein Wasser. Wenn ihr hineinschaut, seht ihr darin den Mond. Aber er kann von dort hinaus! Laßt uns also einen Deckel auf das Fäßlein legen, und wenn die finsteren Nächte kommen, dann werden wir den Mond heraus-holen und er wird scheinen.»
Taten also die Juden, wie der kluge Chelmer sie geheißen hatte. Und als die finsteren Nächte kamen, nahm man den Deckel ab und schaute in das Fäßlein hinein – aber da war kein Mond!
Begannen die Chelmer zu schreien:
«Jemand hat den Mond gestohlen!»
Und sie liefen auseinander, in alle Gassen, um den Dieb zu packen …

Der Chelmer Dieb Jankl Moskewsker hatte volle vier Jahre im Gefängnis gesessen. Wie er heimkommt, sieht er, daß sein Weib vor nicht langer Zeit ein Knäblein geboren hat. Moskewsker ist von Natur ein ruhiger Mensch und liebt den Hausfrieden. Denkt er bei sich: Hab ich schon eine volle Stube mit Kindern, mag noch ein Flegel mehr dasein …

Krenkt ober doss najgebojrene jingl un schtarbt noch etleche chodoschim. Doss kind wert gebracht zu kewer-jissro'ejl un Jankl mus nebech sizn schiwe.

Kumen di schchejnim im trejsstn – wi men sogt: menachem owel sajn.

Ruft sich zu sej an der owel:

Ej, majne libe frajnt! Glojbt mir! A ssach mol in majn lebn bin ich schojn gesessn ... asoj umschuldik bin ich noch kejnmol nischt gesessn!

tfísse (h. tfissá), Gefängnis • *kúmendik*, kommend • *derwísst sich*, erfährt • *batéwe* (h. batéwa), von Natur • *schólem-bájiss* (h. schalóm-bájit), Hausfrieden • *ojb*, ob, wenn • *jat* (p.), Bursche, Kerl • *chodóschim*, plur. v. chójdesch (h. chódesch, chadaschím), Monate • *kéwer jissró'ejl* (h. kéwer-jissra'ejl), jüdischer Friedhof. *schíwe* (h. schiwá = 7), gemeint sind die 7 Tage, die man zum Ausdruck der Trauer beim Tode naher Verwandter ohne Schuhe auf einem niedern Schemel oder am Boden sitzend verbringt • *menáchem ówel sajn* (h. m'nachéjm awéjl) den Trauernden trösten • *ruft sich on* («ruft sich an»), ruft, ruft aus • *ówel* (h. awéjl), der Trauernde

A Chelemer jungerman fort basuchn sajn kale, woss wojnt in Lublin.

Onkumendik kejn Lublin, derwisst er sich, as doss mejdl ligt krank ojf der gripe. A frajnt rat im:

– 'ss-wolt gepasst, du solsst ir brengn a por blumen.

Der jungerman gejt zum gertner un sogt:

– Farkojft mir etleche rojsn far majn kranker kale!

Git der gertner a zi mit der plejze:

In drojssn is noch winter. Di rojsn senen sejer tajer. Ich kon ajch farkojfn zu drajssik kopikess a rojs.

Drajssik kopikess?! – wundert sich der Chelemer. – Asoj schtark krank is si noch nischt! ...

kálá (h. kali), Braut • *ónkumendik*, ankommend • *er derwísst sich*, er erfährt • *«git a zi»* («gibt einen Zieh»), zieht hoch, zieht • *pléjze* (p. plecy), Schultern, Rücken

Das neugeborene Jüngelchen kränkelt aber und stirbt nach etlichen Monaten. Das Kind wird auf den Friedhof gebracht, und Jankl muß, nebich, seine Trauerzeit absitzen.
Kommen die Nachbarn ihn trösten – wie man sagt: «m'nachejm awejl sein».
Da ruft ihnen der Trauernde zu:
«Ei, meine lieben Freunde! Glaubt mir! Viele Male in meinem Leben habe ich schon gesessen ... So unschuldig wie jetzt habe ich noch nie gesessen!»

Ein Chelmer junger Mann fährt seine Braut besuchen, welche in Lublin wohnt.
In Lublin angekommen, erfährt er, daß das Mädchen mit einer Grippe krank liegt. Ein Freund rät ihm:
«Es wäre passend, wenn du ihr ein paar Blumen bringen würdest.»
Der junge Mann geht zum Gärtner und sagt:
«Verkauft mir ein paar Rosen für meine kranke Braut!»
Der Gärtner zieht die Schulter hoch:
«Draußen ist es noch Winter. Die Rosen sind sehr teuer. Ich kann Euch die Rose zu dreißig Kopeken verkaufen.»
«Dreißig Kopeken?» wundert sich der Chelmer. «So gefährlich krank ist sie noch nicht! ...»

Zum Chelmer row reb Sissl kumt amol zu lojfn a dortiker jid mit a gewald:
– Rebe, ich mus sich getn mit majn wajb!
– Woss is di ssibe?
– Si baganwet mich!!
– Zi hosstu darojf a bawajs?
– Jo, rebe! Ich hob gefunen majn sejger baj ir untern busem!
Reb Sissl fartracht sich, dan fregt er:
Un woss far a sejger is doss gewen? A keschene-sejger, zi a want-sejger?

a gewald, ein Wehgeschrei • *sich getn* (von h. get = Scheidung), sich scheiden lassen • *ssíbe* (h. ssibá), Ursache • *bagánwet* (h. ganów = stehlen), bestiehlt • *séjger (mhd.)*, Uhr • *«fartrácht sich»*, versinkt in Nachdenken • *késchene* (p. keszen), Tasche

A Chelmer hot sich amol farglusst zu sen Warsche. Is er ojfgeschtanen ganz fri, genumen a schtekn mit a torbe zejdelederech un sich gelost zu fuss kejn Warsche.
Opgegangen a halbn weg, hot sich im farglusst schlofen. Hot er sich gelejgt mit di fiss kejn Warsche un mitn kop kejn Chelem, kedej as er wet ojfschtejn, sol er hobn a zejchn: wuhin di fiss lign ojssgezojgn, dort is Warsche.
Is farbajgegangn a lez un dersen, as ejner ligt ojssgezojgn inmitn schliach, hot er bald farschtanen, as doss is a Chelmer. Er hot ongenumen far di fiss un im ojssgedrejt farkert ...
Der Chelmer hot sich ojfgechapt, ojssgewischt di ojgn un a kuk geton, wuhin di fiss lign ojssgezojgn – ahin hot er sich gelost gejn wajter.
Gegangen is er asoj a halbn tog zurik kejn Chelem, sajendik sicher as er gejt kejn Warsche. Farnacht is er zugekumen zu di mojern fun der schtot.
– Punkt wi Chelem! – redt er zu sich.
Er kumt arajn in schtot – bakante gesslech.
– Punkt wi Chelem! – halt er in ejn wundern sich.

Zum Chelmer Rabbiner Reb Süssel kommt ein Jude mit Wehgeschrei angelaufen:
«Rabbi, ich muß mich von meinem Weibe scheiden lassen!»
«Was ist die Ursache?»
«Sie bestiehlt mich!»
«Hast du denn einen Beweis dafür?»
«Ja, Rabbi! Ich habe meine Uhr bei ihr unterm Busen gefunden!»
Reb Süssel versinkt in Nachdenken, dann fragt er:
«Und was für eine Uhr ist das gewesen? Eine Taschenuhr oder eine Wanduhr?»

Einmal gelüstete es einen Chelmer, Warschau zu sehen. Er stand ganz früh auf, nahm einen Stock und eine Tasche mit Reiseproviant und begann zu Fuß nach Warschau zu gehen. Den halben Weg hatte er schon hinter sich, da befiel ihn die Lust zu schlafen. Er legte sich mit den Füßen gegen Warschau und mit dem Kopf gegen Chelm, damit er beim Aufstehen dies als Zeichen haben sollte: wohin die Füße ausgestreckt lagen, dort war Warschau.
Da kam ein Spaßvogel vorbei und sah, wie einer mitten auf dem Wege ausgestreckt dalag. Er begriff sofort, daß dies ein Chelmer war. Er faßte ihn bei den Füßen und drehte ihn in die umgekehrte Richtung …
Der Chelmer fuhr aus dem Schlafe, wischte sich die Augen aus, warf einen Blick, um festzustellen, in welcher Richtung seine Füße lagen – und dorthin ging er weiter.
So ging er einen halben Tag in Richtung Chelm zurück, in der vollkommenen Sicherheit, daß er nach Warschau gehe. Vor Einbruch der Nacht erreichte er die Stadtmauern.
«Genau wie Chelm!» sagt er zu sich.

Er gejt noch wajter, set er hajser mit prisbess.
– Akurat wi in Chelem! –
Er is schojn in sajn ejgn gessl, lebn sajn ejgener schtub.
– Punkt wi in Chelem! –
Pluzem hot sich geefnt di tir un sajn wajb is im arojss antkegn.
– Gewald, Jidn! – hot er mit nischt sajn kojl ojssgeschrign – in Warsche is ojch do a Slate?! ...

tórbe (p. torba), Tasche, Rucksack • *zéjde-ledérech* (h. zejdá-l'dérech), Wegzehrung • *er hot sich gelost* (er hat sich gelassen), er begann zu ... • *kedéj* (h. k'dej), damit • *ójssgezojgn*, ausgestreckt • *lez* (h. lejz), Spötter, Spaßvogel • *dersén,* erblickt • *schlíach* (h. schaliach), Straße, Pfad • *bald,* sogleich • *sich óifchapn* (v. p. chapac = packen), aus dem Schlaf auffahren, aufwachen • *a kuk ton* («einen Guck tun»), einen Blick werfen • *prisbess* (r. prisba), Haus, Kneipe • *lebn*, neben • *schtub*, Stube, Häuschen • *kojl* (h. kol), Stimme; «*mit nischt sajn kojil*»: feste Redensart für «mit vor Entsetzen fremder Stimme»

Zum row reb Sissl kumt amol a zekrigt porfolk. Der man baklogt sich, as sajn wajb hot im zekrazt doss ganze ponem. Reb Sissl mussert di jidene:
– Farwoss hosstu zekrazt dajn man? Du wejsst den nischt, as a man is der kop fun der ganzer mischpoche?!
– Rebe lebn – entfert doss wajbl aroplosndik di ojgn – men tor doch fun zajt zu zajt sich a kraz ton in kop? ...

zekrigt («zerkriegt»), verzankt • *porfólk* (Paar + Volk), Paar, Ehepaar • *mússert* (v. h. mussár = Rüge, Tadel, Moral), hält eine Strafpredigt • *mischpóche* (h. mischpachá), Familie • *aróplosn*, herablassen • *tor*, darf • *a kraz ton* («einen Kratz tun»), kratzen

Er kommt in die Stadt hinein – alles bekannte Gäßlein. «Genau wie Chelm!» wundert er sich immerzu.
Er geht noch weiter, sieht Häuser mit Kneipen.
«Akkurat wie in Chelm!»
Er ist schon in seinem eigenen Gäßlein neben seinem eigenen Häuschen.
«Genau wie in Chelm!»
Plötzlich öffnet sich die Tür, sein Weib tritt heraus und kommt ihm entgegen.
«Gewalt, Juden!» schrie er mit ganz fremder Stimme. «In Warschau gibt es auch eine Slate?! ...»

Zum Rabbiner Reb Süssel kommt einmal ein verzanktes Pärchen. Der Mann beklagt sich, daß sein Weib ihm das ganze Gesicht zerkratzt habe.
Reb Süssel hält der Jüdin eine Strafpredigt:
«Warum hast du deinen Mann zerkratzt? Weißt du denn nicht, daß ein Mann das Haupt der ganzen Familie ist?»
«Rebe-Leben», antwortet das Weibchen mit gesenkten Augen, «man darf sich doch von Zeit zu Zeit am Haupte kratzen?» ...

Unterwegs

Jidn forn ojf a jerid. Der wogn is ful, nischto wu a schpilke arajnzuschtekn.
Zulezt kricht arojf a dike jidene un filt untern schuchsoll emizenss a kamasch.
Git si a freg:
– Ojf wemenss fuss schtej ich?
Ruft sich on Jajnkl der melamed:
– Ojb ’ss is a fuss in a blojen sok, is ess majn fuss …

jeríd (h. j’rid), Jahrmarkt. *schpílke* (p. szplika), Stecknadel • *émizenss,* jemandes

In ban sizn zwej jidn. Fregt ejner:
– Ma schmejchem? Fun wanen fort a jid?
Entfert jener:
– Hejssn hejss ich Jizschok Komornik, nor in schtot ruft men mich reb Izikl. Ich wojn in an ejgener dire in Sstanisslaw, chotsch alejn schtam ich op fun Torne. Ich handel mit gerschtn un hejwn. Ich hob zwej techter. Di eltere hot chassene gehat mit a jor zurik; di jingere is, in a guter scho, farknasst. Kejn naje gescheftn such ich nischt, kejn kortn schpil ich nischt un ’ch hob fajnt politik. Tomer rojchert ir – do senen schwebelech. Dort ojf der polke ligt majn hut, ir kont im onmessen … Ojb ir hot noch a frage, to fregt gich, wajl ich wil chapn a dreml!

ma schméjchem (h. ma schmejchém), was ist Euer Name? • *«a jid»*, «ein Jude»: Anrede für unbekannte Juden. *díre* (h. dirá), Wohnung • *hejwn*, Hefe • *«in a guter scho»* (h. scha’á = Stunde), «In einer guten Stunde!»: Glückwunschformel • farknástt (h. knass = Geldstrafe), verlobt. (Der zurücktretende Partner mußte eine Geldstrafe zahlen) • *«hob.fajnt»* («habe als Feind»), hasse • *tómer* (h. tomár = du wirst sagen …), vielleicht • *schwébelech*, Schwefelhölzer • *pólke (r.),* Gestell • *ojb*, wenn, ob • *gich*, schnell *dreml* (v. p. drzemac = schlummern), Schlummer, Schläfchen

Unterwegs

Juden fahren auf den Jahrmarkt. Der Wagen ist so voll, daß keine Stecknadel mehr hineingeht.
Zuletzt krabbelt noch eine dicke Jüdin hinauf und spürt unter ihrer Fußsohle einen Fuß.
Fragt sie:
«Auf wessen Fuß stehe ich?»
Ruft Jankl, der Lehrer:
«Wenn es ein Fuß in einem blauen Socken ist, dann ist es mein Fuß ...»

In der Bahn sitzen zwei Juden. Fragt der eine:
«Ma schmejchem – Was ist Euer Name? Woher kommt der Herr Jude gefahren?»
Antwortet jener:
«Heißen tue ich Jizchak Komornik, in der Stadt ruft man mich Reb Izikl. Ich wohne in einer eigenen Wohnung in Stanislau, stamme aber selber aus Thorn. Ich handle mit Gerste und Hefe. Ich habe zwei Töchter. Die ältere hat vor einem Jahr geheiratet; die jüngere ist verlobt – möge es zum Glück sein! Neue Geschäfte suche ich nicht, Karten spiele ich nicht und ich hasse Politik. Für den Fall, daß Ihr raucht – da sind Zündhölzchen. Dort auf dem Gestell liegt mein Hut – Ihr könnt ihn anprobieren ... Wenn Ihr noch eine Frage habt, dann fragt schnell, weil ich noch ein Schläfchen machen will!»

A galizischer miljoner, Sejde Grifl, fort ojf der chassene fun sajn ejnikl kejn Berlin. Baglejtn im krojwim, frajnt un ba'amtn: Ruft sich on a frajnt:
– 'ss is mir epess nischt inganzn klor. 'ch farschtej, farwoss du hosst gekojft a bilet far drite klass. Du wilsst sajn mit jidn inejnem. Ober kejn Berlin is a mahalech raw. Wosche forsstu mit a gewejnlechn zug un nischt mit kejn schnelzug?!
– Woss is do nischt zu farschtejn? – entfert reb Sejde. – 'ss kosst doch biliker un men fort lenger!

éjnikl, Enkel • *krójwim* (h. krowím), Verwandte • *mahálech raw* (h. mahalách raw), weite Strecke

Mendl Frid, a twu'e-ssojcher, is fun zarischn Russland geforn kejn Esstrajch ojf a fremdn passport un hot sich di ganze zajt gechasert, as sajn nomen is Gerschon Kaz.
Ojf der grenez, bajm kontrolirn di passporten, ruft sich op a schandar zu im:
– Wi hejsst ir?
Blajbt der ssojcher schtejn, tracht a wajle un entfert:
– Poriz lebn, wi asoj ich hejss, hob ich grod fargessn ... Nor Mendl Frid hejss ich sicher nischt!

Twú'e-ssójcher (h. ssochéjr = Kaufmann, twuá = Getreide), Getreidehändler • *gechásert* (h. chasór = wiederholen), wiederholt • «*ruft sich op*», ruft • *tracht,* denkt nach

Ejnmol is in Berditschewer hotel farforn an eleganter ojrech un baschtelt an eksstra-zimer.
Ober doss zimer mus sajn umbadingt rejn, a nischt wel ich nischt konen antschlofn wern!
Zumorgenss fregt der bal-achssanje dem gasst:
– Hot sich, wi geherik, ojssgerut?
– Nejn! Ich hob di ganze nacht nischt zugemacht kejn ojg.
– Woss is gewen di ssibe?

Ein galizischer Millionär, Seide Grifl, fährt auf die Hochzeit seines Enkels nach Berlin. Es begleiten ihn (zum Zug) Verwandte, Freunde und Beamte. Ein Freund ruft ihm zu:
«Eines ist mir nicht ganz klar: Ich verstehe, warum du dir ein Billett dritter Klasse gekauft hast: du willst unterwegs mit Juden zusammen sein. Aber nach Berlin ist es doch eine weite Strecke. Was also fährst du mit dem gewöhnlichen Zug und nicht mit dem Schnellzug?»
«Was ist da so schwer zu verstehen?» antwortet Seide. «Es kostet weniger und man fährt länger!»

Mendl Frid, ein Getreidehändler, fuhr mit einem fremden Paß aus dem zaristischen Rußland nach Österreich, und die ganze Zeit über wiederholte er bei sich, daß sein Name jetzt Gerson Katz sei.
An der Grenze, beim Kontrollieren der Pässe, ruft ihm ein Gendarm zu:
«Wie heißt Ihr?»
Der Kaufmann stockt, denkt eine Weile nach und antwortet:
«Lieber Herr, wie ich heiße, habe ich im Augenblick vergessen ... Aber Mendl Frid heiße ich sicher nicht!»

Einmal fuhr bei einem Berditschewer Hotel ein eleganter Gast vor und bestellte ein Extra-Zimmer.
«Aber das Zimmer muß unbedingt rein sein, sonst werde ich nicht einschlafen können!»
Am Morgen fragt der Hotelbesitzer den Gast:
«Hat der Herr sich gehörig ausgeruht?»
«Nein! Ich habe die ganze Nacht kein Auge zugemacht.»
«Was war die Ursache?»

– Ich hob gefinen in bet a tojt wenzele …
– Un zulib a tojt wenzele sent ir nischt antschlofn geworn?
– Jo, wen ir set ober, woss far a lewaje doss wenzele hot gehat! 'ss senen gegangen hinter sajn oren a por zendling gesunte, ojssgefressene wanzn …

farfórn, vorgefahren • *ójrech* (h. oréach), Gast • *a* = *as*, wenn • *bal-achssánje* (h. bá'alachssanjá), Gastwirt • *ssíbe* (h. ssibá), Ursache, Grund • *lewáje* (h. l'wajá), Leichenbegängnis • *óren* (h. arón), wörtl. Schrank; Sarg • *zéndling* («Zehnlinge»), dtsch. kann man nur sagen: Dutzende

Di parschojnen klogn sich, woss der wogn rirt sich kojm funm ort, un betn dem balagole er sol a bissl untertrajbn di ferdlech.
– 'ss is nischt nejtik! – sogt der furman. – Glojbt mir, ich ken di ferdlech majne nischt fun nechtn. Sej darfn nor weln, nemen sej fli'en wi di odlerss!
– Nor woss den?
– Woss den? Gornischt … 'ss hot sich derwajl kejn ejnmol nischt getrofn, as sej soln wein.

parschójnen, 1. Personen, 2. Passagiere • *balagóle* (h. bá'al-agalá), Fuhrmann, Kutscher • *nechtn*, gestern • *darfn*, brauchen, müssen • *nemen sej* («nehmen sie …»), beginnen sie …

A jidene schtejt ojfn peron funm Lubliner woksal un jomert un wejnt:
– Oj, a broch is zu majne jorn, ich hob farschpetikt dem zug!
– Mit a ssach hot ir farschpetikt? – fregt si a Chelemer chochem.
– Inganzn mit zwej minut!
– Tfu! – schpajt ojss der jid. – Wedlich ir schrajt, hob ich gemejnt, as ir hot farschpetikt dem zug chotschbi mit zwej scho! …

wóksal (Wagensaal), Bahnhof • *broch*, Unglück, «A broch is zu majne jorn», wörtl.: Ein Unglück zu meinen Jahren! Etwa: Weh mir! • *chóchem* (h. chachám), klug, weise • *wédlich*, entsprechend, so wie … • *chótschbi* (p. chocb), wenigstens • *scho* (h. scha'á) Stunde (im J. auch Mehrzahl)

«Ich habe im Bett ein totes Wänzlein gefunden ...»
«Und eines toten Wänzleins wegen seid Ihr nicht eingeschlafen?»
«Ja, wenn Ihr aber gesehen hättet, was für einen Leichenzug das Wänzlein gehabt hat! Hinter seinem Sarg sind etliche Dutzend gesunde, vollgefressene Wanzen hergegangen ...»

Die Passagiere beklagen sich, weil der Wagen sich kaum vom Fleck rührt, und bitten den Fuhrmann, er möchte die Pferdchen ein wenig antreiben.
«Es ist nicht nötig!» sagt der Fuhrmann. «Glaubt mir, ich kenne meine Pferdchen nicht erst seit gestern. Sie brauchen nur zu wollen – dann beginnen sie dahinzufliegen wie die Adler!»
«Also was ist los?»
«Was los ist? Gar nichts ... Einstweilen ist es halt noch nie vorgekommen, daß sie wollen.»

Eine Jüdin steht auf dem Perron des Lubliner Bahnhofs und jammert und weint:
«Weh mir, ich habe den Zug verspätet!»
«Habt Ihr ihn stark verspätet?» fragt sie ein kluger Chelmer.
«Im Ganzen nur mit zwei Minuten!»
«Püh!» speit der Jude aus. «So, wie Ihr schreit, hätte man meinen können, Ihr habt den Zug mindestens um zwei Stunden verspätet ...»

Afm banhof.
– Sogt nor, feter – fregt a jidene a jidn – wen gejt op der lezter zug kejn Warsche?
– Der lezter zug? Doss wet ir, mumesche, nit derlejbn!

kejn, nach (Richtung) • *múmesche*, Mühmchen • *derléjbn*, erleben

In zug sizt a jid un im antkegn sizt a polak. Ibern kop fun polak ligt ojbn a schwerer tschemodan, welcher bojgt sich nach fornt.
– Nemt awek dem tschemodan fun majn kop! – sogt bejs der polak zum jidn. – Tomer nit, warf ich im arojss durchn fenssterc.
Der jid rirt sich nit. – Tralala! – singt er mit fargnign. Der polak schrajt wider:
– Nemt awek dem tschemodan!
Tralala! – singt der jid wajter.
Der polak wert rojt fun kass, nemt dem kofer un warft im arojss durchn fenssterc.
Tralala! – singt der jid frejlech. – Doss is doch nit majn kofer …

tschemodán (r.), Koffer • *tómer* (h. tomár = du wirst sagen), vielleicht • *kass* (h. ká'ass), Zorn

In zug sizt a frumer jid mit bord un pejess. Im antkegn sizn draj junge fraje jidn un lachn im ojss wegn sajn frumkajt. A schpajs-wagon is in zug nito un di draj junge jidn sajnen schir bajm farhungern. Der frumer jid ober nemt arojss sajn pekl un hojbt on zu essn. Sej kukn im on un di schpajechz rint sej fun mojl. Sogt der frumer jid:
– Kumt essn, libe jidn! Jr hot mich take ojssgelacht, ober ir megt ruik mit mir essn. Nocher wel ich ajch bawajsn, as nit kukendik af ajer chuzpe sajnt ir doch di besste un schenesste mentschn af der welt.

Auf dem Bahnhof.
«Sagt mal, Vetter», fragt eine Jüdin einen Juden, «wann geht der letzte Zug nach Warschau ab?»
«Der letzte Zug? Das, Muhm, werdet Ihr nicht erleben!»

Im Zug sitzt ein Jude und ihm gegenüber ein Pole. Über dem Kopf des Polen liegt oben ein schwerer Koffer, der sich nach vorne neigt.
«Nehmt den Koffer über meinem Kopf weg!» sagt der Pole böse zum Juden. «Wenn Ihr es nicht tut, dann werfe ich ihn durchs Fenster!»
Der Jude rührt sich nicht. «Tralala!» singt er mit Vergnügen.
Der Pole schreit wieder:
«Nehmt den Koffer weg!»
«Tralala!» singt der Jude weiter.
Der Pole wird rot vor Wut, nimmt den Koffer und wirft ihn durchs Fenster.
«Tralala!» singt der Jude fröhlich. «Das ist doch nicht mein Koffer …»

Im Zug sitzt ein frommer Jude mit Bart und Schläfenlocken. Ihm gegenüber sitzen drei junge freidenkerische Juden und verspotten ihn wegen seiner Frömmigkeit. Einen Speisewaggon gibt es nicht im Zug, und die drei jungen Juden sind schier am Verhungern. Der fromme Jude aber (der im nichtkoscheren Speisewagen ohnehin nicht essen darf und folglich auf mitgebrachten Proviant angewiesen ist) nimmt sein Päckchen heraus und beginnt zu essen. Die drei schauen ihm zu, und der Speichel rinnt ihnen vom Munde.
Da sagt der fromme Jude:

Un nochn essn hojbt der frumer jid on:
– Ich wel ajch derzejln draj sachn, kedej ir solt farschtejn, farwoss ir sajnt di besste un schensste mentschn af der welt.
Najn jidn wartn geschpant lebn bess-medresch af a zentn jidn zum minjen. Sej kukn aher un ahin un mitamol dersen sej fun wajtn a mentsch. Is ess a jid oder a goj? Un – a lojb dem haschem jissborach – ess is a jid! Woss ken sajn schejner wi a jid?!
Frajtik zunacht farn schlofngejn, m'mus doss licht ojssleschn, un 'ss is nito kejn goj. M'kukt durchn fensster arojss un men set fun wajtn a mentsch. Is ess a goj oder a jid? A lojb dem haschem jissborach – ess is a goj! Woss ken sajn schejner wi a goj?!
A junger jid wil sich bafrajen fun militer. Der doktor untersucht im fun kop bis fuss – er is ober schtark un gesunt wi a bojm! Der junger jid is farzwejfit. Pluzlung antdekt der doktor baj im a parech afn kop. A lojb dem haschem jissborach farn parech! Woss ken schejner sajn fun a parech?!
Un izt, libe briderlech, ot is der musser hasskel: ken noch sajn af der weit schejnere un bessere wi ir draj – ir sent jidn, gojim un parchess …

péjess (h. peót = Ecken), Schläfenlocken. Auf Grund einer bestimmten Bibelstelle dürfen fromme Juden das Haupthaar an den Schläfen nicht abschneiden • *táke* (p. tako), tatsächlich, wirklich, zwar • *nit kúkendik* («nicht guckend»), trotz, obwohl • *kedéj* (h. k'dej), damit • *lebn*, neben • *bess-médresch* (h. bejt-hamidrásch), Bet- und Lehrhaus

• *mínjen* (h. minján = Zahl), Zehnzahl erwachsener männlicher Juden, die für Gemeindegottesdienst unerläßlich sind • *haschém jissbórach* (h. haschém jitbarách), der Name (nämlich Gottes) sei gelobt. In dieser jid. Redewendung ist der hebr. Satz gleichbedeutend mit «Gott» • *dersén* («ersehen»), erblicken • *goj* (h. Volk), 1. Nichtjude, Bauer. 2. religiös ungebildeter Jude, der die Gebote nicht einhält. Die Witzpointe beruht auf dieser Doppelbedeutung • *párech* (v. h. paróach = aufblühen. Hier: Aufblühen von Geschwüren), Kopfkrätze, übertragen: Dreckskerl. Im Deutschen kennt man eine ähnliche Doppelbedeutung nur bei Pest oder Auswurf • *músser hásskel* (h. mussár hasskéjl), logisch-moralische Folgerung, «Moral von der Geschicht'» • *gójim*, pl. v. goj, hier: grobe, religiös ungebildete Kerle

«Kommt essen, liebe Juden! Ihr habt mich zwar ausgelacht, aber ihr könnt ruhig mit mir essen. Nachher werde ich euch beweisen, daß Ihr trotz eurer Frechheit die besten und schönsten Menschen auf der Welt seid!»

Und nach dem Essen beginnt der Jude:

«Ich will euch drei Sachen erzählen, damit ihr verstehen sollt, warum ihr die besten und schönsten Menschen auf der Welt seid. –

Neun Juden warten ungeduldig neben dem Bethaus auf einen zehnten Juden für den Minian, den Gemeindegottesdienst (für den zehn Personen die vorgeschriebene Mindestzahl sind). Sie schauen hierhin und dorthin – und mit einem Mal erblicken sie von weitem einen Menschen. Ist es ein Jude oder ein Goj? Und – dem Herrn sei Lob und Dank – es ist ein Jude! Was kann es Schöneres geben als einen Juden?!

Es ist Freitagnacht vor dem Schlafengehen. Man muß das Licht auslöschen, und es ist kein Goj da. (Juden dürfen am Sabbat – der am Vorabend beginnt – weder Feuer anfachen noch löschen.) Man schaut durchs Fenster hinaus und man sieht von weitem einen Menschen. Ist es ein Goj oder ein Jude? Dem Herrn sei Lob und Dank – es ist ein Goj! Was kann es Schöneres geben als einen Goj?!

Ein junger Jude will sich vom Militärdienst befreien. Der Doktor untersucht ihn von Kopf bis Fuß – der Jüngling ist aber stark und gesund wie ein Baum! Der junge Jude ist verzweifelt. Plötzlich entdeckt der Doktor bei ihm einen krankhaften Auswurf. Dem Herrn sei Lob und Dank für den Auswurf! Kann es etwas Schöneres geben als einen Auswurf?!

Und jetzt, liebe Brüderlein, da habt ihr die Moral von der Geschicht': Ihr seid Juden und Gojim und Auswurf zugleich ...»

Gauner und Schnorrer

A betler kumt arajn mit a ojssgeschtekter hant un bet a nedowe ojf schtum-loschn.
Der baleboss git im a matbeje un fregt mild:
– Schojn lang as ir sent schtum?
– Ich bin gebojrn geworn a schtumer – entfert der betler.

nedówe (h. n'dawá), Almosen • *loschn* (h. laschón), Sprache • *matbéje* (h. matbéda), Münze

– Wi gejt ess dir, chower-lebn?
– Dankn got! Abi men is gesund
– Oj, bisstu nebech a kabzn!

chówer-lebn (h. chawéjr = Kamerad), «Kamerad-Leben», etwa: lieber Freund • *abt* (p. aby), wenn nur! • *kabzn* (h. kabzán), Bettler, Schnorrer

Zwej bekowedike jidn klojbn gelt far a gefalenem ssojcher. 'ss farschtejt sich, as sej wiln nischt megale sajn dem nomen funm jojred.
Der nogid funm schtetl is grejt zu gebn di gresste nedowe, er wil sich nor derwissn, far wemen klojbt men gelt. Er hechert fun minut zu minut dem ss'chum, ober di jidn schwajgn.
Sogt der nogid:
– Ich hob sich nor gewolt iberzajgn, zi ir kont haltn a ssod. Izt wejss ich ess ojf sicher un derfar take hob ich zu ajch a bakosche: Sajt asoj gut un klojbt azind ojchet far majnetwegn!

bekówedike (v. h. kawód = Ehre), respektierte, «bekowete» • *klojbn* (klauben), sammeln • *megále sajn* (h. megalé), offenbaren, aufdecken • *jójred* (h. joréjd = der Herabgesunkene), der Verarmte • *grejt,* bereit • *nedówe* (h. n'dawá), Almosen • *ss'chum* (h.), Betrag • *ssod* (h.), Geheimnis • *bakósche* (h. bakaschá), Bitte

Gauner und Schnorrer

Ein Bettler kommt mit ausgestreckter Hand herein und bittet mit der Gebärdensprache der Stummen um ein Almosen. Der Hausherr gibt ihm eine Münze und fragt mild:
«Seid Ihr schon lange stumm?»
«Ich bin als Stummer geboren», antwortet der Bettler.

«Wie geht es dir, lieber Freund?»
«Gott sei Dank! Wenn man nur gesund ist!»
«Ach, bist du, nebich, ein armer Teufel!»

Zwei respektable Juden sammeln Geld für einen verarmten Kaufmann. Es versteht sich, daß sie den Namen des Unglückseligen nicht nennen wollen.
Der reiche Mann des Städtchens ist bereit, ihnen eine sehr große Spende zu geben, er will aber wissen, für wen man das Geld sammelt. Er steigert den Betrag immer weiter und weiter, aber die Juden schweigen.
Da sagt der ‹Reiche›:
«Ich wollte mich nur überzeugen, ob ihr ein Geheimnis wahren könnt. Jetzt weiß ich es bestimmt, und darum habe ich nun an euch eine Bitte: Seid so gut und sammelt jetzt auch für mich!»

A klejnschteteldiker jid hot ajngehandlt fir meter wolschtof un ess gebracht zu a hejmischen schnajder, er sol im ojfnejen a beged ojf jontef.

Hot der schnajder ojssgemossn di ss'chojre un sich zelacht:

– Ot fun dem bissl tuch wilt ir hobn an anzug? Jr halt mich aponem far a kischefmacher?

Is der jid awek zu a zwejtn schnajder un der hot im an a schum tajne ojfgenejt a malbesch.

Jontef, as der jid is gekumen in bejss-medresch, set er, as dem schnajderss jingl trogt ojch a najem anzug fun der ejgener ss'choire, woss sajne.

Wendt sich der jid zum erschtn schnajder mit a frage:

'ss tajtsch, ir hot gesogt, as 'ss wet nischt sajn genug ss'chojre, un do se ich, as jener schnajder hot gehat genug afile zu baklejdn sajn jingl!

– Emess – hot im der erschter schnajder opge'entfert. – Ich ober hob a zwiling …

béged (h.), Kleid, Anzug • *jóntef* (h. jom tow = guter Tag), Feiertag • *ss'chójre* (h. ss'chorá), wörtl. Ware; hier: Stoff • *apónem* (d. a + h. paním = Gesicht, Oberfläche), offenbar • *kíschefmacher* (h. kischúf = Zauberei), Zaubermeister • *schum* (h.), irgend ein. Immer mit Negation zusammen: «on schum» = ohne jede …, ohne alle … • *tájne* (h. ta'aná), Argument, Einsprache • *málbesch* (h. malbúsch), Kleid, Gewand • *bejss-médresch* (h. bejt-hamidrásch), Lehrhaus, immer zugleich auch Bethaus • *'ss tajtsch* (woss is der tajtsch?), «was ist die Bedeutung?» • *afíle* (h. afilu), sogar

Jankl Mosskewssker schtejt wider far gericht. Dossmol hot er bagangen a ganz klejne genejwe un wert farmischpet nor ojf draj chodoschim tfisse.

Der richter fregt:

– Zi nemt ir an dem urtejl?

– Ich nem im on. Nor ich bet, as der her richter sol mir derlojbn opsizn majn schtrof in harbsst.

– Farwoss?

– Wajl baj unds is izter sseson …

genéjwe (h. g'nejwá), Diebstahl • *farmischpet* (d. ver + h. mischpát = Gericht), verurteilt • *chodóschim* (h. chodaschím), Monate • *tfisse* (h. tfissá), Gefängnis

Ein kleinstädtischer Jude handelte vier Meter Wollstoff ein und brachte sie zu einem einheimischen Schneider, er solle ihm einen Anzug für die Feiertage nähen.
Der Schneider maß die Ware und brach in Gelächter aus: «Von diesem bißchen Tuch da wollt Ihr einen Anzug haben? Ihr haltet mich offenbar für einen Zauberkünstler?»
Da ging der Jude zu einem zweiten Schneider, und dieser nähte ihm ohne jede Widerrede einen Anzug.
Am Feiertag, als der Jude ins Bethaus kommt, sieht er, daß auch des Schneiders Junge einen neuen Anzug vom selben Stoff, wie er ihn hat, trägt.
Wendet sich der Jude an den ersten Schneider mit der Frage: «Was soll das heißen? Ihr habt gesagt, der Stoff werde nicht ausreichen, und da sehe ich, daß jener Schneider genug hatte, sogar sein Söhnchen zu bekleiden!»
«Stimmt!» antwortete ihm der erste Schneider. «Ich aber habe Zwillinge ...»

Jankl Moskewsker steht wieder vor Gericht. Diesmal hat er einen ganz kleinen Diebstahl begangen und wird nur zu drei Monaten Gefängnis verurteilt.
Der Richter fragt:
«Nehmt Ihr das Urteil an?»
«Ich nehme es an. Nur bitte ich, daß der Herr Richter mir erlauben möge, meine Strafe im Herbst abzusitzen.»
«Warum?»
«Weil bei uns jetzt Saison ist ...»

– Baschuldikter! – fregt der richter a jidischn «unterweltnik». – Kent ir mir onrufn dem nomen fun ajer schutef, mit wemen ir sent bagangen di genejwe mit an ajnbruch?
– Dossmol, her richter, hob ich kejn schutef nischt gehat. Ich bin sich mit im fanandergegangn, wajl ich hob sich iberzajgt, as er is nischt kejn erlicher mentsch.

ónrufn, nennen • *schútef* (h. schutáf), Compagnon, Teilhaber • *genéjwe* (h. g'nejwá), Diebstahl

A schnorer kumt zu a gwir noch a nedowe un halt sich derbaj mit zufil chuzpe. Bamerkt derojf der gwir:
– As men kumt zu jenem betn a nedowe, darf men schtil un baschejdn wartn in foderhojs!
– Doss gefeit mir dawke! – sogt der balejdikter schnorer. – Dacht sich, as nischt fun nechtn hob ich sich genumen zu schnoreraj! Ich bin, boruch haschem, ganze finf un zwanzik jor in der dosiker parnosse, wel ich izt ojf der elter sajn baj ajch sich lernen schnorn?!

gwir (h.), Reicher. *nedówe* (h. n'dawá), Almosen • *chúzpe* (h. chuzpá), Frechheit • *dáwke* (h. dawká), ausgerechnet! dawke! • «*dacht sich*», es dünkt, es scheint • *nechtn*, gestern • *bóruch haschém* (h. barúch haschém), «gelobt sei der Name (Gottes)!», Gottlob! *dosiker,* dieser • *parnósse* (h. parnassá), Einkommen, Beruf, Lebensunterhalt

Be'ejss der erschter welt-milchome fregt an esstrajchischer ofizir an eltern jidischn landschturm-selner, woss schtamt fun a klejn galizisch schtetl:
– Woss sent ir fun fach?
– A jid.
– Doss is doch kejn fach nischt!
– Baj uns in Galizje – jo …

be'éjss (b'ejt), zur Zeit • *milchóme* (h. milchamá), Krieg

«Angeklagter!» fragt der Richter den jüdischen «Unterweltler». «Könnt Ihr mir den Namen Eures Compagnons nennen, mit dem zusammen Ihr den Einbruchdiebstahl begangen habt?»
«Diesmal, Herr Richter, habe ich keinen Compagnon gehabt! Ich bin mit ihm auseinander, weil ich mich überzeugt habe, daß er kein ehrlicher Mensch ist.»

Ein Schnorrer kommt zu einem Reichen um ein Almosen und legt dabei zuviel Frechheit an den Tag. Bemerkt darauf der Reiche:
«Wenn man zu jemandem kommt, um ihn um ein Almosen zu bitten, muß man still und bescheiden im Vorhaus warten!»
«Na, das gefällt mir!» sagt der beleidigte Schnorrer. «Schließlich habe ich nicht erst gestern mit der Schnorrerei begonnen! Ich bin, Gott sei gelobt, schon ganze fünfundzwanzig Jahre in dem Metier – werde ich jetzt auf meine alten Tage bei Euch lernen, wie man schnorrt?!»

Zur Zeit des Ersten Weltkrieges fragt ein österreichischer Offizier einen ältern jüdischen Landsturmmann, der aus einem kleinen galizischen Städtchen stammt:
«Was seid Ihr von Beruf?»
«Ein Jude.»
«Das ist doch kein Beruf!»
«Bei uns in Galizien schon!»

An oreman wil arajngejn zum zadik. Hejsst men im wartn in foderhojs, wajl der rebe is schtark farnumen: ess sizt baj im a bakanter gwir.

Erscht noch zwej scho lost im der gabe arajn.

Der zadik kukt an dem ojrech, sogt zwej werter «scholem alejchem» un git im a rubl.

– Rebe! – balejdikt sich der oremer chossid. – Mit a gwir hot ir geredt ganze zwej scho un mich fartikt ir op noch a halber minut?!

– Ich wel dir doss gebn zu farschtejn – entfert der zadik. – Mitn gwir hob ich gemust firn sejer a langen schmu'ess, bis ich hob sich derwisst, as er is an oreman. Un dich hob ich nor ongekukt un bald gewusst, mit wemen ich hob zu ton.

farnúmen («vernommen»), beschäftigt • *gwir* (h.), Reicher • *scho* (h. scha'á), Stunde oder Stunden • *gábe* (h. gabáj), ursprünglich Steuereinnehmer, Verwalter der Krankenkasse. Heute Synagogenvorstand oder eine Art Manager und Sekretär des Wunderrabbi • *ójrech* (h. oréach), Gast • *schólem aléjchem* (h. schalóm alejchém = Friede mit Euch), üblicher Gruß • *schmú'ess* (h. schmuá = Gerücht), Unterhaltung, Plauderei

A jid kumt arajn in a Lemberger amt un schtelt sich for alss arbetsslos.

– Woss sent ir fun baruf? – fregt im der ba'amter.

– A jeger fun wilde chajess.

– Wu?

– In Bojberik.

– Ober dort senen nischto kejn wilde chajess!

– Ot derfar take bin ich arbetsslos.

chájess (h. chajót = Lebewesen), wilde Tiere

In kantor fun a rajchn fabrikant gejt arajn an opgerissener jid.

– Hot rachmoness un git a gressere nedowe a faroremtn klesmer, an ow metupl mit kinder!

Ein Armer will zum Wunderrabbi hineingehen. Man heißt ihn im Vorhaus warten, weil der Rabbi stark beschäftigt ist: es sitzt bei ihm ein bekannter reicher Mann.
Erst nach zwei Stunden läßt ihn der Sekretär hinein.
Der Rabbi blickt den Gast an, sagt zwei Worte: «Schalom alejchem» und gibt ihm einen Rubel.
«Rabbi», ist der arme Chassid beleidigt. «Mit dem Reichen habt Ihr volle zwei Stunden gesprochen, und mich fertigt Ihr nach einer halben Minute ab?!»
«Ich will dir das zu verstehen geben», antwortet der Rabbi. «Mit dem Reichen mußte ich ein sehr langes Gespräch führen, bis ich erfahren habe, daß er ein armer Teufel ist. Dich aber habe ich nur angeblickt und alsbald gewußt, mit wem ich es zu tun habe.»

Ein Jude kommt in ein Lemberger Amt und stellt sich als arbeitslos vor.
«Was seid Ihr von Beruf?» fragt ihn der Beamte.
«Ein Jäger von wilden Tieren.»
«Wo?»
«In Bojberik.»
«Aber dort gibt es doch gar keine wilden Tiere!»
«Darum eben bin ich arbeitslos.»

Ins Kontor eines reichen Fabrikanten kommt ein abgerissener Jude herein.
«Habt Mitleid und gebt einem verarmten Musikanten ein größeres Almosen, einem Familienvater, behaftet mit Kindern!»

Der fabrikant batracht im genoj un sogt:
– Dacht sich, as ir sent schojn baj mir gewen mit zwej wochn zurik?
– Jo.
– Ober demolt hot ir sich forgeschtelt alss gefalener ssojcher?
– Emess – schoklt der betler mitn kop. – Nor sogt schojn alejn: kon men den in aselche schwere zajtn lebn fun ejn fach?!

rachmóness (h. rachmanút), Erbarmen • *nedówe* (h. n'dawá), Almosen • *klésmer* (h. klejsémer = Musikinstrumente), Musikant • *ow* (h. aw), Vater • *metúpl* (h. m'tupál), behaftet, befallen • *schoklt,* nickt (‹schüttelt› würde dagegen heißen: drejt)

In Kolomej is gewen a nogid reb Gedalje, woss hot zulib sajn kargschaft geschemt ojf der ganzer welt.
Ejnmol kumt zu im arajn an oreman fun der wajter fremd. Reb Gedalje derlangt im di hant un sogt:
– Scholem alejchem a jid!
Der betler glozt ojf im ojss a por ojgn:
– Fun wanen wejsst ir, as ich bin nischt kejn higer?
– Wajl wen ir sent a higer, wolt ir gewusst, as ich gib nischt kejn nedowess ...

«*hot geschemt*» (v. h. schem = Name, Ruf), hat den Ruf gehabt • *derlángt,* reicht • *glozt ojf im ojss a por ojgn,* wörtl. «glotzt auf ihn aus ein Paar Augen» • *híger,* Hiesiger • *nedówess* (h. n'dawót), Almosen (plur.)

Bejnisch Silberkrop, an ojfgekumener gwir, hot gehat a schem fun a grojssn bal-zdoke. Ejnmol in chojdesch fleg er alejn tejln nedowess, nischt wejniker wi fufzik groschn far a jedn betler.
Treft sich ober, as ess kumt zu im an ormer lamdn, derlangt im reb Bejnisch a matbeje fun zwanzik groschn.
Balejdikt sich awade der «schejne jid» un fregt:

Der Fabrikant betrachtet ihn genau und sagt:
«Mir deucht, daß Ihr schon vor zwei Wochen bei mir gewesen seid?»
«Ja.»
«Aber damals habt Ihr Euch doch als verarmten Kaufmann vorgestellt?»
Der Bettler nickt mit dem Kopf: «Das ist wahr. Nur, sagt selber: kann man denn in solch schweren Zeiten von einem einzigen Berufe leben?»

In Kolomea lebte ein reicher Mann, Reb Gedalie, dessen Geiz auf der ganzen Welt bekannt war.
Einmal kommt zu ihm ein armer Mann aus weiter Ferne.
Reb Gedalie reicht ihm die Hand und sagt:
«Schalom alejchem, Herr Jude!» (Üblicher Gruß an Fremde.)
Der Bettler glotzt ihn mit aufgerissenen Augen an:
«Woher wißt Ihr, daß ich kein Hiesiger bin?»
«Wenn Ihr ein Hiesiger wäret, hättet Ihr gewußt, daß ich keine Almosen gebe ...»

Bejnisch Silberkrop, ein reicher Emporkömmling, hatte den Ruf eines großen Wohltäters. Einmal im Monat pflegte er selber Almosen auszuteilen, nicht weniger als fünfzig Groschen für jeden Bettler.
Einmal trifft es sich aber, daß ein armer Gelehrter zu ihm kommt, da reicht ihm Reb Bejnisch zwanzig Groschen.
Natürlich ist der «feine» Jude beleidigt und fragt:

– Ich farschtej nischt! A betler git ir fufzik groschn, un a talmidchochem zwanzik?!
– Woss is do nischt zu farschtejn? Zu wern alejn a betler, bin ich kej nmol nischt bawornt. Ober zu wern a talmid-chochem bin ich ojf ejbik bawornt …

gwir (h.), Reicher • *bal-zdóke* (h. bá'al-zdaká), Wohltäter • *chójdesch* (h. chódesch), Monat • *nedówess* (h. n'dawót), Almosen • *lamdn* (h. lamdán), wörtl. Lerner, Gelehrter • *derlángt,* reicht • *malbéje* (h. matbéa), Münze • *«schéjner ‚jid»:* Bezeichnung für vornehmen, gebildeten, feinen Juden • *tálmid-chóchem* (h. talmíd-chachám), wörtl. weiser Schüler, Gelehrter • *bawórnt*, bewahrt, gesichert

Zwej betlerss – a blinder un a lomer – bagegenen sich in gass.
– Wi gejt ess dir? – fregt der blinder.
– Wi du sesst … – entfert der lomer.

An ojssgehungerter jeschiwe-bocher is gewen farbetn ojf schabess zum klejnschtetldikn gwir, a grojssn kamzn. Derse'endik ojfn tisch a frische, schmekendike chale un a fleschl maschke, fregt er nischt kejn ssach, gisst sich an a ful glesl, brecht op a schtik kojletsch un tunkt im in schnapss.
Der bocher kajet mit ale zejn un dem kargn gwir wargt ess als in hals, bis sajn kass plazt arojss in di werter:
– Jungerman, woss tunkt ir epess chale in bronfn?
– Baleboss lehn, 'ss is sejer geschmak.
– Ess kosst ober tajer!!
– Wosche mejnt ir? 'ss is take wert!

jeschíwe-bócher (h. jeschiwá = Sitzen, Talmudhochschule; bachúr = Jüngling), Student einer Jeschiwa • *farbétn*, zu Gast gebeten • *gwir* (h.), Reicher • *kamzn* (h. kamzán), Geiziger • *dersé'endik* («ersehend»), erblickend • *chále* (h. chalá = Teighebe), Eierzopf • *máschke* (h. maschké = Getränk), Schnaps • *kójletscb* (slaw. kolatsch), helles Hefegebäck, hier: Eierzopf • *kass* (h. ká'ass), Zorn, Wut • *bronfn*, Branntwein

«Ich verstehe das nicht! Einem Bettler gebt Ihr fünfzig Groschen und einem Talmudgelehrten zwanzig?!»
«Was ist da nicht zu verstehen? Selber ein Bettler zu werden, davor bin ich niemals sicher. Aber ein Talmudgelehrter zu werden, davor bin ich auf ewig sicher ...»

Zwei Bettler, ein blinder und ein lahmer, begegnen einander auf der Gasse.
«Wie geht es dir?» fragt der Blinde.
«Wie du siehst ...» antwortet der Lahme.

Ein ausgehungerter Talmudstudent war am Sabbat zum reichsten Mann der kleinen Stadt, einem großen Geizkragen, eingeladen. Als er auf dem Tisch einen frischen, duftenden Eierzopf und ein Fläschchen Schnaps erblickt, fragt er nicht viel, gießt sich ein Gläschen voll, bricht ein Stück von dem Gebäck ab und tunkt es in den Schnaps.
Der Bursche kaut auf beiden Backen, den reichen Geizhals würgt es im Hals, bis sein Zorn in den Worten ausbricht: «Junger Mann, was tunkt Ihr da Eierzopf in Schnaps?»
«Lieber Hausherr – es schmeckt sehr gut.»
«Es ist aber sehr teuer!»
«Na, was meint Ihr? Es ist es auch wirklich wert!»

A betler is farforn in an achssanje. Opgegessn a fajnem mitog, geschlofn zugedekt mit a puchenem ojberbet.
Zumorgenss mont baj im der baleboss ganze draj kerblech.
Sogt der betler:
– Ich bin an oreman. Bald wel ich gejn un in di negidische hajser klajbn nedowess, un bis farnacht wel ich ajch, mirzeschem, bazoln dem ganzn chojw.
Wert der bal-achssanje rojt fun kass un schrajt:
– Ich wel ajch nischt arojsslosn! Ich glojb ajch nischt!!
– Ojb ir glojbt mir nischt – macht der betler – to gejt mit mir in di hajser un kassirt ajn ajer gelt! ...

farfórn, vorgefahren • *achssánje* (h. achssaniá), Gasthaus • *púchenem* (v. p. puch = Flaum), mit Flaum gefüllt • *ójberbet* • Überbett, Bettdecke *kérblech,* Rubel (der Münzrand war gekerbt) *negídisch* (v. h. nagid), reich *klajbn,* klauben, sammeln • *mírzeschem* (h. im jirzé haschéjm),wenn der Name (= Gott) will • *chojw* (h. chow), Schuld *bal-achssánje* (h. bá'al-achssanjá), Gastwirt • *kass* (h. ká'ass), Wut, Zorn

A jeschiwe-bocher bot farbracht di ganze nacht ligendik ojf a harter bank in bejss-medresch. Fartog wekt er sich ojf un filt a wejtog in ale ejworim. Pluzem gefint er ojf der bank a gensene feder.
Hojbt er sich an zu schoklen un firt ojss a kal-wochojmer:
– Ojb asa klejn federl hot mir ongeton aselche jissurim, wi asoj musn sich nebech matern di negidim, woss lign a ganze nacht ojssgezojgn ojf di ojberbetn fun gensene federn!

lígendik, liegend • *bejss-médresch* (h. bejt-hamidrásch), Lehrhaus, zugleich Bethaus • *wéjtog,* Schmerz • *ejwórim* (h. awarím), Glieder • *kal-wochójmer* (h. kal wachómer), Fachausdruck für logischen Schluß e minori ad maiorem • *jissúrim* (h. jissurím), Qualen • *mátern,* martern, quälen • *ójssgezojgn,* ausgestreckt

Ein Bettler fuhr bei einem Gasthaus vor. Er aß ein feines Mittagsmahl, und schlief zugedeckt mit einer Daunendecke. Am Morgen fordert der Besitzer von ihm volle drei Rubel. Sagt der Bettler:
«Ich bin ein armer Mann. Gleich gehe ich in die reichen Häuser Almosen sammeln, und bis zum Abend werde ich, so Gott will, Euch den ganzen geschuldeten Betrag bezahlen.»
Wird der Gastwirt rot vor Wut und schreit:
«Ich werde Euch nicht hinauslassen! Ich glaube Euch nicht!»
«Wenn Ihr mir nicht glaubt», sagt der Bettler, «dann geht mit mir in die Häuser und kassiert Euer Geld selber ein! ...»

Ein Talmudstudent hat die ganze Nacht im Lehrhaus auf einer harten Bank liegend verbracht. Vor Tag wacht er auf und fühlt Schmerzen in allen Gliedern. Plötzlich findet er auf der Bank eine Gansfeder.
Da beginnt er mit dem Körper zu schaukeln und schließt wie folgt e minori ad maiorem:
«Wenn schon ein so kleines Federchen mir solche Qualen antun konnte – wie müssen sich dann – nebich! – die Reichen quälen, welche die ganze Nacht auf Überbetten mit Gänsefedern ausgestreckt liegen!»

Zwej betlerss – alte chawejrim – trefn sich ojfn bejss-ojlem. Is ejner fun sej mojdije:

Gib mir op masl-tow! 'ch hob in a guter scho farknasst di tochter!

– Sol sajn mit masl! Un wer is der chossn?

– Fischl mit der belme ojfn rechtn ojg.

– A fajner bocher, asa jor zu mir! Un wifil hosstu im gegebn nadn?

– Freg schojn gornischt! Er hot fun mir opgeschundn di hojt! Ich hob im gemust opgebn di ganze Tissmenizer un halb Brukowane gass un ich tor afile kejn fuss nischt arajnschteln in di dortike hajser ...

chawéjrim (h. chawejrím), Kameraden • *bejss-ójlem* (h. bejt-olám), jüdischer Friedhof • *mojdíje* (h. modía), teilt mit • *masl-tow* (h. masál = Gestirn, Schicksal, Glück; tow = gut), Glückwunsch, Gratulation • *scho* (h. scha'á), Stunde • *farknásst* (v. h. knass = Geldstrafe. Fremdwort, abgeleitet vom lat. «census»), verlobt. Der zurücktretende Teil mußte nach dem jüdischen Recht eine Geldbuße zahlen. Der Rotwelschausdruck «verknacken», der sich auch in der Alltagssprache eingebürgert hat, ist mit «farknassn» identisch • *chossn* (h. chatán), Bräutigam • *belme* (v. russ. belo = weiß), verblaßte Iris, starartige Schädigung des Auges • *«asa jor zu mir»,* wörtl. «Ein solches Jahr zu mir!», positiv beschwörende Formel • *nadn* (h. nadán), Mitgift • *tor,* darf • *afíle* (h. afílu), sogar

Hojschane rabe baj nacht, wen der himel efnt sich, sajnen geschtanen etleche jidn afn gass, hobn gekukt zum himel un a jeder hot sich epess gewunschn. Ejner wil wern a gwir, a zwejter – di tochter chassene machn. A driter – di wajb sol a kind hobn.

Zwischn sej is geschtanen der schtotbetler un hot epess zum himel gescheptschet.

– Nu – fregn im di jidn. – Woss hosstu dir gewunschn?

– Ich wil der ejnziker betler an konkurenz in schtot sajn ...

Hofscháne rábe (h. hoschaná rabá), ein bestimmter Festtag im Herbst. Nach einem alten Volksglauben öffnet sich an diesem Tage genau um Mitternacht der Himmel, und Wünsche, die in diesem Augenblick ausgesprochen werden, gehen in Erfüllung • *gwir* (h.), reicher Mann • *chássene machn* (h. chatuná = Heirat), verheiraten • *geschéptschet* (p. szeptac = flüstern), geflüstert

Zwei Bettler, alte Kameraden, begegnen einander auf dem Friedhof.
Verkündet der eine von ihnen:
«Beglückwünsche mich! Ich habe – möge es in einer guten Stunde geschehen sein! – meine Tochter verlobt!»
«Meinen Glückwunsch! Und wer ist der Bräutigam?»
«Fischl mit dem Star auf dem rechten Auge.»
«Ein feiner Kerl, so wahr ich lebe! Und wieviel Mitgift hast du ihm gegeben?»
«Frag lieber nicht! Er hat von mir die Haut abgeschunden! Ich habe ihm die ganze Tismenizer und die halbe Brukowaner Gasse abgeben müssen und darf in die Häuser dort nicht einmal einen Fuß hineinsetzen …»

Am Fest Hoschana Raba, bei Nacht, wenn der Himmel sich öffnet, standen etliche Juden auf der Gasse, blickten zum Himmel, und ein jeder wünschte sich etwas. Einer will reich werden, ein zweiter seine Tochter verheiraten, ein dritter, daß seine Frau ein Kind bekommen soll.
Unter ihnen stand der Stadtbettler und flüsterte etwas zum Himmel empor.
«Nun?» fragen ihn die Juden. «Was hast du dir gewünscht?»
«Ich will der einzige Bettler in der Stadt sein, ohne Konkurrenz.»

Geschäfte

Ssore, a najgerike jidene, fregt ir schchejnete:
– Fun woss lebt der jungerman, woss lebt baj ajch?
– Er schrajbt – un ess gejt im sejer gut.
– Woss schrajbt er? Lider, romanen?
– Nejn, er schrajbt briw zu sajn rajchn tatn.

schchéjnete (v. h. schchejná), Nachbarin • *tatn* (v. p. tata = Papa), Vater

In Nju-Jork hot a jidene bakumen a schreklechn zon-wejtok un is arajn in a hojs, wu 'ss hot sich gefunen doss bjuro fun a barimtn adwokat. Si efnt di tir un derset dort a jidisch mejdl ajngebojgn iber der schrajb-maschin.
– Tochtersche – wendt si sich zum mejdl – do rajsst men di zejn?
– Nejn – entfert doss mejdl – do rajsst men nischt di zejn, do rajsst men di hojt …

Dersèt, erblickt

In a klejnem galizischn schtetl hot sich amol bawisn an englender.
– Woss far an ej ssek kon er hobn in unser farworfenem winkel? – ot di frage hot nischt gelost ru'en ale ssochrim, kremerss un meklerss.
– Un ich sog ajch – ruft sich an der mekler Motje – as doss is sejer a grober mentsch …
Fregt der ojlem:
– Fun wanen is doss gedrungen?
Entfert Motje:
– Hajnt in der fri bin ich gewen baj im in hotel, hot er mich balejdikt wi dem leztn …
– Woss hejsst, er hot dich balejdikt? Du farschtejsst den englisch?

Geschäfte

Sara, eine neugierige Jüdin, fragt ihre Nachbarin:
«Wovon lebt der junge Mann, der bei Euch wohnt?»
«Er schreibt – und es geht ihm sehr gut.»
«Was schreibt er? Lieder? Romane?»
«Nein, er schreibt Briefe an seinen reichen Vater.»

In New York bekommt eine Jüdin schreckliches Zahnweh, sie gerät aber in ein Haus hinein, wo sich das Büro eines berühmten Advokaten befindet. Sie öffnet die Tür und erblickt dort ein jüdisches Mädchen, das über eine Schreibmaschine gebeugt sitzt.
«Töchterchen», wendet sie sich zu dem Mädchen, «reißt man hier die Zähne?»
«Nein», antwortet das Mädchen, «hier reißt man nicht die Zähne, hier reißt man die Haut …»

In einem kleinen galizischen Städtchen tauchte einmal ein Engländer auf.
«Was für Geschäfte kann er in unserm gottverlassenen Winkel haben?» Diese Frage versetzte alle Kaufleute, Krämer und Makler in Aufregung.
«Und ich sage euch», ruft der Makler Motje aus, «daß das ein sehr grober Mensch ist …»
Fragen die Leute:
«Woraus schließt du das?»
Antwortet Motje:
«Heute in der Früh war ich bei ihm im Hotel, da hat er mich beleidigt wie den letzten …»
«Was heißt, er hat dich beleidigt? Verstehst du denn englisch?»

– Wen er hot mich ongenumen farn kolner un aropgeworfn fun ale trep, hob ich im tej kef farschtanen!

sich bawísn («sich bewiesen»), ist erschienen • *éjssek* (h.), Geschäft, Anliegen • *ójlem* (h. olám), Welt, Ewigkeit; Publikum, Leute • *«fun wanen is dass gedrungen»* = feste Formel für: woraus folgt das? • *kólner* (p. kolnierz), Kragen • *téjke* (h.), sofort

Jossl un Frojim– zwej ojfgekumene negidim, gewesene Schnajderss – senen gekumen ojf opru kejn afrike.
Opgegessn a fajnem mitog, schpazirn sej in der sswiwe fun schtot.
Sej dernentern sich schojn zum wald … Pluzem hert sich a knakendik gerojsch un funm dschungl lojft sej antkegn a lempert.
– Frojim, wej is zu unsere jorn! Woss is doss far a wilde chaje? fregt mit a ziterdiker schtim Jossl.
– Woss fregsstu mich? – bejsert sich Frojim. – Ich bin den a kirschner?! …

ópru («Abruh»), Erholung • *sswíwe* (h. sswiwá), Umgebung • *«wej is zu unsere jorn»* («Weh ist zu unsern Jahren!») = Weh uns! • *cháje* (h. chajá), Lebewesen, Bestie • *béjsert sich*, wird böse, erzürnt sich

A jid, rojt far kass, lojft arajn zum sejgermacher.
– Ir hot mich opgenart un baschwindelt! Majn keschene-sejger is wider kalje geworn, chotsch mit a chojdesch zurik hot ir in faricht un garantirt, as er wet mir dinen kol sman ich wer lebn!
Der sejgermacher kukt an dem kli'ent un entfert ruik:
– Schat, feter, schrajt nischt asoj! Woss bin ich schuldik, as mit a chojdesch zurik hot ir ojssgesen wi a mess? …

kass (h. ká'ass), Zorn, Wut *séjgermacher* (mhd. seiger = Uhr), Uhrmacher • *ópgenart*, beschwindelt, zum Narren gehalten • *késchene* (p. keszec), Tasche *kálje* (entweder v. p. kalac = verderben, oder v. h. kaló = vernichten, verderben), verdorben, kaputt • *chotsch* (p. choc), obwohl *chójdesch* (h. chódesch), Monat • *«a chojdesch zurik»* = vor einem Monat • *faricht* («verrichtet»), gerichtet • *kol sman* (h.), alle Zeit, die ganze Zeit • *mess* (h. mejt), Toter, Leiche

«Als er mich beim Kragen gefaßt und von allen Treppen hinunter geworfen hat, habe ich ihn sogleich verstanden!»

Jossl und Frojim, zwei reiche Emporkömmlinge, frühere Schneider, sind zur Erholung nach Afrika gekommen.
Sie essen ein feines Mittagsmahl, dann spazieren sie in der Umgebung der Stadt.
Sie nähern sich schon dem Walde ... Plötzlich hört man ein knackendes Geräusch und aus dem Dschungel läuft ihnen ein Leopard entgegen.
«Weh uns, Frojim! Was ist das für eine wilde Bestie?» fragt mit zitternder Stimme Jossl.
Frojim wird böse: «Was fragst du mich? Bin ich denn ein Kürschner?»

Ein Jude, rot vor Wut, läuft zum Uhrmacher hinein.
«Ihr habt mich betrogen und beschwindelt! Meine Taschenuhr ist wieder kaputt, obwohl sie erst vor einem Monat bei Euch zur Reparatur war und Ihr mir garantiert habt, daß sie mir dienen wird, solange ich lebe!»
Der Uhrmacher blickt den Kunden an und antwortet ruhig: «Sch! Vetter, schreit nicht so! Was bin ich schuld, daß Ihr vor einem Monat wie.eine Leiche ausgesehen habt ...?»

A Tissmenizer mekler hot baschwindelt sajnem a kli'ent un is farmischpet geworn ojf sekss chodoschim aresst.
Asoj wi di tfisse fint sich in Sstanisslaw, nemt er a bissl zejdelederech un schpant zu der sstazje.
Ojfn weg kumt im antkegn sajn schochn un fregt:
– Bejnisch, wuhin gejsstu?
Entfert der mekler mit fir werter:
– Ich ge forn sizn …

farmíschpet (d. ver + h. mischpát = Gericht), verurteilt • *chodóschim* (h. chodaschím), Monate • *tfisse* (h. tfissá), Gefängnis • *zéjde-ledérech* (h. zejdá l'deréch), Wegproviant • *schpant* («spannt»), marschiert • Jid. schpan = ein Schritt

Der twu'e-mekler Jojne kumt arajn in prizischn hojf un set a grojssn hunt, woss ligt farn ganek un rirt sich nischt funm ort. Jojne blajbt schtejn, tracht a wajl, dernoch kert er sich um un gejt in richtung fun schossej.
– Farwoss antlojft ir? – fregt im der ekonom. – Unser bunt tschepet doch kejnem nischt …
– Ich wel ajch doss gehn zu farschtejn – sogt Jojne. – Ojb der hunt bilt nischt ojf mir, is a ssimen, as er hot sich schojn zugewejnt zu jidisch bort un pejess, doss hejsst zu andere meklerss. Un ojb asoj, to sogt alejn: Woss far gescheftn kon ich do machn mit ajer graf? …

twú'e (h. twuá), Getreide • *prízischn* (v. poriz cf. Glossar), zum Gutshof gehörend, gräflich • *gánek* (p.), Vorraum, Altane • *tracht*, denkt nach • *tschépet* (p.czepic), jemanden reizen, «frozzeln» • *ojb*, ob, wenn • *ssímen* (h. ssimán), Zeichen • *péjess* (h. peót = Ecken), Schläfenlocken der orthodoxen Juden

In farmilchomedikn Pojln bagegenen sich zwej jidn. Fregt ejner dem zwejtn:
– Wu arbetsstu?
– In ergez nischt.
– Un woss tusstu?
– Gornischt.

Ein Tismenizer Makler hat einen seiner Klienten beschwindelt und ist zu sechs Monaten Gefängnis verurteilt worden. Da das Gefängnis sich in Stanislau befindet, nimmt er ein wenig Reiseproviant und marschiert zur Bahnstation.
Auf dem Weg begegnet ihm sein Nachbar und fragt:
«Bejnisch, wohin gehst du?»
Antwortet der Makler mit vier Worten:
«Ich geh fahren sitzen ...»

Der Getreidemakler Jonas kommt auf den Gutshof des Grafen und sieht einen großen Hund, der vor dem Eingang liegt und sich nicht vom Platze rührt.
Jonas bleibt stehen, denkt eine Weile nach, dann dreht er sich um und geht in der Richtung zur Chaussee davon.
«Warum lauft Ihr weg?» fragt ihn der Verwalter. «Unser Hund tut doch keinem etwas ...»
«Ich will Euch das zu verstehen geben», sagt Jonas. «Wenn der Hund mich nicht anbellt, so ist das ein Zeichen, daß er an jüdische Bärte und Schläfenlocken, das heißt also: an andere Makler, schon gewöhnt ist. Und wenn es so ist, dann sagt selber: Was für Geschäfte kann ich da mit Eurem Graf noch machen? ...»

Im Vorkriegspolen begegnen sich zwei Juden. Fragt einer den andern:
«Wo arbeitest du?»
«Nirgends.»
«Und was tust du?»
«Gar nichts.»

– ’ss is epess a gute bascheftikung?

– Sejer a gute. Ober a grojsse konkurenz!

farmilchómedikn (v. h. milchamá = Krieg), «vorkrieglich», von vor dem Kriege • in *érgez*, nirgends • *’ss is épess* = ist es denn?

Mejer bagegnt in gass sajn chower Schnejer.

– Du, Schnejer, ich hob zu dir a bakosche. Laj mir hundert sloti!

– Ich farmog in majn tajsster afile nischt kejn zebrochenem groschn.

– Un in der hejm?

– A dank! In der hejm senen ale gesunt.

chówer (h. chawéjr), Kamerad • *bakósche* (h. bakaschá), Bitte • *ich farmóg* («ich vermag»), ich habe (als Vermögen) • *tájsster* (Tornister?), Brieftasche • *afíle* (h. afílu), sogar

A schnitkremer kumt zu sajnem a schochen:

– Jizchok, laj mir a gmiluss-chessed …

– Wifil badarfsstu hobn?

– Fufzik rubl.

Der schochen schwajgt.

Der schnitkremer wart a lengere wajle, dernoch fregt er:

– Farwoss entfernst du mir nischt?

– Ganz poschet. ’ss is besser, as ich sol dir schuldik blajbn an entfer, ejder du mir fufzik rubl.

gméluss-chessed (h. gmilít-chéssed = Wohltat, Vergeltung), aus Gefälligkeit gewährtes, zinsfreies Darlehen • *póschet* (h. paschút), einfach, gewöhnlich • *ejder* (mhd.), bevor, ehe

Ojf a bank in Warschewer «Ssasski-gortn» sizn zwej ssochrim un schwajgn. Pluzlung git ejner fun sej a tifn krechz.

«Ist das eine gute Beschäftigung?»
«Eine sehr gute! Aber große Konkurrenz!»

Mejer begegnet in der Gasse seinem Kameraden Schnejer.
«Du, Schnejer, ich habe eine Bitte an dich. Leih mir hundert Zloty!»
«Ich habe in meiner Brieftasche nicht einmal einen zerbrochenen Groschen!»
«Und daheim?»
«Danke! Daheim sind alle gesund.»

Ein Schnittwarenhändler kommt zu seinem Nachbarn:
«Jizchak, gib mir ein Darlehen!»
«Wieviel brauchst du?»
«Fünfzig Rubel.»
Der Nachbar schweigt.
Der Schnittwarenhändler wartet eine längere Weile, darnach fragt er:
«Warum antwortest du mir nicht?»
«Ganz einfach. 's ist besser, wenn ich dir eine Antwort schuldig bleibe als du mir fünfzig Rubel.»

Auf einer Bank im Warschauer Sasski-Garten sitzen zwei Händler und schweigen. Plötzlich gibt einer von ihnen ein tiefes Ächzen von sich.

Der zwejter ssojcher tut sich a riss fun ort wi an opgebriter un schrajt:
– Jankl, ojb du hersst nischt ojf zu redn wegn gescheftn, antlojf ich fun danen!

ojb, ob, wenn • *anlójf*, entlaufe

Mitn in der nacht wekt a froj irn man:
– Jossele, mir is gornit gut! ...
– Schlof wajter – baruikt ir der man – wemen is schojn hajnt gut?

A Sstanisslawer jid derzejlt:
– Der chasn fun unser schul, reb Alter Bonjuwka, farmogt a be'emess gotgebentschte schtim. Ich sog ajch on a gusme: as er hot sich jom-kipr zesungen «hineni he'oni», hot der ganzer ojlem asch a ziter geton!
– Un baj uns – falt im arajn in di rejd a Tarnopoler – as der gresster ojscher fun schtot, reb Ajsik Chajim, hot derklert «hineni he'oni», hobn ojfgezitert nischt nor a ssach prozentnikess un ssochrim fun Tarnopol, nor ojch etleche bankhajser in Win.

chasn (h. chasán), Vorsänger in der Synagoge, Kantor • *farmógt*, wörtl. vermag • be'émess (h. b'emét), in Wahrheit, wahrhaftig • gúsme (h. gusmá), Übertreibung • jom-kipr (h. jom-hakipurím), Versöhnungstag, strenger Buß- und Fasttag der Juden *«híneni he'óni»* (h. hinéni he'aní), siehe ich, der Arme • *ójlem* (h. olám), Welt, Ewigkeit, hier: Publikum • *asch* (p. ac), geradezu, bis • *ójscher* (h. aschír), Reicher • *ssach* (h.), Summe, Menge, hier: viele • *prozéntnik* (r.), verächtlicher Ausdruck für Geldverleiher • *nor*, nur, sondern

Draj agentn forn mit der ban. Ruft sich on ejner:
– Ir hot gehert di lezte najess? Der nogid Chone Rajss fun Odess is nebech bedil hadal geworn. Er hot gekojft a wald un ongewojrn drajmol hundert tojsnt rubl!

Der zweite Händler rückt wie abgebrüht beiseite und schreit: «Jankel, wenn du nicht aufhörst, von Geschäften zu reden, lauf ich davon!»

Mitten in der Nacht weckt eine Frau ihren Mann:
«Jossele, mir ist gar nicht gut ...»
«Schlaf weiter», beruhigt sie der Mann, «wem ist es heutzutage schon gut?»

Ein Stanislauer Jude erzählt:
«Der Vorsänger von unserer Synagoge, Reb Alter Bonjuwka, hat eine wahrhaft gottgesegnete Stimme. Ich sage euch ohne Übertreibung: wenn er am Versöhnungstage zu singen anfängt ‹Siehe, ich bin arm›, dann erbebt das ganze Publikum!»
«Und bei uns», fällt ihm ein Tarnopoler in die Rede, «als der größte Kaufmann der Stadt, Reb Eisik Chajim, erklärte ‹Siehe, ich bin arm›, da erbebten nicht nur eine Menge Wucherer und Kaufleute von Tarnopol, sondern sogar etliche Bankhäuser in Wien.»

Drei Agenten fahren mit der Bahn. Ruft einer aus:
«Habt ihr die letzte Neuigkeit gehört? Der reiche Chone Reiss von Odessa ist, nebich, bettelarm geworden. Er hat einen Wald gekauft und dreimal hunderttausend Rubel verloren!»

– Uwa, uwa, a klejnikajt a bissl! – wundert sich der zwejter agent. – ’ss is doch a matmen mit gelt!
Sogt der driter:
– Di sach schtimt, achuz draj klejnikajtn: erschtenss is ess nischt gewen Chone Rajss fun Odess, nor der grojsser Brodski. Zwejtenss, hot er nischt gekojft kejn wald, nor zwej gassn in Kijew. Dritenss, hot er nischt ongewojrn kejn drajmol hundert tojsnt rubl, nor fardint a ganze miljon!

bedíl hadál (h. hadál = der Arme; die Bedeutung des ersten Wortes ist unklar), bettelarm • *óngewojrn,* Verlust gehabt • *mátmen* (h. matmón), Schatz • *achúz* (d. a + h. chuz = außer), außer, abgesehen von

A galizischer agent flegt mit folgendike werter onredn sajne kli’entn:
– Assekurirt ajch kegn umgliklechn zufal! Ojb ir wet brechn a hant, wet ir bakumen finf tojsnt sloti. Ojb ir wet brechn a fuss, wet ir bakumen zen tojsnt sloti. Ojb ir wet brechn hals un nakn, wet ir sajn der gresster nogid in schtot!

«Oh weh! Oh weh! Das ist keine Kleinigkeit!» wundert sich ein zweiter Agent. «Es ist doch ein ganzer Schatz!»
Sagt der dritte:
«Die Sache stimmt, bis auf drei Kleinigkeiten: erstens war es nicht Chone Reiss von Odessa, sondern der große Brodsky. Zweitens hat er nicht einen Wald gekauft, sondern zwei Gassen in Kiew. Drittens hat er nicht dreimal hunderttausend Rubel verloren, sondern eine ganze Million verdient!»

Ein galizischer Agent pflegte mit folgenden Worten auf seine Klienten einzureden:
«Versichert Euch gegen Unglücksfälle! Wenn Ihr die Hand brecht, bekommt Ihr fünftausend Zloty. Wenn Ihr einen Fuß brecht, bekommt Ihr zehntausend Zloty. Und wenn Ihr Kopf und Hals brecht – dann werdet Ihr der reichste Mann der Stadt!»

Beim Heiratsvermittler

A schadchn kumt zum bankba'amtn Jojne Tintnfass.
– 'ss is schojn di heksste zajt ir solt wern ojss bocher!
– Woss is di majsse?
– Ir farschtejt? Hajnt fregt men ajch noch: «Panje Tintnfass, farwoss hot ir nischt chassene?» In a jor arum wet men ajch fregn: «Panje Tintnfass, farwoss hot ir nischt chassene *gehat*?»
– Zu woss ober tojg mir doss ganze kopdrejenisch?
– Woss far a kopdrejenisch?! 'ss is doch an emesser tajnug ... Ot hert mich nor ojss! Ir schtejt ojf in der fri. Ojfn benkl lign ajere ojssgepresste hojsn un bajm bet schtejn a por rejne, blischtschendike schtiwletn. Ojfn tisch a glesl hejsse kawe un a frische bulke mit puter. Ir kumt ahejm mitog-zajt. In der kich senen schojn zugegrejt ale ajere balibte macholim. Schpeter lejgt ir sich a bissele zu, un doss wajbl passt ojf, as kejner sol ajch nischt schtern in dreml. Un wer schmu'esst noch – ojf der nacht, nochn owentbrojt! Ir sezt sich ojfn fotel, doss wajbl rukt sich zu un hojbt on zu derzejln ale najessen fun schtot. Un si redt un si redt, un si redt un si redt ... oj, as farschtumt sol si nor wern!! ...

schadchn (h. schadchán), Heiratsvermittler • «*wern ojss bócher*» («werden aus Junggeselle»), aufhören, Junggeselle zu sein • *májsse* (h. ma'assé), Geschichte, auch Tat, Geschehnis • *pánje* (p. panie), Herr! *tájnug* (h. ta'anúg), Vergnügen • *blíschtschendik* (p. blyszczyc = blinken), blinkende • *káwe* (p. kawa), Kaffee • *búlke* (p. bulka), Semmel • *zúgegrejt,* zubereitet • *machólim* (h. ma'achalím), Speisen • *dreml* (v. p. drzemac), Schlummer • *schmú'esst* (v. h. schmuá = Gerücht, Kunde), plaudert, schwätzt • *ówentbrojt*, Abendbrot • *nájessen*, Neuigkeiten

A Lemberger bankir hot gehat a schejne bass-jechide. Ober doss mejdl flegt sich nischt ojffirn wi a koschere jidische tochter, nischt gewen – wi sogt men epess? – kejn znu'e.

Hot der bankir baschlossn:

Beim Heiratsvermittler

Ein Heiratsvermittler kommt zum Bankbeamten Jojne Tintenfaß.
«'s ist schon die höchste Zeit, daß Ihr aufhören sollt, ein Junggeselle zu sein!»
«Was ist auf einmal los?»
«Versteht doch! Heute fragt man Euch noch: Panie Tintenfaß, warum heiratet Ihr nicht? – In einem Jahr wird man Euch fragen: Panie Tintenfaß, warum *habt* Ihr nicht geheiratet?»
«Wozu brauch ich bloß die ganze Schererei?»
«Was heißt Schererei!? Es ist doch ein wahrhaftes Vergnügen ... Bitte, hört mich nur an! Ihr steht in der Frühe auf. Auf dem Stuhl liegen Eure ausgebügelten Hosen und beim Bett stehen ein Paar reine, blitzblanke Schuhe. Auf dem Tisch ein Glas heißer Kaffee und eine frische Semmel mit Butter. Ihr kommt mittags heim – in der Küche sind schon alle Eure Lieblingsspeisen zubereitet. Später legt Ihr Euch ein bißchen hin, und das Weibchen paßt auf, daß keiner Euch in Eurem Schlummer stören soll. Gar nicht erst zu reden von der Zeit am Abend, nach dem Nachtessen! Ihr setzt Euch in einen Fauteuil, das Weibchen rückt zu Euch heran und hebt an die Neuigkeiten von der Stadt zu erzählen. Und sie redet und sie redet, und sie redet und sie redet ... Oh, daß sie stumm werden möchte!! ...»

Ein Lemberger Bankier hatte eine einzige Tochter, die sehr schön war. Aber sie benahm sich nicht wie eine «koschere» jüdische Tochter, sie war – wie sagt man nur? – kein «keusches Mädchen».
Da beschloß der Bankier:

– Genug! Si mus chassene hobn!

Ojf morgn kumt zu gejn der schadchn Jaker Mel, nemt arojss sajn notizbichl un hojbt on forzulejenen a ganze reschime fun kinftike chassanim.

Macht der bankir:

– Reb Jaker, bahalt ajer notizbichl un hert sich zu mit kop! Ich darf hobn far majn tochter a man un far sich an ejdem. Er mus nischt sajn rajch – si alejn is rajch. Er mus nischt sajn schejn – si alejn is schejn. Er mus nischt sajn klug – si alejn is klug … Ober er mus sajn onschtendik!

bass jechíde (h. bat j'chidá), einzige Tochter • *kóschere* (h. kaschéjr = rein, tauglich), dem Ritualgesetz entsprechend, koscher; hier: tugendhaft • *znú'e* (h. z'nuá), keusch, tugendhaft • *reschíme* (h. r'schimá), Notierung, Liste • *chassánim* (h. chataním), Bräutigame

A barimter land-schadchn sogt amol zu a bocher:

– Ich hob far dir a ganze reschime fun kale-mejdlech, klajb ojss woss dajn harz gelusst! Wilsstu gelt – na dir a kale mit a schejnem nadn. Wilsstu a jefass-tojer? Na dir a parschojn, woss zu gefinen epess enlechss darf men ojssforn a halbe welt. Wilsstu jichess? – Na dir a mejdl, woss schtamt op fun Reb Mojsche ben Majmon …

Der bocher kwetscht mit di plejzess:

– Ajer tirche is umsisst! Ich bin a hajntweltiker un wel ton a schidech nor durch libe …

– Och, a libe-schidech! – derfrejt sich der schadchn. – 'ch hob ess ojch, wifil ir welt nor!

land-schadchn (v. *h.* schadchán = Heiratsvermittler), ein Schadchen, welcher im ganzen Lande herumfährt und bekannt ist • *reschíme* (h. r'schimá), Liste • *kále-méjdlech* (h. kalá = Braut), präsumptive Bräute • *klajb*, klaub, wähle • *nadn* (h. nadán), Mitgift *jéfass-tójer* (h. jefát-tóar), Schönheit • *darf*, muß • *jíchess* (h. jichúss), Adel, gute Familie • *Mójsche ben Májmon* (Mosché ben Majmón), Mose ben Maimon, Maimonides. Berühmter Bibelexeget und Philosoph im mittelalterlichen Spanien • *pléjzess* (p. plecy), Schultern, Rücken • *tírche* (h. tirchá), Mühe • *schídech* (h. schidúch), Heiratspartie

«Genug! Sie muß heiraten!»
Am nächsten Morgen kommt zu ihm der Schadchen Jaker Mel, nimmt sein Notizbüchlein heraus und beginnt, die ganze Liste präsumptiver Bräutigame herunterzulesen.
Da sagt der Bankier:
«Reb Jaker, steckt Euer Notizbüchlein ein und hört mir zu mit Kopf! Ich brauche für meine Tochter einen Mann und für mich einen Schwiegersohn. Er muß nicht reich sein – reich ist sie selber. Er muß nicht schön sein – schön ist sie selber. Er muß nicht klug sein – klug ist sie selber ... aber anständig muß er sein!»

Ein berühmter Heiratsvermittler sagt einmal zu einem Junggesellen:
«Ich habe für dich eine ganze Liste von heiratsfähigen Mädchen. Such aus, wonach dein Herz dich gelüstet! Willst du Geld – da hast du eine Braut mit einer schönen Mitgift. Willst du Schönheit? Da hast du eine Person – etwas Ähnliches wirst du nicht finden, und wenn du die halbe Welt bereisest. Willst du gute Familie? Da hast du ein Mädchen, welches von Rabbi Mose ben Maimon abstammt ...»
Der junge Mann verzieht die Schultern:
«Eure Mühe ist vergeblich. Ich bin ein moderner Mensch und will nur aus Liebe heiraten ...»
«Ach, eine Liebesheirat?» sagt der Schadchen erfreut. «Hab ich auch davon, soviel Ihr wollt!»

Antschel Horowiz, a jidischer gutbasizer, hot farknasst di tochter. Far di tnoim ruft er sich an zum schadchn:
– Ejn sach gib mir zu farschtejn! Majn schochen, der graf, hot mit a chojdesch zurik chassene gemacht sajn tochter un ir nischt gegebn kejn groschn nadn ... Un ich mus ajnlegn ganze fufzik tojsnt guldn!
– Ich wel ajch di sach ojfklern – entfert der schadchn. – Wen zum graf is gekumen der kinftiker ejdem, hot er im gewisn dem palaz, di schtaln, di felder un di welder un gesogt: «Noch majn tojt wet doss alz gehern zu dir!» Un as zu ajch is gekumen ajer ejdem, hot ir im ojch gewisn ajere majontkess un gesogt: «Iber hundert un zwanzik jor wet doss alz gehern zu dir!» Nu, sajt sich mojde mit der hant ojfn harz: welcher nar wil wartn hundert un zwanzik jor?!

farknásst (h. knass = Geldstrafe), verlobt. Bei Auflösung der Verlobung mußte der zurücktretende Teil eine Geldstrafe zahlen • *tnóim* (h. tnaím = Bedingungen), Verlobung • *chójdesch* (h. chódesch), Monat • *nadn* (h. nadán), Mitgift • *majóntkess* (p. majatek), Vermögen • *«Iber hundert un zwanzik jor»:* Übliche Formel, wenn man vom künftigen Tode einer nahen Person spricht • *mójde* (h. modé), gestehen

Zwej schadchonim fun a klejn schtetl hobn baschlossn zu wern ojss konkurentn un gemacht schutfess. Ober asoj wi der elterer fun sej is gewen a baredewkiker un bajm jingern flegt sich oftmol farplontern di zung, is geblibn, as ejner fun sej sol redn un der zwejter magsim sajn di majless fun di kinftike kaless un chassanim.
Kumen sej arajn zu a bocher. Hojbt an der elterer schadchn:
– Ich hob far ajch a kale fun a ejdeler hejm ...
Chapt unter der jingerer:
– Woss hejsst ejdl? Si schtamt fun lojter zadikim un rabonim!
– Un der tate is an ojscher ...
– Voss hejsst an ojscher? Er is rajch wi Rotschild!

Anschel Horowitz, ein jüdischer Gutsbesitzer, hat seine Tochter verlobt. Vor der Verlobung ruft er den Heiratsvermittler zu sich:
«Eine Sache gib mir zu verstehen! Mein Nachbar, der Graf, hat vor einem Monat seine Tochter verlobt und ihr keinen Groschen Mitgift gegeben … und ich muß volle fünfzigtausend Gulden hinlegen!»
«Ich werde Euch die Sache erklären», antwortet der Schadchen. «Als der künftige Schwiegersohn zum Grafen kam, zeigte ihm dieser seinen Palast, seine Ställe, die Felder und die Wälder und sagte: ‹Nach meinem Tode wird das alles dir gehören!› Und als zu Euch Euer künftiger Schwiegersohn kam, da habt Ihr ihm auch Eure Häuser gezeigt und gesagt: ‹Nach hundertundzwanzig Jahren wird das alles dir gehören!› Und nun legt die Hand aufs Herz und gebt selber zu: Welcher Narr will hundertundzwanzig Jahre warten?!»

Zwei Heiratsvermittler in einem kleinen Städtchen beschlossen, nicht mehr Konkurrenten, sondern Compagnons zu sein. Aber da der ältere von ihnen beredt war, der jüngere dagegen leicht aus dem Konzept geriet, kamen sie überein, daß nur der eine von ihnen sprechen, der andere dagegen bloß die Vorzüge der künftigen Bräute und Bräutigame unterstreichen solle.
Sie kommen zu einem Junggesellen. Da fängt der ältere Schadchen an:
«Ich habe für Euch eine Braut aus edlem Haus …»
Der jüngere greift ein:
«Was heißt edel? Sie stammt von lauter Heiligen und Rabbinern!»

– Un doss mejdl is schejn …
– Woss hejsst schejn? A Venuss!
– Si hot nor a klejn chissorendl … A pizele, sejer a pizele hojkerl …
Macht der schutef:
– Woss hejsst a hojkerl? A hojker wi a barg!

schadchónim, plur. v. *schadchn* (h. schadchaním, schadchán), Heiratsvermittler • «*zu wern ojss konkurentn*» («zu werden aus Konkurrenten»), aufhören, Konkurrenten zu sein • *schrútfess* (h. schutfút), Teilhaberschaft • *farplóntern* (p. platac), stolpern • *mágsim sajn* (h. magsím), übertreiben • *májless* (h. ma'alót), Vorzüge • *káless* (h. kalót), Bräute *chassánim* (h. chataním), Bräutigame • «*chapt unter*» (p. chapac = packen, ergreifen), greift ein • ójscher (h. aschír), reich • *chissórendl* (v. h. chissarón = Fehler), Fehlerchen • *pízele*, bissele, ein bißchen • *hójkerl* (v. hójker = Höker, Buckel), Buckelchen • *schútef* (h. schutáf), Compagnon

A junger doktor basucht dem schadchn Jaker Mel.
– Ich hob baschlossn, chassene zu hobn …
– Sejer gut!
– Nor, farschtejt sich, ich wil nischt chassene hobn mit abi wemen. Der mechutn darf sajn a mejuchess, a bekowediker mentsch, di kale – a schejne, mit a hecherer bildung un mit a hipschn nadn …
Jaker Mel zeschmejchlt sich:
– Ir hert, panje doktor, fun di fir majless, woss ir hot do ojssgerechnt, kon ich zunojfschteln fir schiduchim!

schadchn (h. schadchán), Heiratsvermittler • *abí* (p. aby), daß, damit, um zu • «*mit abi wemen*» = mit irgend jemandem, mit wem immer • *mechútn* (h. m'chután), Schwiegervater • *mejúchess* (h. m'jucháss), Adliger, von edler Abstammung • *bekówedik* (v. h. kawód = Ehre), respektiert, ehrenhaft • *kále* (h. kalá), Braut • *nadn* (h. nadán), Mitgift • «*zeschméjchlt sich*», beginnt zu lächeln • *májless* (h. ma'alót), Vorzüge • *schidúchim* (h. schiduchím), Heiratspartien

A Lemberger pusstepassnik kumt zum schadchn Jaker Mel.
– Ich wil, ir solt mir redn a schidech.

«Und der Vater ist ein bemittelter Mann ...»
«Was heißt bemittelt? Er ist reich wie Rothschild!»
«Und das Mädchen ist schön ...»
«Was heißt schön? Eine Venus!»
«Sie hat nur ein kleines Fehlerchen ... Ein bißchen, ein ganz klein bißchen ein Buckerl ...»
Sagt der Compagnon:
«Was heißt ein Buckerl! Einen Buckel wie einen Berg!»

Ein junger Doktor besucht den Schadchen Jaker Mel.
«Ich habe beschlossen, zu heiraten ...»
«Sehr gut!»
«Nur: versteht sich, ich will nicht einfach irgend jemand heiraten. Der Schwiegervater muß aus guter Familie stammen, ein ehrbarer Mann sein, die Braut – ein schönes Mädchen, mit höherer Bildung und mit einer hübschen Mitgift ...»
Jaker Mel beginnt zu lächeln:
«Hört zu, Herr Doktor! Mit den vier Vorzügen, die Ihr da aufgezählt habt, kann ich vier Partien zustandebringen!»

Ein Lemberger Taugenichts kommt zum Heiratsvermittler Jaker Mel.
«Ich möchte, daß Ihr mir eine Partie vermittelt.»

– Mitn gresstn fargnign! Ich hob far dir a kale fun a fajner familje.
– Gut!
– Mit a schejnem nadn …
– Sejer gut!
– Un a gerotene! Men kon sogn a jefass-tojer …
– Ojssgezejchnt!
– Ober si hot a klejnem chissorn …
– D'hajnu?
– Fun zajt zu zajt bafalt si a «meschugene scho», un demolt is si nischt ganz normal.
Der bocher farknejtscht dem schtern.
– Zi passirt doss oft?
– Zwejmol in jor.
Der bocher glet ojss dem schtern.
– Ojb asoj, bin ich masskim!
Un wajl der schadchn schwajgt, schtelt er a frage:
– Nu, wen wet ir sich zu ir matri'ech sajn?
Der schadchn farojchert a papiross un sogt gelassn:
– Woss is di ajlenisch, jungerman? Lomir abissl zuwartn, bis 'ss wet kumen ir meschugene scho. Efscher demolt wet si dich weln far a man! …

pusstepássndssrik (p. pusty = leer), Müßiggänger • *schídech* (h. schidúch), Heiratspartie kále (h. kalá), Braut, auch Schwiegertochter • *nadn* (h. nadán), Mitgift • *jéjass-tójer* (h. jefát-tóar; jafá = schön, táar = Gestalt), eine Schönheit *chissörn* (h. chissarön), Fehler • *meschúgene scho* (h. m'schúga = verrückt, scha'ä = Stunde), verrückte Stunde • *d'hájnu* (aram.), nämlich • *demolt*, damals, dann • *mássklom* (h. masskim), einverstanden • *sich matri'ech sajn* (h. matríach), sich bemühen • *papíross* (p. u. r. papiros), Zigarette • *lómir*, laß uns! • *'éfschár› h.* efschär), vielleicht

Der schadchn fort mitn chossn-bocher ojf a baschoj. Der «mesaweg-siwugim» sogt an dem jungenman, as er sol sich ojffirn lajtisch un nischt plaplen kejn narischkajtn. Bifrat mit der kale sol er redn gezejlte werter.

«Mit dem größten Vergnügen! Ich habe für Euch eine Braut aus feiner Familie.»

«Gut.»

«Mit einer schönen Mitgift.»

«Sehr gut!»

«Und eine hübsch geratene! Man kann sagen: eine Schönheit ...»

«Ausgezeichnet!»

«Aber sie hat einen kleinen Fehler ...»

«Nämlich?»

«Von Zeit zu Zeit wird sie von einer ‹meschugenen Stunde› befallen, und dann ist sie nicht ganz normal.»

Der Jüngling runzelt die Stirn.

«Passiert das oft?»

«Zweimal im Jahr.»

Der Jüngling glättet seine Stirn.

«Wenn es so ist, bin ich einverstanden!»

Und weil der Schadchen schweigt, stellt er die Frage:

«Nun, wann werdet Ihr Euch zu ihr bemühen?»

Der Schadchen zündet sich eine Zigarette an und sagt gelassen:

«Was soll die Eile, junger Mann? Laß uns ein bißchen zuwarten, bis ihre ‹meschugene Stunde› kommt. Vielleicht wird sie dich dann zum Manne haben wollen! ...»

Der Heiratsvermittler fährt mit seinem Kandidaten auf Brautschau. Er sagt zu dem jungen Mann, er solle sich manierlich aufführen und keine Narreteien plappern. Vor allem bei der Braut solle er sich jedes Wort überlegen.

– Un wegn woss redt men mit a jung mejdl? – fregt der bocher.

– Doss besste: wegn libe, familje un filossofje.

Sizendik bajm tisch mit der kinftiker kale, schtelt der jungerman a frage:

– Hosst lib kreplech?

– Nejn – entfert doss mejdl.

– Un dajn bruder hot lib kreplech?

– Ich hob nischt kejn bruder.

– Un wen du wolsst gehat a bruder, wolt er lib gehat kreplech? ...

schadchn (h. schadchán), Heiratsvermittler • *chossn-bócher* (h. chatán = Bräutigam, bachúr = Jüngling, Junggeselle), Heiratskandidat • *mesáweg-siwúgim* (h. m'sawéjgsiwugím), der Paarer der Paare • *lájtisch,* nach Art anständiger Leute • *bifrát* (h.), im besondern, vor allem • *kále* (h. kalá), Braut, auch Schwiegertochter • (*kréplech* Kräpfchen), kleine, gefüllte Teigtaschen, im Salzwasser gargekocht, ähnlich den italienischen Ravioli. Tatsächlich haben die Juden das Gericht aus den mediterranen Gebieten nach Osteuropa gebracht

Frimorgenss, noch der chassene, ruft sich an der man zu sajn wajbl:

– Her mich ojss, Chawe, woss ich wel dir sogn. Far unsere chassene hot mir dajn tate zugesogt tojsnt rubl nadn un gegebn finfhundert. Bin ich im mojchl, misstome hot er mer nischt gehat ... Far der chassene hot men mir farsichert, as du bisst alt achzn jor, un azind schtelt sich arojss, as du bisst schojn arajngekrochn tif in di zwanziker ... Mejle, woss sol men ton? 'ss is a farfalene sach ... Hob ich ober zu dir nor ejn bakosche: du solsst mer nischt elter wern!

«ruft sich on» («ruft sich an»), ruft aus, sagt • *Cháwe* (h. chawá), = Eva • *nadn* (h. nadán), Mitgift • *mojchl sajn* (h. mochéjl), verzeihen • *misstóme* (h. misstamá), sicherlich, gewiß • *méjle* (h. mejlá), etwa: Nun ja! Was kann man da schon tun! • *bakósche* (h. bakaschá), Bitte

«Und worüber redet man mit einem jungen Mädchen?» fragt der Jüngling.
«Am besten: über Liebe, Familie und Philosophie.»
Als der junge Mann mit der künftigen Braut bei Tische sitzt, stellt er die Frage:
«Ißt du gerne Ravioli?»
«Nein», antwortet das Mädchen.
«Und dein Bruder, ißt er gerne Ravioli?»
«Ich habe keinen Bruder.»
«Und wenn du einen Bruder hättest – würde er gerne Ravioli essen?»

Frühmorgens, nach der Hochzeit, sagt der Mann zu seinem Weibchen:
«Höre mich an, Eva, was ich dir sagen will. Vor unserer Heirat hat mir dein Vater tausend Rubel zugesagt und nur fünfhundert gegeben. Das verzeih ich ihm, sicher hat er nicht mehr gehabt ... Vor der Heirat hat man mir versichert, daß du achtzehn Jahre alt bist, und jetzt stellt sich heraus, daß du schon tief in den Zwanzigern bist ... Nun ja, was soll man tun? Es ist eine verfallene Sache ... Hab ich nur eine Bitte: älter sollst du nicht mehr werden!»

A chossn-bocher, a hajntzajtiker jungerman, kumt ojf a baschoj. Asoj wi er hot farbracht mit dem kale-mejdl etleche teg, wil der mechutn wissn: Wi, woss, wen?

Kwenkelt sich ober der jungerman, sogt, as ess is im schwer, sich zu antschlissn. Er hot fajnt zu kojfn «a kaz in a sak». Er wolt gern ongekukt sajn kale, asoj wi, lehawdil, odom horischn sajn wajb Chawe.

Woss sol men ton? Der bocher is a tatenss a kind, schtamt fun a rajcher hejm ...

Doss mejdl mus nebech arajngejn in alker un aropwarfn fun sich – ich bet iber ajer kowed! – ale ojberschte un unterschte malbuschim.

Der jungerman gejt ir noch un kumt zurik noch a fertl scho.

– Nu?! – fregt mit a ziterdiker schtim der mechutn.

– Di nos gefeit mir nischt ...

chossn-bócher (h. chatán = Bräutigam, bachúr = Junggeselle, Jüngling), Heiratskandidat • *kále-mejdl* (h. kalá = Braut), präsumptive Braut • *mechútn* (h. m'chután), Schwiegervater • *kwénkelt,* schwankt • *«er hot fajnt»* («er hat Feind»), er haßt • *leháwdil* (h. l'háwdil), wörtl. «zu unterscheiden». Das Wort wird eingeschoben, wenn ein heiliger Vorgang mit einem profanen verglichen wird. Alle biblischen Ereignisse gelten als heilig • *ódom horíschn* (h. adám harischón), der erste Mensch • *«a tátenss a kind»* (p. tata = Papa), etwa: ein toller Kerl • *álker* (arab. al kuba = Harem), Nebenzimmer • *«ich bet íber»*, «ich bitte um Vergebung» • *kówed* (h. kawód), Ehre • *malbúschim* (h. malbuschím), Kleider • *scho* (h. scha'á), Stunde

Der Heiratskandidat, ein moderner junger Mann, kommt auf Brautschau. Nachdem er mit der ihm zugedachten Braut ein paar Tage verbracht hat, will der künftige Schwiegervater wissen: Wie, was, wann?
Der junge Mann ziert sich etwas und sagt, es falle ihm schwer, sich zu entschließen, er hasse es auch «die Katz im Sack» zu kaufen. Er möchte gern seine Braut so anschauen, wie – man verzeihe den Vergleich! – Adam, der erste Mann, sein Weib Eva.
Was soll man tun? Der Jüngling ist ein toller Bursche und stammt aus reichem Hause.
Das Mädchen muß, nebich, in das Nebenzimmer hineingehen und – ich bitt' euch um Vergebung! – alle Ober- und Unterkleider ausziehen.
Der junge Mann geht ihr nach und kommt nach einer Viertelstunde zurück.
«Nun?» fragt mit zitternder Stimme der Schwiegervater.
«Die Nase gefällt mir nicht ...»

Beim Arzt

Der Sstanisslawer rojfe MeIr Bader ligt schojn etleche teg in fiber. Men mus schikn noch a doktor.
Kumt der arzt zu gejn, sezt er sich anider bajm bet funm chojle un nemt im on bajm dojfek. Der rojfe bahalt di hent untern iberbet un pintelt chitre mit di ojgn:
– Her doktor! Ojb mir bejde narn op unsere pazjentn, tun mir doss zulib parnosse. Ober mir alte fachlajt wissn doch ganz gut, as kejn dojfek is bechlal nischto! …

rójfe (h. rofé = Arzt), Feldscher • *chójle* (h. cholé), der Kranke • *dójfek* (h. doféjk), Puls • *bahált* («behält»), versteckt • *píntelt*, blinzelt • *chítre* (ukr.), schlau • *mir narn op* («wir narren ab»), wir betrügen, halten zum Narren • *parnósse* (h. parnassá), Einkommen, Lebensunterhalt • *bechlál* (h. b'chlál), im allgemeinen, überhaupt

Note, dem kremerss sun, hot bakumen dem doktor diplom. Hot der baglikter tate ajngeordnt a ssude un farbeten ojf ir ale krojwim un schchejnim.
As men hot getrunken «lechajim», hot der foter ojfgehojbn doss glesl un gesogt:
– Woss sol ich dir wintschn, sun majner? Ich winsch dir, as wu nor a krenk, sol si kumen zu dir!

ájngeordnt, angeordnet • *farbéten*, zu Gast gebeten • *krójwim* (h. krowím), Verwandte, nahe Bekannte • *lechájim* (h. l'chajím = zum Leben!), Prost! *krenk*, Krankheit

Doktor Rajchenschtajn, der bawusster Lemberger internisst, wert inmitn der nacht ojfgewekt fun schlof.
Der telefon klingt. Woss is asojnss geschen? A fabrikant is klomerscht sejer krank geworn.
Der arzt gejt arajn in schlofzimer funm «messukenem» chojle, untersucht im ganz genoj un sogt mit an ernsster mine:

Beim Arzt

Der Stanislauer Feldscher Meir Bader liegt schon etliche Tage im Fieber. Man muß nach dem Doktor schicken.
Kommt der Arzt, setzt sich ans Bett des Kranken und faßt nach seinem Puls. Der Feldscher versteckt die Hände unter der Decke und blinzelt listig mit den Augen:
«Herr Doktor! Wenn wir beide unsere Patienten zum Narren halten, tun wir es dem Lebensunterhalt zuliebe. Aber wir alten Fachleute wissen doch ganz gut, daß es einen Puls überhaupt nicht gibt ...»

Note, des Krämers Sohn, hat das Doktordiplom bekommen. Da gab der beglückte Vater ein Festmahl und bat alle Verwandten und Nachbarn zu Gast.
Als man sich zuprostete, hob der Vater das Gläschen in die Höhe und sagte:
«Was soll ich dir wünschen, mein Sohn? Ich wünsche dir, daß, wo immer es eine Krankheit gibt, sie zu dir kommen soll!»

Doktor Reichenstein, der bekannte Lemberger Internist, wird mitten in der Nacht aus dem Schlaf geweckt.
Das Telephon klingelt. Was ist denn so Wichtiges geschehen? Ein Fabrikant ist offenbar sehr krank geworden.
Der Arzt geht in das Schlafzimmer des «gefährlich» Erkrankten hinein, untersucht ihn ganz genau, und sagt dann mit ernster Miene:

– Ich rat ajch tejkef umijad schikn noch a notar.
Der nogid bagisst sich mit kattn schwejss:
– Doktorlebn! Halt ess schojn mit mir asoj schmol?!
– Nejn – entfert der arzt. – Ejgentlech feit ajch gornischt. Ich wil ober nischt sajn der ejnziker nar, wemen men hot zulib ajch gewekt um halbe nacht!

bawússt («bewußt»), berühmt, bekannt; • *asójnss* («ein solches»), etwas so Wichtiges • *klómerscht* (v. h. klómer), sozusagen, gewissermaßen • *messúken* (h. messukán), gefährlich • *chójle* (h. cholé), der Kranke • *téjkef umíjád* (h.), sofort und auf der Stelle

Be'ejss der erschter weltmilchóme hobn sich ale derwakssene mener gemust schteln far a militer-komissje.
Baklogt sich a galizischer jid:
– Ir hot gehert? Der najer doktor is a kelew schebaklowim! Er nemt nischt kejn chabar un bafrejt nor aselche, woss hobn an organischn harzfeler ... Ober asa glik treft sich nor ejnem ojf tojsnt jidn!

be'éjss (h. b'ejt), zur Zeit • *wéltmilchóme* (h. milchamá = Krieg), Weltkrieg • *kélew schhebaklówim* (h. kelew sch'baklawím = «Hund, welcher unter den Hunden»), «kélew» war im Jid. gleichbedeutend mit Antisemit • *chábar* (r., aus dem Persischen übernommen), Trinkgeld, Bestechung

Ojf der Sstanisslawer berse trefn sich zwej agenten.
Sogt ejner:
– Scholem alejchem! Ich hob dich nischt gesen asoj lang ... Wu bisstu gewen di ganze zajt?
– Ich bin, nischt far dir gedacht, a ganzn chojdesch opgelegn in a Lemberger ssanatorje.
– Un 'ss hot gekosst a ssach?
– Freg schojn gornischt! Hecher fufzen hundert sloti ...
– Uwa! Take a schod! Baj uns wolsstu gekont krenkn far dem gelt chotschbi a halb jor!

«nischt far dir gedacht», etwa: «Möge dir dergleichen erspart bleiben!» • *krenkn,* krank liegen • *chótschbi* (p. choćby), wenigstens

«Ich rate Euch, sogleich, auf der Stelle, nach dem Notar zu schicken!»
Kalter Schweiß bedeckt den Reichen:
«Doktor-Leben! Steht es mit mir schon so schlecht?»
«Nein», antwortet der Arzt. «Eigentlich fehlt Euch gar nichts. Ich will aber nicht der einzige Narr sein, den man Euch zuliebe mitten in der Nacht aufgeweckt hat!»

Zur Zeit des Ersten Weltkrieges mußten sich alle erwachsenen Männer einer Militärkommission stellen.
Beklagt sich ein galizischer Jude:
«Habt ihr schon gehört? Der neue Doktor ist ein Antisemit, der seinesgleichen sucht! Er nimmt keine Bestechung an und befreit nur solche, die einen organischen Herzfehler haben ... Aber ein solches Glück trifft auf tausend Juden nur einen!»

Auf der Stanislauer Börse treffen sich zwei Agenten.
Sagt der eine:
«Grüßgott! Ich habe dich schon so lange nicht gesehen ... wo warst du die ganze Zeit über?»
«Ich bin, möge dich Gott davor bewahren, einen ganzen Monat in einem Lemberger Sanatorium gelegen.»
«Und es hat viel gekostet?»
«Frag schon nicht! Mehr als fünfzehnhundert Zloty ...»
«Oh weh! Wirklich schade! Bei uns hättest du für dieses Geld wenigstens ein halbes Jahr krank liegen können!»

A ssojcher kumt zu a bakantn internisst. Der doktor, kedej zu schteln a richtikn diagnos, untersucht im fun ale sajtn un fregt:
– Ojf woss hot ir bis jezt gekrenkt?
– Alss kind hob ich gehat di englische krankhejt, mit a finf jor zurik bin ich gelegn ojf der schpanischer gripe un leztenss hot an okulisst baj mir fesstgeschtelt an egiptische ojgn-onzindung.
– Hejsst ess – zeschmejchlt sich der doktor – ir hot opgekrenkt a schejn schtikele welt!

kedéj (h. k'dej), damit, um zu • *zeschméjchlt sich*, fängt an zu lächeln

Jankel Mosskewssker, der «kenig» fun di keschene-ganowim, konssultirt a doktor. Er is schtark hejserik.
Der arzt farschrajbt im a ssirop un sogt:
– Derfun solt ir nemen draj lefel a tog.
Baj Jankl zeschtralen sich di ojgn:
– *Nemen* draj lefel? Un wossere lefel? Blechene zi silberne? ...

késchene-ganówim (p. keszeń = Tasche; h. ganawím = Diebe), Taschendiebe • *wóssere*, was für welche

A jid in di achziker jorn baklogt sich far a doktor, as er husst sejer a ssach.
Fregt im der doktor:
– Sogt mir, wen ir sent alt gewen drajssik jor, hot ir ojch gehusst?
– Nejn – entfert der sokn.
– Un wen ir sent alt gewen sechzik jor, hot ir gehusst?
– Cholile!
– Ojb asoj – klert im ojf der doktor – to wen-sche solt ir husstn ojb nischt jezt?

sokn (h. sakéjn), der Alte. cf. Rotwelsch «ein alter Socken» • *cholíle* (h. chalilá), abwehrend beschwörender Ausdruck • *ojb*, ob, wenn • *wen-sche* (p. ze), wann also

Ein Kaufmann kommt zu einem bekannten Internisten. Der Doktor untersucht ihn, um die richtige Diagnose zu stellen, von allen Seiten und fragt:
«Was habt Ihr bis jetzt für Krankheiten gehabt?»
«Als Kind hatte ich die englische Krankheit, vor fünf Jahren habe ich mit einer spanischen Grippe gelegen, und letzthin hat ein Okulist bei mir eine ägyptische Augenentzündung festgestellt.»
«Das heißt also», lächelt der Doktor, «Ihr habt ein ganz schönes Stück Welt durchgekränkelt!»

Jankel Moskewsker, der «König» der Taschendiebe, konsultiert den Doktor. Er ist sehr heiser.
Der Arzt verschreibt ihm einen Sirup und sagt:
«Davon sollt Ihr drei Löffel täglich nehmen.»
Jankls Augen strahlen auf:
«Drei Löffel *nehmen*? Und was für Löffel? Blecherne oder silberne? ...»

Ein Jude, der schon in den achtziger Jahren ist, beklagt sich beim Doktor, daß er sehr viel huste.
Fragt ihn der Doktor:
«Sagt mir, als Ihr dreißig Jahre alt wart, habt Ihr damals auch gehustet?»
«Nein», antwortet der Alte.
«Und als Ihr sechzig Jahre alt wart – habt Ihr da gehustet?»
«Gott bewahre!»
«Wenn es so ist», klärt ihn der Doktor auf, «wann wollt Ihr dann husten, wenn nicht jetzt?»

Reb Naftali Herz, a bakowediker ssojcher, kumt zum doktor. Fregt im der arzt:
– Woss feit ajch?
– Di nirn schtechn mich wi mit schpilkess.
– Tut ajch ojss!
– Woss? – balejdikt sich Naftali Herz. – Der her doktor glojbt mir nischt ojfn wort?!

bakówedik (v. h. kawód), ehrbar, respektabel, «bekowet» • *schpílkess* (p. szpilka), Stecknadeln

Mendl hot gebrochn a fuss. Men darf farschtendikn sajn wajb.
– Ober macht doss delikat – wornt an elterer jid. – Si sol sich cholile nischt derschrekn!
– Ir wisst woss? – lejgt for a zwejter. – Lomir zu ir schikn Chajimen. Er farhiket sich …

fuss, Fuß, Bein • *cholíle* (h. chalilá), etwa: Gott bewahret • *lómir,* laßt uns • *farhíket sich*, stottert

Reb Naftali Herz, ein respektabler Kaufmann, kommt zum Doktor.
Fragt ihn der Arzt:
«Was fehlt Euch?»
«Die Nieren stechen mich wie mit Stecknadeln.»
«Zieht Euch aus!»
«Was?» Naftali Herz ist beleidigt. «Der Herr Doktor glaubt mir nicht aufs Wort?!»

Mendl hat ein Bein gebrochen. Man muß sein Weib verständigen.
«Aber macht das delikat!» warnt ein älterer Jude. «Sie soll, Gott behüte, nicht erschrecken!»
«Wißt Ihr was», schlägt ein zweiter vor. «Laßt uns Chajim zu ihr schicken! Er stottert ...»

Der Rabbi

A chossid kumt in a galizisch schtetl. Derledikt di gescheftn opgedawnt malrew, wil er farbrengn di nacht in geselschaft fun «frejleche» mejdlech. Wejss er ober nit, wu ess gefint sich doss «Hajsl». Un fregn – wi passt ess gor far a schejnem jid mit bort un pejess?

Er klert a wajl, dan fregt er a farbajgejendikn jid:

– Sogt nor, feter, wu wojnt der rebe, sol lebn?

Der jid wajst im mitn finger di schtub funm zadik.

– Uwa! Uwa! – wundert sich der chossid. – Der rebe wojnt lebn dem bejss-sojness?!

Der jid entfert mole kass:

– Zi bisstu meschuge geworn?! ... Der rebe wojnt ot do, un doss «hajsl» is ot dort!

málrew (h. maaríw), Abendgebet • *schéjner jid* («schöner Jude»), vornehmer, feiner Jude • *péjess* (h. peót = Ecken), Schläfenlocken des orthodoxen Juden • *schtub*, Stube, Häuschen • *bejss-sójness* (h. bejt-sonót), «Haus der Dirnen», Bordell • *móle kass* (h. maléj ká'ass), voll von Zorn • *meschúge* (h. m'schugá), verrückt • *ot* (p.), hier, da

A galizischer zadik kumt kejn Win un wert ajngeladen zu baron Rotschild. 'ss is punkt chamischo-ossor – un men derlangt zum tisch frische karschn ... Der rebe esst di karschn glajch wi gornischt.

Rotschild: – 'ss is far ajch gor kejn wunder nischt, woss ir esst di karschn grod in dem chojdesch?

Zadik: – Farwoss sol ich sich wundern? Baj uns esst men aselche karschn schojn in schwu'ess ...

chamíscho-óssor (h. chamischá assár [bischwát]), der 15. im Monat Schwat. Ein Festtag gegen Ende Januar, an welchem nach altem Brauch Früchte aufgetischt werden, und zwar möglichst solche, die man nicht jeden Tag zu sehen bekommt • *chójdesch* (h. chódesch), Monat • *schwú'ess* (h. schawuót), Pfingsten

Der Rabbi

Ein Chassid kommt in ein galizisches Städtchen. Nachdem er die Geschäfte erledigt und das Abendgebet gesprochen hat, will er die Nacht mit «fröhlichen» Mädchen verbringen. Er weiß aber nicht, wo sich das «Haus» befindet. Und fragen – wie paßt das zu einem feinen Juden mit Bart und Pejess?
Er denkt eine Weile nach, dann fragt er einen vorbeigehenden Juden:
«Sagt nur, Vetter, wo wohnt der Rabbi – er soll leben?»
Der Jude deutet mit dem Finger auf das Haus des Wunderrabbi.
«Oh weh! Oh weh!» wundert sich der Chassid. «Der Rabbi wohnt neben dem Bordell?!»
Der Jude antwortet voller Zorn:
«Bist du denn verrückt geworden?! ... Der Rabbi wohnt doch gleich hier, und das öffentliche Haus, schau, das ist dort drüben!»

Ein galizischer Wunderrabbi kommt nach Wien und wird zu Baron Rothschild eingeladen. Es ist gerade das Chamischa-Assar-Fest im Januar – und man reicht bei Tisch frische Kirschen ... Der Rabbi ißt die Kirschen, als wäre das gar nichts.
Rothschild: «Erscheint es Euch nicht verwunderlich, daß Ihr gerade in diesem Monat Kirschen eßt?»
Zadik: «Warum soll ich mich wundern? Bei uns ißt man solche Kirschen schon zu Pfingsten ...»

A chossid rimt sich, as sajn rebe hot farojssgesen di ssrejfe fun Berditschew. Asoj ober, wi der rebe wejsst gornischt funm befelruschn lign, is im der chossid alejn mojde sajn barimeraj. Der zadik klert a wajl un passknt:

– Du hosst gesogt dem rejnsstn emess! Demolt, as ich hob a knak geton mit di finger un ojssgerufn: «Schabess!», hob ich gemejnt: «Ssrejfe ba-*B*erditschew *t*ihje!»

Der jid fort ahejm un derzejlt di majsse sajne bnej-bajiss. Doss wajb un der sun haltn dem zadik far a ligner.

Macht der chossid:

– Fun hajnt on bin ich mitn rebn zunojfgeheft ssaj ojf der ssaj ojf jener welt. Ess knipt un bindt uns oder a schutfessdiker lign, oder aschutfessdike newijess.'ss is nor ejn chilek: Dem zadikss newijess is mekujem geworn fun fornt, un majne – fun hintn …

ssréjfe (h. ssrejfá), Brand • *beféIruschn* (h. b'felrúsch = ausdrücklich), ausdrücklichen • *mójde* (h. modé), geständig • *passknt* (v. pssak = Urteilsspruch, Entscheid), entscheidet • *schábess* (h. schabát), Sabbat. – Es gibt eine kabbalistische Deutungsmethode, bei welcher die Buchstaben eines Wortes als Anfangsbuchstaben mehrerer Wörter aufgefaßt werden. Das Wort Sabbat setzt sich in hebr. Schrift zusammen aus Sch (oder S), B, T • *májssé* (h. ma'asse), Geschichte, Geschehnis • *bnej-bájiss* (h. bnejbájit), «Söhne des Hauses», Familie • *hajnt* (mhd.), heute • *schútfessdik* (v. h. schutfút = Teilhaberschaft), gemeinsam • *newíjess* (h. n'wiút), Prophezeiung. *chílek* (h. chilúk), Unterschied • *mekújem* (h. m'kujám), entstanden

A Tschortkower chossid derzejlt:

– Kon men sich den ojssmoln di grojsskajt fun unser zadik?As der rebe, sol lebn, is gewejn in Rojm, hot er dort basucht dem pojpsst. Hot im der pojpsst – wi er firt sich baj grojsse lajt – arojssbaglejt funm watikan un opgefirt in kutsch bis in hotel arajn. Senen mentschn schtejn geblibn ojf di gassn un gefregt ejner dem zwejtn:

– Wer is der galach, woss sizt lebn Tschortkower zadik? …

gálach (v. h. galóach = rasieren), Pfarrer, vor allem katholischer Pfarrer • *lebn*, neben

Ein Chassid prahlt, sein Rabbi habe den Brand von Berditschew vorausgesehen. Da aber der Rabbi von dieser ausdrücklichen Lüge nichts weiß, gesteht ihm der Chassid selber seine Prahlerei ein.
Der Rabbi denkt eine Weile nach und entscheidet dann:
«Du hast die reinste Wahrheit gesagt! Damals, als ich mit dem Finger schnalzte und ausrief: Sabbat!, habe ich damit in Wirklichkeit gemeint: S-rejfa – ein Brand, ba-Berditschew – in Berditschew, T-ihje – wird sein!»
Der Jude fährt heim und erzählt die Geschichte seiner Familie. Das Weib und der Sohn halten den Rabbi für einen Lügner. Da meint der Chassid:
«Von heute an bin ich mit dem Rabbi für immer verbunden – sowohl auf dieser wie auf jener Welt. Es verknüpft und verbindet uns entweder eine gemeinsame Lüge oder eine gemeinsame Prophezeiung. Nur, daß der Rabbi im Voraus prophezeite und ich – nachträglich …»

Ein Tschortkower Chassid erzählt:
«Kann man sich denn die Größe unseres Rabbi ausmalen? Als der Rabbi – leben soll er! – in Rom war, besuchte er dort den Papst. Da hat ihn der Papst – wie er es mit großen Herrschaften zu tun pflegt – aus dem Vatikan hinausbegleitet und in der Kutsche bis zum Hotel gebracht. Die Menschen auf den Straßen sind stehen geblieben, und einer hat den andern gefragt: ‹Wer ist der Pfarrer, der neben dem Tschortkower Rabbi sitzt?›»

Der Otinjer zadik is amol geforn fun Kolomej kejn Kuti. Nischt wajt fun der schtot Kossuw farn grojssn barg-arop, set der balagole, wi der rebe kricht arop fun wogn.
Fregt er:
– Farwoss gejt ir zufuss?
– Bajm wogn feit der tormas …
– Rebe! – sogt der furman. – Woss schrekt ir sich? Ir sent doch a hejliker mentsch, a Schmelke mitn boIre-ojlem alejn!
– Her mich ojss, majn frajnd! – entfert im der zadik. – Wen doss ferd kert iber dem wogn un ich wer derharget, woss wolt demolt geschen? Kumendik ojf jener welt wolt ich gekont rufn doss ferd zu a din toIre un gewinen dem pssak-din. Izt farschtej, farwoss ich bin aropgekrochn … Ich wil nischt hobn kein din-toIre mit a ferd!

barg-aróp, bergab. *balagóle* (b. bá'al-agalá), Fuhrmann • *tórmas (r.)*, Bremse • *«a Schmelke mit …»*, Schmelke ist ein volkstümlicher Name. Die Redensart bedeutet etwa: mit jemandem intim sein • *bóIre-ójlem* (h. boré-olám), Schöpfer der Welt • *derhárget* (v. h. harόg = morden, töten), erschlagen • *démolt*, damals, dann • *kúmendik*, kommend • *din-tóIre* (din-torá = Toragericht), Gericht nach biblischem Recht, Prozeß • *pssak-din* (h.), Urteilsspruch • *ferd*, Pferd («Pferd» ist im Jid. auch soviel wie «Dummkopf»)

Zum Otinjer zadik fleg kumen ojf jomim noIrojim der Wischnizer chasn Jossele Sslowik mit sajne mescholrerim un klesmerim.
Mit der zajt hot sich Jossele ober ge'eltert un sajn kojl is geworn alz hejseriker un schwacher.
Ejnmol ruft sich zu im an der rebe:
– Se nor, Jossele, woss far a misser kamzn du bisst! Hosst mitgebracht asa tajeren chor mit asa tajere kapelje. Wolsst noch mitgebracht a gutn chasn un alz wolt gewen in ordenung …

jómim noIrójim (h. jomím noraím = schreckliche Tage), die 10 Bußtage zur Zeit der höchsten Feiertage im Herbst • *chasn* (h. chasán), Kantor • *meschój-rerim* (h. m'schorerím), Sänger • *klésmerim* (v. h. klej-sémer = Musikinstrumente), Musikanten • *kojl* (h. kol), Stimme • *se nor*, Sieh nur! • místter (v. h. miúss = Ekel), mieser • *kamzn* (h. kamzán), Geizhals

Der Wunderrabbi von Otinie ist einmal von Kolomea nach Kuty gefahren. Nicht weit von der Stadt Kosów, wo es anfängt steil abwärts zu gehen, sieht der Kutscher, wie der Rabbi vom Wagen herunterkrabbelt.
Fragt er:
«Warum geht Ihr zu Fuß?»
«Beim Wagen fehlt die Bremse ...»
«Rabbi!» sagt der Fuhrmann. «Was habt Ihr Angst? Ihr seid doch ein heiliger Mann, sozusagen auf Du und Du mit dem Schöpfer der Welt selber!»
«Hört mir zu, mein Freund!» antwortet der Wunderrabbi. «Wenn das Pferd den Wagen umwürfe und ich erschlagen würde – was geschähe dann? Auf jener Welt angekommen, könnte ich das Pferd vor Gericht fordern und den Prozeß gewinnen. Und nun verstehst du vielleicht, warum ich heruntergekrabbelt bin ... Ich will mit einem Pferd keinen Prozeß führen!»

Zum Wunderrabbi von Otinie pflegte zu den Bußtagen der Wischnizer Kantor Jossele Slowik mit seinen Sängern und Musikanten zu kommen.
Mit der Zeit alterte Jossele aber, und seine Stimme wurde heiserer und schwächer.
Einmal ruft ihm der Rabbi zu:
«Schau mal, Jossele, was für ein mieser Geizhals du bist! Hast einen so teuren Chor und eine solch teure Kapelle mitgebracht. Hättest noch einen guten Kantor mitbringen sollen, und alles wäre in Ordnung gewesen ...»

A jid hot bakumen funm rebn, sol lebn, zwej kamejess, woss darfn im baschizn far ssrejfe. Ejn kameje is gebentscht funm zadik alejn, di zwejte schtamt funm rebenss hejlikn sejden – sajn s'chuss sol uns ale bajschtejn!
Un hert a majsse! Troz di zwej kamejess, is di schtub funm chossid opgebrent geworn. Di ssibe funm fajer is gewen a pschute: A schiker goj hot geworfn a schwebele ojf a hojfn trukene schpendlech. Dem chossids wajb rajsst sich di hor funm kop. Der man baruikt si:
– Farwoss farschtejsstu nischt? Doss alz is gots wunder! As got wil, is a mojs schtarker fun a lejb un a schiker goj schtarker fun zwej hejlike kamejess!

kaméjess (Kameen), Amulette • *darfn*, sollen • *ssréjfe* (h. ssrejfá), Brand • *gebéntscht* (v. lat. benedicere = segnen), gesegnet • *séjde* (v. p. dziad), Großvater • *s'chuss* (h. s'chut), Verdienst, Gnade • *májsse* (h. ma'assé), Geschichte, Geschehnis • *schtub*, Stube, Häuschen • *ssíbe* (h. ssibá), Ursache • *pschúte* (h. pschutá), eine einfache • *schwébele*, Schwefelhölzchen • *sejb*, Löwe

Zwej Tschernowizer chssidim forn kejn Ssadogure. Kumen sej ojfn woksal, blajbn schtejn bajm fensster fun der kasse un ejner fun sej sogt halb dajtschmerisch, halb jidisch:
– Bit schen, her Sstazjon-forschtand, farkojft uns zwej biletn kejn Ssadogure.
Macht sich der goj tamewate:
– Ich kan inen nur ferkaufen *nach* Ssadogura.
– Nejn, *kejn* Ssadogure!
– Nejn, *nach* Ssadogura!
Sogt ejn chossid zum zwejtn:
– Du sesst doch, mit wemen men hot do zu ton! 'ss is a rosche, an ajngeschparter ssojne-jissro'ejl! To wein mir musn gejn a schtikele zurik ...

Sadogura: Ort in Galizien, wo eine berühmte Dynastie chassidischer Wunderrabbis residierte • *wóksal* (Wagen-Saal), Bahnhof • *tamewáte* (v. h. tam = naiv), unschuldig, ahnungslos • *rósche* (h. raschá), wörtl. der Schlechte, sec. Antisemit • *djngeschpart* = einer, der sich sperrt, versteift • *ssójne-jissró'ejl* (h. ssoné-jissra'éjl), Hasser Israels, Antisemit

Ein Jude hat vom Rabbi – leben soll er! – zwei Amulette bekommen, die ihn vor Bränden schützen sollen. Das eine Amulett hat der Wunderrabbi selber gesegnet, das zweite stammt von des Rabbis heiligem Großvater – sein Verdienst möge uns allen zugute kommen!
Und hört, was geschah! Trotz der zwei Amulette brannte das Häuschen des Chassids ab. Die Ursache des Feuers war eine ganz gewöhnliche: ein betrunkener Bauer hatte ein Zündholz auf einen Haufen trockener Späne geworfen.
Das Weib des Chassids rauft sich die Haare vom Kopf. Der Mann beruhigt sie:
«Warum verstehst du nicht? Das alles ist Gottes Wunder! Wenn Gott will, ist eine Maus stärker als ein Löwe und ein betrunkener Bauer gewaltiger als zwei heilige Amulette!»

Zwei Tschernowitzer Chassidim fahren nach Sadogura. Sie kommen zum Bahnhof, bleiben am Kassenfenster stehen, und einer von ihnen sagt halb «deutschlerisch», halb jiddisch:
«Bitt schen, Herr Stations-Vorstand, verkauft uns zwei Billette kejn Sadogura.»
Der Goj stellt sich ahnungslos:
«Ich kann Ihnen nur *nach* Sadogura verkaufen.»
«Nein, *kejn* Sadogura!»
«Nein, *nach* Sadogura!»
Sagt der eine Chassid zum andern:
«Du siehst, mit wem man da zu tun hat! 's ist ein Antisemit, ein eingefleischter Judenhasser! Nun, werden wir eben das Stücklein zurücklaufen müssen!»

Wen di Wischnizer rebezin hot gebolrn dem bchor, hobn di chssidim baschlossn ir zu brengen a matone. Noch a lengerer baratung is men gekumen zum ojssfir, as doss passiksste wet sajn a sajdn fartuchl.

Un ojf dem fartuchl hot men ojssgeschtikt mit perl di ojfschrift:

«Doss is a fartuch fun a rebezin. Zadikim jowoju boj!»

rébezin, weibl. Form v. rébe (h. rabí), Rabbinerin • *bchor* (h.), der Erstgeborene • *chssídim*, plur v. chossid (h. chassidím, chossíd), die Chassidim • *matóne* (h. mataná), Geschenk • *fártuchl* (p. fartuch), Schürze • «*Zadíkim jowóju boj!*» (h. zadikím jawóu bol!), «Die Frommen sollen hier hineinkommen!»

A jid hot gehat a hiner-farme.

Ejnmol kumt er zu lojfn zum ortikn zadik.

– Rebe, oj, an umglik hot mich getrofn!

– Woss is geschen?

– A magejfe is ojssgebrochn zwischn majne ojfess. A helft fun sej is schojn awekgefaln.

– Un woss gisstu sej zu essen?

– Gerschtn.

– Nischt richtik! Du darfsst sej gehn wajz.

Zumorgenss kumt wider der jid mit a gejomer:

– Rebe, fufzik hiner senen wider awek!

– Un woss gisstu sej zu trinken?

– Kalt wasser.

– Nischt richtik. Doss wasser darf men derwarmen.

Noch zwej teg is der jid wider do.

– Rebe, ess senen mir ibergeblibn blojs zen hiner!

– Un fun wanen nemsstu doss wasser far sej?

– Woss hejsst, fun wanen? Funm brunem.

– Nischt richtik! Men darf sej gebn wasser fun a kwal.

Farnacht kumt der jid mit a bssure:

– Rebe, di lezte hun is gepejgert …

Als die Frau des Wischnizer Rabbi ihren Erstgeborenen zur Welt brachte, beschlossen die Chassidim, ihr ein Geschenk darzubringen. Nach längerer Beratung kamen sie zum Beschluß, daß ein seidenes Schürzlein das Passendste wäre.
Und auf das Schürzlein ließ man mit Perlen die Aufschrift sticken:
«Das ist das Schürzlein einer Rabbinerin. Zadikim jawou bo! ... die Frommen sollen hier hineinkommen!» (Übliche Aufschrift über dem Portal der Synagogen.)

Ein Jude hatte eine Hühnerfarm.
Einmal kommt er zum ortsansässigen Wunderrabbi angelaufen:
«Rabbi, oh, ein Unglück hat mich getroffen!»
«Was ist geschehen?»
«Eine Seuche ist unter meinen Hühnern ausgebrochen. Die Hälfte von ihnen ist schon tot.»
«Und was gibst du ihnen zu essen?»
«Gerste.»
«Nicht richtig. Du mußt ihnen Weizen geben!»
Am nächsten Morgen kommt der Jude wieder mit einem Gejammer:
«Rabbi, fünfzig Hühner sind wieder hin!»
«Und was gibst du ihnen zu trinken?»
«Kaltes Wasser.»
«Nicht richtig. Das Wasser muß man anwärmen.»
Nach zwei Tagen ist der Jude wieder da.
«Rabbi, es sind mir nur zehn Hühner übrig geblieben!»
«Und von wo nimmst du das Wasser für sie?» «Was heißt, von wo? Vom Brunnen.»
«Nicht richtig! Man muß ihnen Quellwasser geben.»

– Och, och, och! – sifzt der zadik. – Take a schod! Un ich hob gehat far dir noch asojfil gute ejzess!

magéjfe (h. magejfá), Seuche, Pest • *ójfess* (h. ofót), Geflügel • *darfsst*, sollst, mußt • *kwal*, Quelle • *bssúre* (h. bssurá), Nachricht, Botschaft • *gepéigert* (v. h. péger = Kadaver), krepiert • *éjzess* (h. ejzót), Ratschläge

A chossid derzejlt:

– Ejnmol is kejn Burschtin gekumen a jid mit a schtumer tochter un gebetn unser zadik, er sol si redewdik machn.

– Wi hejsst doss mejdl? – fregt der rebe.

– Broche-Leje.

Der zadik nemt a glos wasser, derlangt ess der schtumer bis zum mojl un schrajt ojf a kojl:

– Broche-Leje, ich bin gojser ojf dir, mach a «schakl»!

Doss mejdl schwajgt.

– Broche-Leje, ich bin ojf dir gojser, solsst tejkef umijad machn a «schakl»!!

Doss mejdl schwajgt.

Zebejsert sich der zadik:

– Asoj wi du hosst sich ajngeschpart un nischt gefolgt majn bafel, wesstu schojn blajbn schtum bis in tojt arajn! ... Wekach boje. Un asoj is take gewen. Di widerschpenike is geschtorbn a schtume.

rédewdik, redend • *derlángt*, reicht • *kojl* (h. kol), Stimme. *Off a kojl* («auf einer Stimme») = mit lauter Stimme • *nójser sajn* (h.gosdIr = einer, der befiehlt), etwas Böses verhängen • *schakl*, zusammengezogen aus h. «sch'hakól» = «daß alles ...». Eine Passage aus einem Speisesegensspruch, der unter anderm auch über Wasser gesprochen wird • *téjkef umijád* (h.), «sofort und auf der Stelle» • *zebéjsert sich* («zerbösert sich»), wird zornig • *ájngeschpart*, gesperrt, versteift • *wekách hóle* (h. w'chách hajá), und so war es

Zum Borisslawer row reb Jankele is amol gekumen a dortiker kremer mit a kasche.

– Rebe, ich wil wissn, zi lebt di welt, zi is di welt geschtorbn?

– Dehajnu?

Vor Nacht kommt der Jude mit der Nachricht: «Rabbi, das letzte Huhn ist krepiert …»
«Ach, ach, ach!» seufzt der Wunderrabbi. «Wirklich schade! Und ich hatte für dich noch so viele gute Ratschläge!»

Ein Chassid erzählt:
Einmal kam nach Burschtin ein Jude mit seiner stummen Tochter, und er bat unseren Wunderrabbi, er solle sie reden machen.
«Wie heißt das Mädchen?» fragt der Rabbi.
«Broche-Lea.»
Der Wunderrabbi nimmt ein Glas Wasser, reicht es der Stummen an die Lippen und schreit mit lauter Stimme:
«Broche-Lea, ich erteile dir den Befehl, sprich den Segensspruch ‹sch'hakol›!»
Das Mädchen schweigt.
«Broche-Lea, ich erteile dir den Befehl, du sollst sofort und auf der Stelle den Segensspruch ‹sch'hakol› sprechen!»
Das Mädchen schweigt.
Da wird der Rabbi böse:
«Da du dich versteifst und meinen Befehl nicht befolgst, wirst du schon stumm bleiben bis zu deinem Tode! …»
W'chach haja – und so ist es tatsächlich gewesen. Die Widerspenstige ist stumm gestorben.

Zu Reb Jankele, dem Rabbiner von Borislaw, kam einmal ein dortiger Krämer mit einer Frage:
«Rabbi, ich will wissen, ob die Welt lebt oder gestorben ist?»
«Nämlich?»

– Main wajb firt a schpajskrom, un ich a gewelb mit lajwnt. Lebt di welt, darf si doch essn. Is di welt geschtorbn, darf men doch lajwnt ojf tachrichim! Ssof kol ssof lejsn mir nischt do un nischt dort kejn groschn!
Reb Jankele fartracht sich un entfert mit a sifz:
– Di welt nischt si lebt, nischt si schtarbt – si mutschet sich …

kásche (h. kuschiá), Frage, meist in religiösem oder rituellem Zusammenhang • *debájnu* (aram. d'hájnu), nämlich • *krom* (d. Kram), Laden • *gewélb* (Gewölbe), Laden • *lajwnt*, Leinwand • *tachrích'm* (h. tachrichím), Leichengewänder • *ssof kol ssof* (h.), schlußendlich • *si mútschet sich* (p. męczyć), quälen, martern

Der rebe is geworn an almen. Al pi din tor er nischt lebn on a wajb un mus zum zwejtn mol chassene hobn.
Der schwoger fregt im:
– Nu, woss hert sich baj dir? Woss macht epess dajn zwejte ische?
Sogt der rebe:
– Ich bin geglichn zu a mentsch, woss hot farloIrn a lebedike hant un anschtot ir bakumen a kinsstleche … Hot er wider a hant – 'ss is ober nischt *di* Kant!

álmen (h. almán), Witwer • *al pi din* (h.), nach dem (jüdischen) Gesetz • *tor*, darf • *ísche* (h. ischá), Frau

Baj an oremen jidn is geganwet geworn sajn ferd. Er gejt zum rebn noch an ejze un hilf. Der rebe is nit inderhejm. Kedej als erschter zum rebn zuzukumen, bahalt sich der jid untern rebenss bet. Der rebe kumt ahejm, gejt take zuerscht in schlofzimer un sogt zu sajn froj:
– Ssorele, ich bin a rebe un ich sej take di ganze welt …
– In dem moment kricht arojss der oremer jid fun untern bet un sogt:
– Rebe, wen ir set di ganze welt: efscher set ir ojch majn ferdl? …

kedéj (h. k'dej), damit, um zu … • bahált («behält»), versteckt

«Mein Weib führt einen Laden mit Lebensmitteln und ich ein Leinengeschäft. Lebt die Welt, dann muß sie doch essen. Ist die Welt gestorben, dann braucht man doch Leinwand für Leichengewänder. Tatsächlich aber nehmen wir weder da noch dort einen Groschen ein!»
Reb Jankele versinkt in Gedanken und antwortet mit einem Seufzer:
«Die Welt – sie lebt nicht und sie stirbt nicht; sie quält sich dahin ...»

Der Rabbi ist Witwer geworden. Nach dem religiösen Gesetz darf er nicht ohne Weib leben, er muß ein zweites Mal heiraten. Fragt ihn der Schwager:
«Nun, was gibt's bei dir? Wie geht es mit deiner zweiten Frau?»
Sagt der Rabbi:
«Man kann mich mit einem Menschen vergleichen, der eine lebendige Hand verloren und an ihrer Statt eine künstliche bekommen hat ... Hat er wieder eine Hand – es ist aber doch nicht *die* Hand!»

Einem armen Juden ist sein Pferd gestohlen worden. Er geht zum Rabbi um Rat und Hilfe. Der Rabbi ist nicht zuhause. Um als erster beim Rabbi vorsprechen zu können, versteckt sich der Jude unter dem Bett des Rabbi. Der Rabbi kommt heim, geht tatsächlich zuerst ins Schlafzimmer und sagt zu seiner Frau:
«Sarele, ich bin ein Rabbi und ich sehe wirklich die ganze Welt ...»
In dem Moment kriecht der arme Jude unter dem Bett hervor und sagt:
«Rabbi, wenn Ihr die ganze Welt seht: vielleicht sehr Ihr auch mein Pferdchen? ...»

A jid a ganew kumt zum rebn:
– Rebe, git mir ajer broche! Majne gescheftn gejen schlecht un majne kinder hobn nit woss zu essn.
Der rebe git dem ganew sajn broche, baglejt im zu der tir un sogt im:
– Majn broche sol im koridor nit mekujem wern! Wajl do hengn majne taIre malbuschim.

bróche (h. brachá), Segen • *mekújem* (h. m'kujám), bestehend, wirksam • *malbúschim* (h. malbuschím), Gewänder

Di rebezin kumt ahejm ganz ufgeregt fun der mikwe un baklogt sich far irn man, dem rebn:
– Asa sskandal! Asa chuzpe! Der beder hot arajngelosn in der mikwe zuerscht di schtotchonte un nacher mir! Nit kukendik ojf dem, woss ich bin gekumen di erschte!
Der rebe tracht un tracht un sogt ir:
– Baruik dich! Ess is als al pi din! Der beder hot recht. Af der chonte wart a ganze schtot, un af dir – afile nit ich!

míkwe (h. mikwé = Ansammlung. Gemeint: von Quellwasser), rituelles Bad. Es muß sowohl von Frauen wie von Männern bei ganz bestimmten, genau vorgeschriebenen Anlässen aufgesucht werden • *chúzpe* (h. chuzpá), Frechheit • *chónte* (vielleicht von h. chanó = lagern), Dirne. Das Wort ist bei den Juden Deutschlands gebräuchlicher als im Osten, und die Etymologie ist nicht sicher • *nit kúkendik* (= «nicht guckend»), obwohl • *tracht*, denkt nach • *béder*, Bader, Badediener • *al pi din* (h.), nach dem Gesetz • *afíle* (h. afílu), sogar

A jidene kumt zum rebn un derzejlt im ire zoress un sorgn. Noch a ganze scho fun wejnen un sifzn sogt si:
– Rebe-lebn, ess is mir be'emess lajchter geworn un majn kopwejtik is farschwunden.
– Nejn, jidene – entfert der rebe – dajn kopwejtik is nit farschwunden, *ich* hob es izt!

jídene, Jüdin • zóress (h. zarót), Sorgen, «Zores» • *scho* (h. scha'á), Stunde • *be'émess* (h. b'emét), in Wahrheit

Ein Jude, ein Dieb, kommt zum Rabbi:
«Rabbi, gebt mir Euren Segen! Meine Geschäfte gehen schlecht, und meine Kinder haben nicht zu essen.»
Der Rabbi gibt dem Dieb seinen Segen, begleitet ihn zur Tür und sagt zu ihm:
«Hier im Korridor soll mein Segen nicht wirksam werden! Denn hier hängen meine teuren Kleider ...»

Die Rabbinerin kommt ganz aufgeregt aus dem rituellen Bad, der Mikwa, nach Hause und beklagt sich bei ihrem Mann, dem Rabbiner:
«So ein Skandal! So eine Frechheit! Der Badediener hat zuerst die Stadthure ins Bad hineingelassen und mich erst nachher! Und dies, obwohl ich zu allem hin noch vor ihr gekommen war!»
Der Rabbi meditiert lange und sagt zu ihr:
«Beruhige dich! Es ist alles al pi din, dem Gesetz gemäß, geschehen! Der Badediener ist im Recht. Auf die Dirne wartet die ganze Stadt und auf dich – nicht einmal ich!»

Eine Jüdin kommt zum Rabbi und erzählt ihm von ihrem Kummer und ihren Sorgen. Nachdem sie eine ganze Stunde lang geweint und geseufzt hat, sagt sie:
«Rabbi-Leben! Es ist mir tatsächlich leichter ums Herz geworden und mein Kopfweh ist verschwunden.»
«Nein, Jüdin», antwortet der Rabbi, «dein Kopfweh ist nicht verschwunden, *ich* habe es jetzt!»

Chajim un Jankl, zwej schutfim, kumen fun unterwegss zum rebn un senen sich misswade far sejere sind un betn bajm rebn a tikn.
Sogt der rebe:
– Du Chajim, bisst arumgekrochn mit schikssess un bisst a nojef, dajn awelre is grojss, un derfar darfsst a chojdesch zajt zu dajn wajb nit gejn.
Du Jankl, hosst mechalel schabess gewen, hosst gerojchert, dajn awelre is grojss, a chojdesch zajt darfsst du derfar nit rojchern … A woch is farbaj. Baj nacht wekt di froj schtilerhajt Chajemen:
– He! Dajn schutef Jankl rojchert schojn!

schútfim, sing • schútef (h. schutafím, schutáf), Compagnons • *misswáde* (h. mitwadé) geständig • *tikn* (h. tikún = Verbesserung, Korrektur), hier: Buße • *schíkssess,* sing. schíksse (v. h. schékez = Greuel, Abscheu), gewöhnliches Christenmädchen, Dienstmagd, auch Dirne • *nójef* (h. no'éjf), Ehebrecher • *awélre* (h. awelrá), Übertretung, Sünde • *chójdesch* (h. chódesch), Monat • *mechálel* (h. m'chaléjl), ein Entweihender • *hosst gerójchert:* Hantieren mit Feuer und folglich Rauchen ist am Sabbat untersagt

A rebe is geforn af datsche un is af morgn schojn zurikgekumen.
– Woss is? Schojn zurik?!
– Jo. A rebe sol sajn kehile nit lang alejn losn! Unsere jidelech kenen cholile dergejn, as men ken sejer gut ojsskumen ojch an a rebn …

dátsche (r. datscha), Landhaus • *kehíle* (h. k'hilá), Gemeinde • *jídelech* («Jüdelchen»), Jüdlein • *cholíle* (h. chalilá), abwehrend beschwörende Formel, etwa: Gott behüte! • *dergéjn* («ergehen»), erfahren, herausbekommen

A rebe fun Pojln kumt kejn Nju Jork. Schabess in der fri wil er sen, wi a Nju-Jorker rabiner ojsset. Er gefint an adress fun a rabiner un gejt zu im. Er klapt in tir, ess kumt arojss di «froj rabiner», elegant un jung.

Chajim und Jankl, zwei Compagnons, kommen nach der Rückkehr von einer Reise zum Rabbi, gestehen ihre Sünden ein und bitten den Rabbi, ihnen eine Buße aufzuerlegen.
Da sagt der Rabbi:
«Du, Chajim, hast dich mit Mädeln herumgetrieben und bist ein Ehebrecher. Deine Sünde ist groß. Und darum darfst du einen Monat lang nicht zu deinem Weib gehen.
Du, Jankl, hast den Sabbat entweiht, hast (am Sabbat) geraucht. Deine Sünde ist groß, einen Monat lang darfst du darum nicht rauchen ...»
Eine Woche ist vorüber. Nachts weckt die Frau sacht den Chajim:
«He! Dein Compagnon Jankl raucht schon!»

Ein Rabbi fuhr in die Sommerfrische – aber am nächsten Morgen kam er schon wieder zurück.
«Was ist? Schon zurück?»
«Ja. Ein Rabbiner soll seine Gemeinde nicht lange allein lassen! Unsere Jüdlein könnten, Gott behüte, merken, daß man sehr gut auch ohne Rabbiner zurechtkommen kann ...»

Ein Rabbi aus Polen kommt nach New York. Sabbat in der Früh will er sehen, wie ein New Yorker Rabbiner aussieht. Er findet die Adresse eines Rabbiners und geht zu ihm. Er klopft an die Tür, heraus kommt die «Frau Rabbiner», elegant und jung.

– Wu is ajer man?
– Majn man is in hojf.
Der rebe kumt in hojf un set, a man, a grojsser, in frak un zilinder, faricht sajn ojto.
– Hajitochn? Ess is doch schabess!
Der rabiner erklert, er mus, tomer nit, gejt sajn kehile zugrunt. Di sinagoge is sejer wajt fun danen.
Der rebe gejt awek un sogt zu sich alejn:
– Izt farschtej ich dem possek «Goj godel woraw» – a grojsser goj un «raw»!

Der Witz setzt die Doppelbedeutung von «goj» und «raw» voraus: «goj» (h. = Volk), jid. 1. Nichtjude, Bauer, 2. religiös ungebildeter Jude, der die Ritualgesetze bricht. «raw» = h. 1. viel, groß, 2. im späteren Hebräisch und im Jiddisch ein großer, geehrter Herr, ein Rabbiner. Die zitierte Bibelstelle: das Versprechen Gottes, Israel zu einem «großen und mächtigen Volke» zu machen. • *kejn*, nach (Richtung) • *farícht* («verrichtet»), repariert • *hajitóchn* (ar. hajitachéjn), wie ist das möglich? • *tómer* (h. tomár = du wirst sagen), vielleicht • *kehile* (h. k'hilá), Gemeinde • *póssek* (h. passúk = Abschnitt, Passage im Text), im Jid. immer = Bibelstelle • *goj gódel woráw* (h. goj gadól wa-ráw), ein großes und mächtiges Volk

«Wo ist Euer Mann?»
«Mein Mann ist im Hof.»
Der Rabbi kommt in den Hof und sieht: ein großgewachsener Mann in Frack und Zylinder repariert sein Auto.
«Hajitachejn – wie ist das möglich? Es ist doch Sabbat!» (Am Sabbat ist jede körperliche Arbeit und auch das Autofahren verboten.)
Der Rabbiner erklärt, er muß! Wenn er es nicht tut, geht seine Gemeinde zugrunde. Die Synagoge ist nämlich sehr weit von hier entfernt.
Der Rabbi geht fort und sagt zu sich selber:
«Jetzt verstehe ich die Bibelstelle ‹goj gadol waraw› – ‹ein großer Goj und Raw (= Rabbiner)›!»

Im Bethaus

Zu a jid a gutbasizer is gekumen zu forn sajner a plemenik un take bald forgelejgt a hejsse bakosche:

– Tajerer feter! Ich hob nischt kejn parnosse! Efscher hot ir far mir a posstn in ajere majontkess?

Der gutbasizer fregt ojss sajn korew, woss far a mloche er kon ojssfirn. Schtelt sich arojss, as der jungerman hot gornischt gelernt un tojg – asoj zu sogn – ojf kaporess. Er halt ober in ejn betn:

– Tajerer feter, ich bin doch fort a sun fun ajer schwesster …

– Gut! – sogt der feter. – Lomir wartn bis morgn, efscher wel ich far dir epess gefinen.

Zumorgenss in der fri sogt der gutbasizer zum schwesstersun:

– Ich hob far dir a passikn posstn. Du wejsst doch, as meschijech wet kumen rajtendik ojf a wajssn ferd. Wesstu sich awekschteln ojf der grenez fun majne felder mit a trompejt in der hant. Un as du wesst dersen funderwajtenss doss wajsse ferd fun meschijech, wesstu a blos ton in trompejt – wel ich schojn wissn, as men darf sich grejtn in weg arajn kejn erez-jissro'ejl …

– Jo, feter! – derfrejt sich der jungerman. – Doss is far mir der ssame besster posstn! Un woss wet ir mir zoln gehalt?

– Fufzn guldn a chojdesch.

– Feter, kon men derfun lehn?!

– Emess – sogt der gutbasizer. – Fufzn guldn is nischt kejn ssach. Derfar ober is ess a posstn far dir, far dajne kinder, far dajne ejniklech un urejniklech ad ssof kol hadoIress! …

plémenik (r. plemjánik), Neffe • *bakósche* (h. bakaschá), Bitte • *parnósse* (h. parnassá), Einkommen, Auskommen, Lebensunterhalt • *éfscher* (h. efschár), vielleicht • *majóntkess* (plur. v. p. majątek), Vermögen, hier: Güter • *kórew* (h. koréjw), Bekannter, Verwandter • *mlóche* (h. m'lachá), Handwerk, Arbeit • *«er halt in ejn betn»* («er hält in einem Bitten»), bittet immerfort • *fort*, dennoch, trotzdem, weiterfort • *lómir*, laß uns • *meschíjech*

Im Bethaus

Zu einem Juden, einem Gutsbesitzer, kam sein Neffe und legte ihm die dringliche Bitte vor:
«Teurer Vetter! Ich habe kein Auskommen! Vielleicht habt Ihr für mich einen Posten auf Euren Gütern?»
Der Gutsbesitzer fragt seinen Neffen aus, welche Arbeit er ausführen kann. Es stellt sich heraus, daß der junge Mann gar nichts gelernt hat und zu nichts taugt. Er hört aber nicht auf zu bitten:
«Teurer Vetter, ich bin ja dennoch Eurer Schwester Sohn ...»
«Gut», sagt der Vetter. «Laß uns bis morgen warten. Vielleicht werde ich für dich etwas finden.»
Am Morgen in der Früh sagt der Gutsbesitzer zum Schwestersohn:
«Ich habe für dich einen passenden Posten. Du weißt doch, daß der Messias auf einem weißen Pferde dahergeritten kommen wird. Du wirst dich also an der Grenze meiner Felder mit einer Trompete in der Hand hinstellen, und wenn du von weitem das weiße Pferd des Messias erblickst, bläst du auf der Trompete – dann werde ich schon wissen, daß man sich vorbereiten muß, um sich auf den Weg nach Israel zu machen ...»
«Ja, Vetter», sagt der junge Mann erfreut. «Das ist für mich der allerbeste Posten. Und was werdet Ihr mir Gehalt zahlen?»
«Fünfzehn Gulden im Monat.»
«Vetter, kann man davon leben?»
«Es ist schon wahr», sagt der Gutsbesitzer. «Fünfzehn Gulden ist nicht viel. Dafür aber ist es ein Posten für dich, für deine Kinder, für deine Enkelchen und Urenkelchen bis zum Ende der Welt ...»

(h. maschíach), der Gesalbte, Messias • *rájtendik*, reitend • *sich awékschteln*, sich hinstellen • *dersén* («ersehen»), erblicken • *grejtn*, zubereiten, vorbereiten • *kejn*, nach (nur örtlich) • *érez-jissrd'ejl* (h. érez-jissra'éjl), Land Israel • *ssáme* (p. sam), allein, gerade • *chójdesch* (h. chódesch), Monat • *émess* (h. emét), Wahrheit, jid. auch: Das ist wahr! • *ssof kol hadólress* (h. ssof kol hadorót), Ende aller Geschlechter

Boruch bagegent in gass a lewaje. Er dernentert sich un set, as hart bajm oren gejt mit an aropgelostn kop sajn gewesener chower Fajwl.

Fregt er im:

– Wemenss lewaje is doss?

Entfert Fajwl trojerik:

– Majn zwejte froj is geschtorbn ...

– Asoj gor? – chidescht sich Boruch. – Un ich hob gornischt gewusst, as du hosst chassene gehat zum zwejtn mol... wil ich dir take opgebn a harzikn masl-tow!

lewáje (h. l'wajá), Leichenzug • *dernéntert sich*, nähert sich • *óren* (h. arón = Schrank), Sarg • *cbówer* (h. chawélr), Kamerad • *Fajwl*, Koseform von Fájwusch = Phoebus. Häufiger Vorname der Ostjuden • *chídescht* (v. chidúsch = Wunder), wundert • *masltow* (h. masál = Gestirn, Geschick; h. tow = gut), Glückwunsch!

Der kremer Ssrul Mojsche kumt arajn in bejss-medresch, blajbt schtejn farn oren und dawnt:

– Gotenju, tate sisser in himel! Hob rachmoness, derbarm sich ojf a foter fun zwej ojssgewakssene techter! Ich hob gekojft a loteri-zetl. Los mir gewinen hundert tojsnt kerblech, un ich wel tejkef awekgebn fufzik tojsnt far oreme lajt. Un tomer hosstu zu mir, Ssrul Mojsche, kejn zutroj nischt un glojbsst mir nischt ojfn wort, to nem dir bald arop di helft funm gelt un los mich gewinen nor fufzik tojsnt kerblech!

bejss-médresch (h. bejt-hamidrásch), Lehrhaus, meist zugleich Bethaus • *óren* (h. arón = Kasten), in der Synagoge: Toraschrein. Reich verzierter Schrein, in welchem die Pergamentrollen mit dem handgeschriebenen Pentateuchtext aufbewahrt sind • *Gótenju*, Gottchen • *rachmóness* (h. rachmanút), Erbarmen, Mitleid • *kérblech,* Rubel (so genannt nach dem gekerbten Rand der Münze) • *téjkef* (h.), sogleich *óreme*, arme *tómer* • (h. tomár = «du wirst sagen»), vielleicht

Baruch begegnet auf der Gasse einem Leichenzug. Er tritt näher und sieht, daß nahe beim Sarg sein früherer Kamerad Fajwl mit gesenktem Kopfe dahingeht.
Fragt er ihn:
«Wessen Begräbnis ist das?»
Antwortet Fajwl traurig:
«Meine zweite Frau ist gestorben ...»
«So ist das gar?» wundert sich Baruch. «Und ich habe gar nicht gewußt, daß du ein zweites Mal geheiratet hast ... da will ich dir doch vor allem meinen herzlichen Glückwunsch sagen!»

Der Krämer Srul Moische kommt ins Bethaus herein, bleibt vor dem Toraschrein stehen und betet:
«Gottchen, süßer Vater im Himmel! Hab Mitleid, erbarm dich eines Vaters zweier erwachsener Töchter! Ich habe einen Lotterie-Zettel gekauft. Laß mich hunderttausend Rubel gewinnen, und ich werde sofort fünfzigtausend für arme Leute weggeben. Und vielleicht hast du zu mir, Srul Moische, kein Vertrauen und glaubst mir nicht aufs Wort, dann nimm dir gleich die Hälfte vom Geld und laß mich nur fünfzigtausend Rubel gewinnen!»

A folksswertl sogt, as frume, gotssfarchtike jidn schtarbn in chojdesch nissn.
Hot sich getrofn, as in schtetl Pidhajez – nochn megile-lejenen, bischass der ojlem hot getanzt un gesungen – is Schapsse, der meschugener, arojf ojfn belemer, gegebn a klap in tisch un ojssgerufn:
– Rabojssaj! Ich bin alemen mojdije, as wer fun ajch wil hobn di s'chije zu schtarbn in chojdesch nissn, darf sich schojn hajnt, purim, lejgn in bet arajn!

chójdesch (h. chódesch), Monat • *nissn* (h. nissán): Der Monat Nissan fällt in die Osterzeit, und der Volksglaube, daß es eine besondere Gnade sei, im Nissan zu sterben, hängt vermutlich mit den Auferstehungsvorstellungen zusammen, die sich bei vielen Völkern – auch bei den Christen – an die Osterzeit knüpfen • *megíle-lejenen* (h. m'gilá = Rolle; léjenen, v. altfranz. leire = lesen). «Megile» ist im Jid. immer die Pergamentrolle, aus der die Estherlegende zu Purim vorgelesen wird. Purim fällt in den Februar und wird lustig gefeiert wie die Fastnacht • *bischáss* (h. bisch'át), zur Stunde • *ójlem* (h. olám), Welt, Publikum • *bélemer* (v. arab. al mimbar = Stuhl), Empore • *mojdíje* (h. modía), mache bekannt, verkünde • *s'chíje* (h. s'chiá), Gnade, Gunst • *darf*, soll, muß • *púrim* (h. purim = Lose), Purimfest

An arendar lejent bajm ssejder-tisch di pejssechdike hagode un ojssrechendik di zen makess sogt er onschtot «kinim» – «bonim».
Der gebildeter ejdem macht a bamerkung:
– Ir sent sich toje, schwer! Ess schtejt in der hagode kinim, nischt bonim!
Entfert im der arendar mit a bitern schmejchl:
– 'ss is nischt kejn tojess ... Bonim senen ojchet kinim!

sséjder-tisch (h. sséjder = Ordnung), gemeint ist die nach ganz bestimmtem Ritus geordnete österliche Festtafel • *péjssechdik* (v. h. péssach = Osterfest der Juden), österlich • *hagóde* (h. hagadá = Sage), gemeint ist im Jid. immer die Osterlegende, die den Auszug der Juden aus Ägypten erzählt • *mákess* (h. makót), Schläge, Plagen • *kínim* (h. kiním), Flöhe • *bónim* (h. baním), Söhne. Im hebräischen Schriftbild sind die Wörter kinim und banim bei undeutlichem Druck kaum zu unterscheiden • *éjdem*, Eidam, Schwiegersohn • *«Ir sent sich tóje»* (h. to'é = irrend), «Ihr seid im Irrtum» • *schwer* (Schwäher), Schwiegervater • *schmejchl*, Lächeln • *tójess* (h. ta'út), Irrtum

Ein Volksspruch sagt, daß fromme, gottesfürchtige Juden im Ostermonat Nissan sterben.
Im Städtchen Pidhajec traf es sich einmal, daß Schapse, der Verrückte, nach der Vorlesung der Esther-Legende zu Purim, im Februar, als alle Welt herumtanzte und sang, auf die Empore stieg, auf den Tisch schlug und ausrief:
«Meine Herren, ich mache alle darauf aufmerksam, daß jeder von euch, der die Vergünstigung haben will, im Monat Nissan zu sterben, sich schon heute, zu Purim, ins Bett legen muß!»

Ein Rendar liest an der festlichen Sedertafel die Hagada, die Osterlegende vor, und als er die zehn Plagen aufzählt, liest er statt «kinim», Ungeziefer, «banim», Söhne.
Der gebildete Schwiegersohn macht die Bemerkung:
«Ihr irrt Euch, Schwiegervater! Es steht in der Hagada kinim, Flöhe, nicht banim, Söhne!»
Antwortet der Rendar mit einem bitteren Lächeln:
«Das ist kein Irrtum … banim sind auch kinim!»

Jidn wem pluzlung un umgericht arojssgetribn fun a russischer gubernje-schtot. Lojt der gselre funm zar darfn sej iberlosn sejer hob un gutss, afile di klej-kojdesch fun der schul … Asoj wi ’ss is ober jojmim nolro’im wil der row lechol-hapochess ratewen dem schojfer …

Ojfn woksal kontrolirt der polizmajsster jeden jid basunder, un derse’endik in row’ss hant dem schojfer, fregt er schtreng:

– Woss bot ir do?! –

Der row lejgt zu dem schojfer wi a her-rerl zum ojer un entfert mit a frage:

– Woss hot ir gesogt, genediker har? Ich bin, nischt far ajch gedacht, abissl tojblech …

úmgericht, unvorbereitet • *gsélre* (h. gselrá), Verhängnis, verhängnisvoller Befehl • *darfn*, müssen • afile (h. afilu), sogar • *klej-kójdesch* (h. klej-kódesch), heilige Geräte • *ójmim nolró’im* (h. jomím noraim), «Schreckliche Tage», es sind die 10 Bußtage zur Zeit der höchsten Feiertage im Herbst • *lechól-hapóchess* (h. l’chol-hapachót), wenigstens • *rátewen* (p. ratować) retwen • *schójfer* (h. schofár), Widderhorn. Es wird an den höchsten Feiertagen im Herbst nach uraltem Brauch in der Synagoge geblasen • *wóksal* («Wagensaal»), Bahnhof • *dersé’endik* («ersehend»), erblickend

Berl kazew hot sich purim hipsch ongetrunken, un gejendik ahejm schpet noch der ssude, is er zugekumen zu der schtel fun sajn schtub, anidergefaln un ajngeschlofn bis fartog.

In der fri, wen sajn wajb hot geefnt di tir, hot si dersen, wi er ligt halb schikerlech.

Doss wajb hot im ongehojbn sidlen:

– Nu, un as purim, darf men sich asoj ontrinken, as men sol nischt konen trefn ahejm?!

Der kazew hot sich nischt farlolrn un geentfert:

– Se nor, woss far a masldike froj du bisst! In midber hobn di jidische frojen gedarft sajn wajt hinter di gezeltn, kedej zu gefinen man. Un do ligt dir der man glajch baj der tir!

kázew (h. kazáw), Metzger • *géjendik*, gehend • *ssúde* (h. ss’udá), Festmahl • *schtub*, Stube, Häuschen • *fartóg*, «Vortag», Morgendämmerung • *dersén* («ersehen»), erblickt • *schíkerlech* (v. h. schikór = betrunken), etwas angetrunken •

Juden werden plötzlich und unvorbereitet aus einer russischen Gouvernementsstadt ausgetrieben. Nach der Verordnung des Zaren müssen sie ihr Hab und Gut dalassen, sogar die heiligen Geräte in der Synagoge … Da aber die «Schrecklichen Tage» herannahen, will der Rabbiner wenigstens den Schofar retten …

Auf dem Bahnhof kontrolliert der Polizeikommissar jeden Juden gesondert, und als er in der Hand des Rabbiners den Schofar erblickt, fragt er streng:

«Was habt Ihr da?»

Der Rabbiner legt den Schofar wie ein Hörrohr ans Ohr und antwortet mit der Frage:

«Was habt Ihr gesagt, gnädiger Herr? Ich bin – möget Ihr davor bewahrt bleiben – ein bißchen taub …»

Berl, der Metzger, hat sich am Purimfest hübsch vollgetrunken, und auf dem Heimweg, spät nach dem Festmahl, kommt er zu der Stelle, wo sein Häuschen steht, fällt nieder und schläft bis in die Morgendämmerung hinein.

In der Frühe, als sein Weib die Türe öffnet, erblickt sie ihn, wie er halb betrunken daliegt.

Das Weib beginnt ihn sofort auszuschimpfen:

«Nun, und wenn es auch Purim ist, muß man sich dann so betrinken, daß man nicht mehr nach Hause findet?!»

Der Metzger läßt sich nicht einschüchtern und antwortet:

«Sieh nur, was für eine glückliche Frau du bist! In der Wüste mußten die jüdischen Frauen bis weit hinter die Zelte gehen, um ‹Man› (= Manna) zu finden. Und dir liegt der ‹Man› da gleich bei der Tür!»

sídlen, schelten «*sich nischt farlóIrn*» («sich nicht verloren»), sich nicht verwirren lassen • *másldik* (v. h. masál = Gestirn, Geschick, Glück), glücklich • *mídber* (h. midbár), Wüste • *kedéj* (h. k'déj), um zu, damit • *man* (h.), Manna. Der Witz spielt mit der Doppelbedeutung des jid. Wortes ‹man›: • Manna, 2. Mann

'ss is far purim. Berl un Schmerl, zwej jeschiwe-bachurim tajtschn ojss «mit ale pidschewkess» di megile.
Ruft sich on Berl:
– 'ch lebn, ich farschtej nischt! Unsere chachomim lernen, as Esster hamalke is gewen a grine un a gele. Wi halsstu, hot asa monarch wi AchaschweIresch sich nischt gekont ojssklajbn a schenere kale?!
– Oj, du narischer mentsch! Un du halsst, as der kenig AchaschweIresch hot gedarft blajbn sizn an almn un wartn, bis du wesst kumen im sogn dajn mewiness?

púrim (h. purím = Lose), Purimfest. Wird zur Fastnachtszeit ähnlich wie Fastnacht gefeiert und gilt der Erinnerung an die Befreiung der Juden vor den Anschlägen des bösen Ministers Haman zur Zeit des persischen Königs Ahasver (= Xerxes) und seiner jüdischen Gattin Esther. • *jeschíwe-bachúrim* (h. j'schiwá = wörtl. das Sitzen, Talmudhochschule; bachurím = Jünglinge), Studenten der Talmudhochschule, der Jeschiwa • *tajtschn ojss* («deutschen aus»), übersetzen, deuten aus • «*mit ale pidschéwkess*», bis in die letzten Details (pidschewke = bissele?) • megíle (h. m'gilá = Rolle). Gemeint ist im Jid. die Pergamentrolle, aus der die Estherlegende zu Purim verlesen wird • «*ruft sich on*» (ruft sich an»), ruft aus, sagt • *'ch lebn* = «ich sol asoj lebn» • *chachómim* (h. chachamím), die Weisen, Klugen • *lernen*, lehren, berichten • *hamálke* (h. hamalká), die Königin • «*a gríne un géle*»: Tatsächlich hatte die Königin Esther nach einem alten Midrasch (jüd. Sage) eine grünliche Gesichtsfarbe, was wohl damit zusammenhängt, daß sich in ihre Gestalt Vorstellungen der Astarte (= Esther) mengen, die nicht nur eine Liebesgöttin, sondern auch eine Nacht- und Mondgöttin des Vorderen Orients war • *ójssklajbn*, ausklauben • *kále* (h. kalá), Braut, Schwiegertochter • *hot gedárft*, hat gesollt, gemußt • *almn* (h. almán), Witwer • *mewíness* (h. m'winút), Sachverständnis, Fachkenntnis

M'hot gechapt in schtetl a jid essn um jom-kiper. Hot men glajch dertrogn wegen dem zu di dajonim. Zumorgenss lost der row rufn dem bal-aweIrenik in bejss-din-schtub un schrajt rojt far kass un busche:

Es ist vor dem Purimfest. Berl und Schmerl, zwei Talmud-Studenten, deuten das Buch Esther bis in die letzten Details. Plötzlich meint Berl:

«Das verstehe ich nicht! Unsere Weisen berichten, daß die Königin Esther grünlich und gelblich war im Gesicht. Was hältst du davon? Konnte sich ein solcher Monarch wie Ahasver nicht eine schönere Braut aussuchen?»

«Du bist ein närrischer Mensch! Glaubst du, König Ahasver hätte als Witwer sitzenbleiben und warten sollen, bis du kommst und ihm dein Fachurteil abgibst?»

In einem Städtchen wurde ein Jude erwischt, wie er am Jom-Kipur aß. Man denunzierte ihn den Rabbinatsrichtern. Am nächsten Morgen läßt der Rabbiner den Sünder in die Gerichtsstube rufen und schreit rot vor Zorn und Scham:

– ’ss tajtsch! Asa jid wi du kon doch umgliklech machn doss ganze schtetl!!
– Un wi wolt gewen der din, rebe, wen in jom-kiper bin ich krank?
Entfert der row:
– Wen du wolsst gewen schtark krank, wolsstu jo gemegt essn …
– Hejsst ess – sogt der jid – as essn meg ich, nor ajch fardrisst blojs, woss ich bin nischt schtark krank?! … Schemt ajch, rebe, in ajer wajtn hals! …

gechápt (p. chapać = packen, erwischen), erwischt • *jom-kipr* (h. jom-hakipurím), Versöhnungstag. Strengster Fasttag • *dertrógn*, zugetragen, denunziert • dajónim (h. dajaním), Richter, Rabbinatsbeisitzer • *bal-awéIrenik* (v. h. bá’al-aweIrá = Sünder), Sünder • *bejss-din* (h. bejt-din), Gericht • *kass* (h. ká’ass), Zorn, Wut • *búsche* (h. buschá), Scham, Schande • *’ss tajtsch* = woss is der tajtsch = Was ist das Deutsch • (= Bedeutung, Sinn)? • *din* (h.), Gesetz • *gemégt*, gedurft

Ssimchess-toIre is amol a pojlischer graf, der ejgentimer fun schtetl, gekumen in schul arajn, kedej zu sen wi jidn dawenen. Bald hot men dem oden gegebn an ort baj der misrech-want, un der gabe hot im fartaitscht ale tfiless un minhogim.
Wen m’hot ongehojbn zu farkojfn di alijess un der schamess is zugekumen zum «maftir», hot der ortiger gwir ojfgehojbn finf finger. Der gabe derklert dem graf:
– Der gwir wil kojfn di dosike alije far fufzik guldn.
Wi der graf hot doss derhert, hot er ojfgehojbn ale zen finger. Der gabe is geworn zetumlt un gesogt zum graf:
– Jassnje panje, woss tojg dir asa ss’choIre, woss du wejsst nischt zu woss si nuzt?
Hot im der graf geentfert:
– Woss far a ss’choIre doss is, wejss ich take nischt. Ober ajer gwir ken ich gut. Ojb er wil di dosike ss’choIre kojfn far

«Was soll das bedeuten? Ein Jude wie du kann doch über das ganze Städtchen Unglück bringen!!»
«Und wie würde das Gesetz lauten, Rabbi, wenn ich am Jom-Kipur krank wäre?»
Antwortet der Rabbi:
«Wenn du sehr krank wärest, dürftest du natürlich essen ...»
«Das heißt also», sagt der Jude, «daß ich zwar essen darf, Euch verdrießt nur, daß ich nicht sehr krank bin?! ... Schämt Euch, Rabbi, in Euren Hals hinein! ...»

Zu Simchat-Tora, dem Fest der Torafreude, kam einmal ein polnischer Graf, der Besitzer des Städtchens, in die Synagoge herein, um zu sehen, wie die Juden beten.
Sogleich gab man dem Herrn einen Ehrenplatz bei der Ostwand, und der Synagogenvorstand erklärte ihm alle Gebete und Bräuche.
Als man zur Versteigerung der «Aliot» (das ist die Erlaubnis, den Bibeltext auf der Empore vorzulesen) überging und der Synagogendiener beim Maftir, dem Vorleser des Schlußteils, angelangt war, hob der ortsansässige Reiche fünf Finger in die Höhe. Der Synagogenvorstand erklärte dem Grafen:
«Der Reiche will diese Alia für fünf Gulden kaufen.»
Sowie der Graf dies hörte, hob er alle zehn Finger in die Flöhe. Der Synagogenvorstand wurde ganz verwirrt und sagte zum Grafen:

a fufziker, bin ich sicher, as si is wert zuwejniksstn hundert guldn!

ssímchess-tójre (h. ssimchát-torá = Torafreude). An jedem Sabbat wird ein Abschnitt des Pentateuch vorgetragen. An diesem Feste beginnt der Jahreszyklus neu • *kedéj* (h. k'dej), um zu, damit • *óden* (h. adón), Herr • *mísrech* (h. misrách = Osten). Bei bestimmten Gebeten wendet man sich nach Osten, in die Richtung von Jerusalem. Die Synagogenplätze an der Ostwand sind daher die Ehrenplätze • *gábe* (h. gabáj = ursprüngl. Verwalter der Armenkasse etc.), Synagogenvorstand • *fartájtscht* («verdeutscht»), erklärt • *tfíless* (h. tfilót), Gebete • *minhógim* (h. minhagím), Sitten, Bräuche • *alíjers,* plur. v. alíje (h. alíót, aliá = wörtl. Aufstieg). Gemeint ist das Besteigen der Empore zwecks Vorlesung eines Kapitels aus dem hebr. Bibeltext • *schámess* (h. schamásch = Diener), Synagogendiener • *máftir* (h. maftír = Beschließer), Vorleser des Schlußkapitels. Es wird gern einem Ehrengast, einem besonders Reichen oder Konfirmanden etc. übertragen. Der Geehrte pflegt etwas zu spenden • *gwir* (h.), Reicher • *dósike*, diese • *zetúmlt* («zertummelt»), verwirrt • *jássnje pánje* (p. jasny panie), erlauchter Herr • *ss'chójre* (h. ss'chorá), Ware

A magid haltendik sajn drosche hot dersen, wi ejner fun sajne zuherer sifzt mit bitere trern.

Nochn dawenen git er im a freg:

– Reb jid! Ich hob gesen wi ir wejnt … Asa schtarkn ajndruck hot gemacht ojf ajch majn hajntike drosche?

– Cholile! – entfert der jid. – Nor ich hob sich dermont on majn zignbok, woss is animelt gepejgert … Er hot punkt asoj wi ir getrejsslt mit sajn schitern berdel …

mágid (h. magíd = einer, der sagt, erzählt), volkstümlicher Wanderprediger • *drósche* (h. draschá), Predigt, Rede • *trern*, Tränen • *«er git im a freg»* (wörtl. «er gibt ihm eine Frage»), er wirft eine Frage hin • *reb jid!* (reb v. h. raw, cf. Glossar): «Herr Jude!» Übliche Anrede an unbekannte Juden • *cholíle* (h. chalilá), eine abwehrend beschwörende Formel • *'ch hob* sich *dermónt*, ich habe mich erinnert • *ánimelt*, kürzlich, einst • *getréjsslt* (p. trzasć), schütteln, wackeln

Zwej jeschiwe-bocherim fartifn sich in di injonim fun ojlom hase un ojlom habe.

Farknejtscht Mojsche dem schtern:

«Erlauchter Herr, wozu brauchst du eine Ware, mit der du ja doch nichts anfangen kannst?»
Da antwortete ihm der Graf:
«Was für eine Ware das ist, weiß ich in der Tat nicht. Aber euren Millionär kenne ich gut. Wenn er diese Ware für einen Fünfziger kaufen will, bin ich sicher, daß sie zumindest hundert Gulden wert ist!»

Ein Magid sah während seiner Predigt, wie einer seiner Zuhörer unter bitteren Tränen seufzte.
Nach dem Beten warf er ihm die Frage hin:
«Reb Jude! Ich habe gesehen, wie Ihr weint. Einen solch starken Eindruck hat Euch meine heutige Predigt gemacht?»
«Gott bewahre!» antwortet der Jude. «Ich habe mich bloß an meinen Ziegenbock erinnert, der kürzlich krepiert ist ... Er hat genau so wie Ihr mit seinem schütteren Bärtchen gewackelt ...»

Zwei Jeschiwe-Studenten vertiefen sich in die Probleme vom Diesseits und Jenseits.
Moische runzelt die Stirn:

Du hersst? Ejn sach lost mich nischt run. Ich freg, woss tut sich mit di mejssim nochn tojt?
Du wejsst nischt, wi doss folksswertl sogt? – zeschmejchlt sich Awrom. – Sej lign in der erd un bakn bejgl …
To wemen farkojfn sej di bejgl?!
– Ot derfar take lign sej mit sejer gescheft in der erd!

jeschíwe-bócherim (h. jeschiwá = Sitz, Talmudhochschule; bachurím = Burschen), Talmudstudenten • *injóním* (h. inianim), Fragen, Probleme, Angelegenheiten • *ójlomháse* (h. olám = Welt, Ewigkeit; hasé = diese), Diesseits • *ójlom-hábe* (h. olám- habá = kommende Welt), Jenseits • *farknéjtschn* (verknautschen), in Falten legen • *méjssim* (h. mejtím, plur. v. mejt), die Gestorbenen, die Toten • *zeschmejchlt sich*, fängt an zu lächeln • *bejgl*, Brezel • *ot* (p.), da, hier, also • *«in der erd lign»*, feste Redensart für: «Im tiefsten Elend darniederliegen»

Gezl der balagole hot sich ongeschikert un gemacht ojfn mark a wisstn sskandal. Ruft men im arajn in bejss-din-schtub un der row, sol lebn, sogt im arajn wi in possek schtejt.
Gezl hert ojss geduldik dem row'ss sidlerajen un halt in ejn schmejchlen.
– Rebe – sogt er – woss bejsert ir sich? 'ss is doch a bawisene sach, as afile Schlojme hamelech hot lib gehat a glesele schnapss …
– Fun wanen is doss gedrungen?
– Woss den? A nar is er gewen?!

balagóle (h. bá'al-agalá), Kutscher • *óngeschikert* (h. schikór = betrunken), angetrunken, vollgetrunken • *bejss-din-schtub* (h. bejt = Haus; din = Gericht), das Gerichtszimmer des Rabbinats • *«wi in póssek schtejt»* (h passúk), Abschnitt, Bibelabschnitt. Im Zusammenhang mit Strafreden: «wie es sich gehört», gehörig • *schméjchlen*, lächeln • *«sich bejsern»*, böse werden, sich ereifern • *afile* (h. afílu), sogar • *Schlójme hamélech* (h. Schlomó hamélech), Salomon, der König • *«fun wanen is doss gedrungen?»* = Woraus folgt das zwingend?

A jeschiwe-bocher bot amol filosofirt bese haojfn:
– Ess senen do ojf der weit farschidene maschko'ess, nor a glesl kawe is fort der meschunediksster getrank!

«Hörst du? Eine Sache läßt mich nicht ruhen. Ich frage mich, was geschieht mit den Gestorbenen nach dem Tode?»
«Weißt du denn nicht, was ein Volksspruch sagt?» sagt Awrom lächelnd. «Sie liegen in der Erde und backen Brezel.»
«Na, und wem verkaufen sie die Brezeln?!»
«Eben deswegen liegen sie samt ihrem Geschäft so tief darnieder!»

Götzl, der Kutscher, hat sich vollgetrunken und auf dem Markt wüst Skandal geschlagen. Man ruft ihn in die Gerichtsstube des Rabbinats herein, und der Rabbiner – leben soll er! – hält ihm eine strenge Strafrede.
Götzl hört sich die Beschimpfungen des Rabbiners geduldig an und lächelt immerzu.
«Rebe», sagt er, «was ereifert Ihr Euch? Es ist doch eine bewiesene Sache, daß sogar der König Salomon ein Gläschen Schnaps gern hatte …»
«Woraus folgerst du das?»
«Was denn? Ist er etwa ein Narr gewesen?!»

Ein Talmudstudent philosophierte einmal folgendermaßen: «Es gibt auf der Welt verschiedene Getränke, aber der merkwürdigste Trank ist ein Glas Kaffee!

Kojdem-kol git men in im arajn kawe, as er sol sajn schwarz, schpeter gisst men zu milch, as er sol sajn wajss. Drnoch mischt men im ojss mit zikorje, as er sol sajn biter, un take bald schit men in im arajn zuker, as er sol sajn siss. Zulezt kocht men im ojf fajer, as er sol sajn hejss, un nochher blost men ojf im, as er sol sajn kalt …

jeschíwe-bócher (h. j'schiwá = der Sitz), Talmudhochschule; bachúr = Jüngling, Junggeselle), Student der Talmudhochschule • *besé haóifn* (h. besé haófen), auf diese Weise • *maschk#'ess* (h. maschkaót), Getränke • *káwe* (p. kawa), Kaffee • *fort*, dennoch, trotzdem • *meschúnediksster* (v. h. m'schu né = eigentümlich), der eigentümlichste • *kójdem-kol* (h. kódem-kol), vor allem

Zwej jeschiwe-bocherim disskutirn, zi is a got do oder nit. Noch a langer disskussje hobn sej baschlossn, as ess is kejn got nito. Ejner fun sej, welcher is fun a ssach rejdn hejserik geworn, hot genumen a glos wosser un macht a broche.

Sogt der zwejter:

– Woss is? Zuwoss di broche? 'ss is doch kejn got nito!

– Je do, nito: wi sol a jid trinkn wosser on broche?

ssach (h. = Menge), Menge, viel • *bróche* (h. brachá), Segen • *je do, nito*, wörtl.: «Ja da, nicht da»

An oremer jeschiwe-bocher hot teg gegessn baj a rajchn baleboss. Togajn togojss hot men im gegebn zu essn kessejder arbes. Er hot nebech gegessn un gegessn, bis ess is im poschet schojn fun hals arojssgekrochn.

Amol bajm essn di arbes hot er kejn broche nit gemacht. Derschtojnt fregt im der baleboss:

– Woss is mit der broche? Du wilsst doch epess a row wern!

Zuerst einmal gibt man Kaffee hinein, damit er schwarz wird, dann gießt man Milch hinzu, damit er weiß wird. Hernach mischt man Zichorie hinein, damit er bitter wird, und gleich darauf schüttet man Zucker hinein, damit er süß wird. Zuletzt kocht man ihn auf Feuer, damit er heiß wird, und dann bläst man hinein, damit er kalt wird ...»

Zwei Talmudstudenten diskutieren, ob es Gott gibt oder nicht gibt. Nach einer langen Diskussion kommen sie zu der Entscheidung, daß es keinen Gott gibt.
Der eine von ihnen ist vom vielen Reden heiser geworden, er nimmt ein Glas Wasser und spricht den Segen. (Juden dürfen sozusagen nichts verzehren, ohne einen entsprechenden Segen zu sprechen.)
Da sagt der zweite:
«Was ist? Wozu der Segen? Es gibt ja keinen Gott!»
«Ob es Gott gibt oder nicht – wie soll ein Jude Wasser ohne einen Segen trinken?»

Ein armer Talmudstudent durfte bei einem reichen Hausherrn essen. Tagaus, tagein gab man ihm ständig nur Erbsen. Er aß und aß, bis ihm, nebich, die Erbsen schon zum Hals herauskrochen.
Einmal sprach er vor dem Erbsenessen keinen Speisesegen. Erstaunt fragte der Hausherr:
«Wo bleibt der Segen? Du willst doch so etwas wie ein Rabbiner werden!»

– Baieboss-lehn! Brochess macht men af pejress woss wakssn af bojmer oder in dr'erd. Wi men macht ober a broche af pejress woss wakssn fun hals arojss, wejss ich nit …

kesséjder (h.), wie es sich gehört, der Reihe nach, jid.: ständig • *árbes*, Erbsen • *póschet* (h. paschút), einfach • *bróche* (h. brachá), Segen • *péjress* (h. pejrót), Früchte

A frumer jungerman is geforn in kurort un hot gehat baj sich a zetel mit adressn fun ale koschere hotelss. A por wochn sajnen farbaj – un sajne froj is umruik geworn, wajl si hot fun im kejn briw bakumen. Si schikt ir bruder, er sol dergejn, woss ess is mit im geschen.

Der schwoger gejt fun ejn koschern hotel zum andern, sucht un sucht – un gefint nit. Beless brejre sucht er im ojch in andere ortn – un gefint im in a fardechtikn hotel mit a nekejwe!

– Schwogerl, dajn jidene is umruik, un ich gefin dich do in asa mokem?!

– Hob kejn molre, schwogerlebn, do *ess* ich nit!

kóschere (h. kaschéjr = rein, tauglich), rituell, erlaubt • *dergejn* («ergehen»), zu erfahren suchen • *beléss bréjre* (aram. b'lejt brejrá), da kein Ausweg bleibt • *nekéjwe* (h. n'kejwá), Weib • *dajn jídene* (deine Jüdin) = dein Weib • *mókem* (h. makóm), Ort • *mójre* (h. morá), Furcht

In a Warschawer ssforim-gewelb kumt arajn an assimilirter jid un sogt:

– Ich wil a machser mit bilder …

Der ssojcher kukt im on farchidescht un sogt:

– Ir mejnt awade a hagode mit bilder?

– Nejn.

– A megile mit bilder?

– Nein.

– To sogt, woss far a bilder sol men ajch wajsn in machser?!

– 'ch wil – entfert der kojne – as baj «al chejt» sol men take wajsn, wi asoj men sindikt …

«Lieber Hausherr! Den Segen spricht man über Früchte, die auf Bäumen oder in der Erde wachsen. Aber welchen Segen man über Früchte spricht, die einem aus dem Hals herauswachsen, weiß ich nicht …»

Ein frommer junger Mann ist in den Kurort gefahren und hat einen Zettel mit allen koscheren Hotels bei sich gehabt. Ein paar Wochen gehen vorbei – und seine Frau ist unruhig geworden, weil sie von ihm keinen Brief bekommen hat. Sie schickt ihren Bruder, er soll erfahren, was mit ihm geschehen ist.
Der Schwager geht von einem koscheren Hotel zum andern, sucht und sucht – und findet nicht. Schließlich bleibt ihm nichts übrig, als auch an andern Orten zu suchen – und er findet ihn in einem verdächtigen Hotel mit einem Frauenzimmer!
«Schwägerlein, dein Weib ist unruhig, und ich finde dich an einem solchen Ort?!»
«Hab keine Angst, Schwager-Leben! Hier *esse* ich nicht!»

In einen Warschauer hebräischen Buchladen kommt ein assimilierter Jude und sagt:
«Ich will ein Gebetbuch mit Bildern …»
Der Händler blickt ihn verwundert an und sagt:
«Ihr meint sicher eine Hagada, eine Osterlegende mit Bildern?»
«Nein.»
«Oder ein Buch Esther mit Bildern?»
«Nein.»
«Dann sagt, was für Bilder in einem Gebetbuch soll man Euch denn vorlegen?»

ssfórim (h. ssfarím), Bücher; im Jid. sind meist hebr. heilige Bücher gemeint • *máchser* (h. machsór), Gebetbuch mit allen Gebeten des Jahres • *farchídescht* (v. h. chidúsch = Verwunderung, Wunder), verwundert • *hagóde* (h. hagadá = wörtl. Sage), im Jid. ist immer die Osterlegende gemeint, die es in hübsch illustrierten Ausgaben gibt • *megíle* (h. m'gilá = Rolle), im Jid. ist immer die Pergamentrolle gemeint, aus welcher die Estherlegende in der Synagoge vorgelesen wird. Auch die Estherlegende wird in illustrierten Bändchen herausgegeben. Illustrierte Gebetbücher im eigentlichen Sinne jedoch kennen die Juden nicht • *wajsn,* zeigen • *kójne* (h. koné), Kunde • *al chejt* (h.), «auf die Sünde ...» Ausführliches Sündenregister, das unter anderm am Versöhnungstage gesprochen wird

A ssojcher kumt kejn Berditschew. Asoj wi 'ss is erew dem grojssn jerid, senen ale jidische hoteln basezt. Der baleboss fun an ajnforhojs schlogt im for zu nechtikn in a zwejbetikn chejder, ojb der gasst, woss farnemt schojn doss zimer, wet darojf ajngejn ...

Der jid efnt di tir funm zimer un set, as jener dawent.

Fregt er schtilerhejt:

– Kon men do nechtikn?

Der dawner schokelt mitn kop ojf «Jo».

– Izt gej ich awek. Kon ich sich umkern schpet bajnacht?

Der dawner schokelt mitn kop ojf «Jo».

Fregt er zulezt:

– Kon ich mir brengn zufirn a schiksse?

Der dawner wajst im mit di finger: «Zwej!»

érew (h.), Abend, Vorabend • *jeríd* (h. j'rid), Jahrmarkt • *ájnforhojs* («Einfuhrhaus»), Gasthaus • chéjder (h. chéder), Zimmer • *farnémt* («vernimmt»), belegt, besetzt • *dawnt,* betet. cf. Glossar. – Einen Betenden darf man nicht unterbrechen. Notfalls fragt man mit leiser Stimme, und er antwortet mit stummen Zeichen • *schókelt,* nickt • *brengn zufírn* («bringen zu führen»), herbeibringen • *schíksse* (weibl. Form v. h. schékez = Abscheu), gewöhnliches Christenmädel, auch Dirne

A hajntweltiker jidischer bocher hot chassene gehat mit a tochter fun a rajchn chossid. Macht sich ejnmol schabess nochmitog, as der schwer hot gechapt sajn ejdem rojchern a papiross.

«Ich will», antwortet der Kunde, «daß bei der Passage mit dem Sündenregister auf Bildern dargestellt sein soll, wie man sündigt ...»

Ein Kaufmann kommt nach Berditschew. Da es gerade am Vorabend des großen Jahrmarktes ist, sind alle jüdischen Hotels besetzt. Der Besitzer eines Gasthauses schlägt ihm vor, in einem Zweibett-Zimmer zu übernachten, falls der Gast, der das Zimmer schon belegt hat, damit einverstanden ist ...
Der Jude öffnet die Tür des Zimmers und sieht den andern beim Beten.
Fragt er leise:
«Kann man da übernachten?»
Der Beter nickt bejahend mit dem Kopf.
«Ich gehe jetzt weg. Darf ich spät nachts zurückkehren?»
Der Beter nickt wieder bejahend mit dem Kopf.
Fragt der andere zuletzt:
«Darf ich mir ein Mädel mitbringen?»
Der Beter macht mit den Fingern ein Zeichen: Zwei!

Ein moderner jüdischer Jüngling hatte die Tochter eines reichen Chassids geheiratet. Einmal, an einem Sabbat-Nachmittag, trifft es sich, daß der Schwiegervater seinen Eidam beim Rauchen einer Zigarette erwischt.

– Oj, inganzn fargessn! – is sich mojde der jungerman.
– Woss hosstu fargessn? As hajnt is schabess? – fregt der schwer.
– Nejn, 'ch hob fargessn zu farschlissn di tir!

hájntweltiker («heutweltiger»), moderner, aufgeklärter • *chóssid* (h. chassíd = fromm), Chassid. cf. Glossar. – Im Westen herrscht oft die Auffassung, der Chassidismus habe die formale Frömmigkeit der «Talmudjuden» gelockert. In Wirklichkeit lockerte er nur das gewaltige Talmudwissen; die Chassidim waren fanatisch fromm, auch in formalen Fragen • *schábess* (h. schabát), Sabbat. – Am Sabbat darf man kein Feuer anfachen und folglich auch nicht rauchen • *schwer,* Schwäher, Schwiegervater • *mójde* (h. modé), gesteht

In a galizischn schtetl is gewen a mineg, as men hot nischt getort bagrobn a mess an a hessped. Farschtejt sich, as be'iten hessped hot men gelojbt dem niftr in der weit arajn …
Hot sich ober getrofn, as 'ss is geschtorbn Jajnkl-Kolbojnik – a ganew, a schwindler, a schiker. Is doss mess opgelegn zwej necht mit a tog, wajl 'ss hot sich nischt gefunen kej n ejn rnentsch woss hot gekont sogn epess gutss wegn Jajnkl-Kolbojnik.
Erscht ojfn dritn tog – wen di kile hot ojssgeschribn a sspezjele premje far a hessped-soger – hot sich gemoldn Gezl der balagole.
– Trogt im ojfn bejss-ojlem, ich wel haltn a hessped!
Un schtejendik bajm ofenen kejwer hot er sich ongerufn mit di werter:
– Rabojssaj! Mir ale wissn, wer der niftr is gewen. A ganew, a schwindler, a schiker. Fundesstwegn kon ich sogn wegn im epess gutss: Er hot ibergelost zwej sundelech, as akegn sej is er gewen a zadik!

míneg (h. minhág), Sitte, Brauch • *getódrt*, gedurft • *mess* (h. mejt), Leiche, Toter • *héssped* (h. hespéjd), Grabrede • *b'íten* (h. b'itán), zur Zeit, während • *niftr* (h. niftár), der Gestorbene • *kolbójnik* (v. h. kol-bo = alles ist in ihm), einer, der zu allem fähig ist • *kíle* (h. k'hilá), Gemeinde • *balagóle* (h. bá'al-agalá), Fuhrmann • *bejss-ójlem* (h. bejtolám), wörtl. «Haus der Ewigkeit», Friedhof • *kéjwer* (h.), Grab

«Oh, ganz vergessen!» gesteht der junge Mann.
«Was hast du vergessen? Daß heute Sabbat ist?» fragt der Schwiegervater.
«Nein, ich habe vergessen, die Türe zu verschließen!»

In einem galizischen Städtchen war Sitte, daß man eine Leiche ohne Trauerrede nicht begraben durfte. Es versteht sich, daß man in der Grabrede den Toten über den grünen Klee zu loben pflegte …
Einmal aber traf es sich, daß Jankl starb, der den Spitznamen «Kolbojnik» trug – das ist ein frivoler Mensch, der zu allem imstande ist –, ein Gauner, ein Schwindler, ein Säufer. Die Leiche lag zwei volle Nächte und noch einen Tag da, weil sich kein Mensch fand, der etwas Gutes über Jankl Kolbojnik hätte sagen können.
Erst am dritten Tage, als die Gemeinde eine Prämie für den Grabredner ausschrieb, meldete sich Götzl, der Fuhrmann.
«Tragt ihn auf den Friedhof, ich werde eine Grabrede halten!»
Und beim offenen Grabe stehend rief er folgende Worte aus: «Meine Herren! Wir alle wissen, wer der Verblichene gewesen ist. Ein Dieb, ein Schwindler, ein Trinker. Aber deswegen kann ich doch etwas Gutes von ihm sagen: er hat zwei Söhnchen hinterlassen, mit denen verglichen er ein Heiliger war!»

Ketzer und Christen

In a galizischn schtetl is gewen a schenker, hot er gehat a sun, a ben-jochid, Izikl.

Wen Izikl is untergewakssn un geworn a grojsser Izik, hot er sich farlibt in a krisstlech mejdl un kedej mit ir chassene zu hobn, hot er sich – nischt far kejn schum jid gedacht! – geschmad …

Opgesessn noch im schiwe, ruft sich an der schenker zu sajn wajb:

– Er is fort der ejn un ejnziker baj uns! Wemen weln mir, iber hundert un zwanzik jor, farschrajbn unser hob und gutss?!

– Bakizer: men hot arajngenumen zu sich in schtub dem getojftn sun mit der krisstlecher schnur.

Suntik wekt di maure Izikn:

– Ignazi! Schtej ojf!

– Woss is?

– Men klingt in klojsster …

– Un zulib dem weksstu mich?!

– Awade! Bisst nischt gewen kejn frumer jid, saj sche chotsch a frumer krisst!

ben-jóchid (h. ben-jachíd), einziger Sohn • *kedéj* (h. k'dej), damit, um zu • *schum* (h.), irgend ein. Immer mit Negierung: *kejn schum* = gar kein • *geschmád* (v. h. schamód = vernichten, verderben), getauft • *schíwe* (h. schiwá = 7), siebentägiges Trauersitzen nach einem Toten, oder auch wenn ein naher Verwandter aus der jüd. Gemeinde ausgestoßen wird • *fort,* weiterfort, trotzdem • *«iber hundert un zwanzik jor»:* übliche Formel, wenn man vom eigenen Tode oder dem naher Verwandter spricht • *bakízer* (h. bakizúr), in Kürze • *schnur,* Schnur, Schwiegertochter • *sche* (p. ż), also • *chotsch* (p. choć), wenigstens

Langsstike zajtn, wen a kalender is gewen a seltene sach, flegn sich dorfssjidn orjentirn lojt farschidene ssimonim, kedej zu unterschejdn ben kojdesch lachojl.

Ketzer und Christen

In einem galizischen Städtchen war ein Schankwirt, der hatte einen Sohn, ein einziges Kind, Itzikl.
Als Itzikl herangewachsen und ein großer Itzik geworden war, verliebte er sich in ein christliches Mädel, und um sie heiraten zu können, ließ er sich – möchte dies keinem Juden passieren! – taufen ...
Der Schenker absolvierte das siebentägige Trauersitzen, wie nach einem Toten, dann sagte er zu seinem Weib:
«Er ist ja doch der einzige bei uns! Wem sollen wir denn, nach hundertundzwanzig Jahren, unser Hab und Gut verschreiben?!»
Kurz: man nahm den getauften Sohn und die christliche Schwiegertochter zu sich ins Haus.
Sonntag weckt die Mutter Itzik:
«Ignazi! Steh auf!»
«Was ist?»
«Es läutet im Kloster ...»
«Und deshalb weckst du mich?»
«Sicherlich! Warst kein frommer Jude, sei also wenigstens ein frommer Christ!»

Vor langen Zeiten, als ein Kalender noch eine rare Sache war, pflegten sich Dorfjuden nach verschiedenen Anzeichen zu orientieren, um zwischen Feiertagen und gewöhnlichen Wochentagen unterscheiden zu können.

Hot Mojsche der arendar gehat dem sicherssten ssimen: as sajn kutscher Hawrile hot nischt gegessn kejn flejsch, is gewen frajtik ojf der welt un men hot sich gedarft grejtn zu der schabessdiker ssude.

Macht sich amol kumt der arendar zu forn in schtetl mit a bissl milchiker ss'chojre. Set er: jidn trogn schtrajmlen un sajdene kapotess …

Noch a wajl ringelt men arum sajn wogn un schrajt:

– Och, du groberjung! Du amorez! Wi schemsstu sich nischt mechalel schabess sajn beferessje?

– Jidn! – wundert sich Mojsche. – 'ss is den hajnt schabess?

– Awade!

– Oj! – macht der arendar mit a bitern schmejchl. – Oj, hot sich majn Hawrile bamacht! Ir hert, jidn, majn kutscher Hawrile hot hajnt in der fri ojssgetrunken zwej gleslech bronfn un farbissn mit a flejschikn knisch! …

lángsstike, längst vergangene • *ssimónim* (h. ssimaním), Zeichen, Anzeichen • *kedéj* (h. k'dej), damit, um zu • *ben kójdesch lachójl* (h. ben kódesch lachól = zwischen heilig und profan), zwischen Feiertagen und gewöhnlichen Wochentagen • *ssímen* (h. ssimán), Zeichen • *gedárft,* gemußt • *grejtn*, bereiten • *ssúde* (h. ss'udá), Mahlzeit, Festmahl • *ss'chójre* (h. ss'chorá), Ware • *schtrájmlen:* der Strajmel ist eine ostjüdische Festmütze aus Samt mit einem Rand aus Zobelschwänzchen • *amórz* (h. am-ha'árez, wörtl. = Landvolk), ungebildeter Kerl, einer ohne relig. Bildung • *mechálel* (h. m'chaléjl), entweihen, entheiligen • Sabbat und andere Feiertage beginnen bei den Juden am Vorabend • *beferéssje* (aram. b'farhessjá), in der Öffentlichkeit • *schmejchl*, Lächeln • *bronfn*, Branntwein • *farbíssn* («verbissen»), Fachausdruck für: zum Schnaps eine Kleinigkeit dazugenießen • *knisch* (p. knyż), Pastete

Men hot amol gefregt an apikojress, woss far gute sachn senen faran ojf der welt.

Hot er geentfert:

– Ich wejss nor fun draj gute sachn, dehajnu – a glesl hajsse kawe noch kol-nidre, a flasch bir noch di pessechdike knejdlech un a guter papiross nochn schabessdikn tscholent.

So hatte Moische, der Rendar, ein absolut sicheres Zeichen: wenn sein Kutscher Hawrila kein Fleisch aß, dann war auf der Welt Freitag und man mußte sich auf das Sabbatmahl vorbereiten.

Da geschah es einmal, daß der Rendar mit Milchwaren ins Städtchen gefahren kommt. Er sieht: die Juden tragen ihre Sabbatmützen und seidenen Kapoten.

Nach einer Weile umringt man seinen Wagen und schreit: «Ach, du grober Kerl, du ungebildeter Flegel! Wie, schämst du dich nicht, den Sabbat in aller Öffentlichkeit zu entweihen?»

«Juden!» wundert sich Moische. «Ist denn heute Schabbes?»

«Sicherlich!»

«Oh!» macht der Rendar mit einem bitteren Lächeln. «Oh, hat sich mein Hawrila getäuscht! Hört nur, ihr Juden! Mein Kutscher Hawrila hat heut in der Früh zwei Gläschen Schnaps ausgetrunken und eine Fleischpastete dazu gegessen ...»

Man fragte einmal einen Ketzer, was er auf der Welt für gute Dinge kenne.

Da antwortete er:

«Ich kenne nur drei gute Dinge, nämlich – ein Gläschen heißen Kaffee nach dem Kol-Nidrej-Gebet, eine Flasche Bier nach den Pessach-Knödeln, und eine gute Zigarette nach dem sabbatlichen Tscholent.»

apikójress (h. apikoráss), wörtl. Epikuräer: Freidenker, Ketzer • *dehájnu* (h. d'hájnu), nämlich • káwe (p. kawa), Kaffee • *kol-nídre* (h. kol-nidréj), «Alle Gelübde». Erste Worte eines Gebetes am «Jom-Kipur», dem strengsten Fasttag der Juden • *pésssechdike* (v. Péssach = Osterfest), österlich. Da Bier, genau wie gesäuertes Brot, Hefe enthält, darf es von Juden an den Ostertagen nicht genossen werden • *tschóilent* (v. alt-franz. chauld = warm). Eine warme Sabbatspeise, die seit dem Vorabend im Ofen geschmort hat. – Am Sabbat darf der fromme Jude nicht rauchen.

Mojsche der kretschmer lojft arajn in hojf fun poriz mit a gewejn:

– Jassnje panje! Men wil mich umgliklech machn!

– Woss is di majsse, Moschku?

– Ale jorn bin ich gewen in schulechl fun ajere giter a bal-kojre. Un azind is gekumen der najer arendar un hot sich ajngeschpart, as er mus sajn der bal-kojre un ich der bal-tekije!

– Fartajtsch mir ojf pojlisch woss doss badajt!

– A bal-kojre lejent di hejlike tojre und a bal-tekije blost in schojfer.

– Woss is asojnss a schojfer?

– A min trumejt.

Der poriz sogt noch a kurz jischew-hadass:

– Ich mejn, as 'ss is besser zu trumejtn ejder zu lejenen …

– Jo, ober lejenen lejent men jede woch, un trumejtn tut men nor zwejmol in jor!

– Och, du narischer Moschke! Du hersst? Ich, der graf, hejss dir un bafel: di trumejter saj jedn tog! …

krétschmer (p. karczma = Kneipe), Schankwirt • *jássny pánie* (p.), erlauchter Herr • *májsse* (h. ma'assé), Geschichte, Geschehnis • *schúlechl* (dim. v. schul), kleine Synagoge *bal-kójre* (bá'al-koréj), Vorleser, Vorbeter • *arendár*, Rendar • *«sich ájngeschpart»*, sich versteift • *bal-tekíje* (h. bá'al-t'kiá), Bläser • *fariájtsch* (wörtl. verdeutsche), übersetze, erkläre • *tójre* (h. torá), Pentateuch • schójfer (h. schofár), Widderhorn, welches an den zwei höchsten Feiertagen in der Synagoge geblasen wird • *jíschew-hadass* (h. jischúw-hadá'at), Überlegung • *éjder*, als, ehe

Moische, der Schankwirt, kommt weinend auf den Gutshof des Grafen gelaufen:

«Jasny panie! Man will mich unglücklich machen!»

«Was ist los, Moschko?»

«Alle Jahre hindurch bin ich in dem Synagoglein von Euren Gütern der Ba'al-kore, der Vorbeter gewesen. Und jetzt ist ein neuer Rendar gekommen und hat sich darauf versteift, daß er der Vorbeter sein müsse und ich nur der Ba'al-t'kia!»

«Erklär mir auf Polnisch, was das bedeutet!»

«Der Ba'al-kore liest die heilige Tora vor, und der Ba'al-t'kia bläst auf dem Schofar.»

«Was ist denn das, ein Schofar?»

«Eine Art Trompete.»

Nach kurzem Nachdenken sagt der Graf:

«Ich meine, daß es schöner ist zu trompeten als vorzulesen ...»

«Ja, aber vorlesen tut man jede Woche, und trompeten tut man nur zweimal im Jahr!»

«Ach, du närrischer Moschko! Hör zu: Ich, der Graf, ordne an und befehle: Die Trompeterei finde jeden Tag statt! ...»

A jid kumt arajn zu sajn schochn, a krisst, un derset ojf der want a schejne, grojsse fotografje, woss schtelt for zwej halbnakete mentschn un a klejn kind an a hemdl.
Fregt der jid:
– Wer senen di lajt?
Sogt der schochn:
– Doss is di hejlike familje.
– Asoj gor! To farwoss senen sej naket?
– Wajl sej hohn nischt gehat kejn klejder.
– Un farwoss senen sej borwess?
– Wajl sej hobn nischt gehat kejn schich.
– 'ch farschtej nischt! Zu kojfn ontu'echz un schtiwl hobn sej kejn geld nischt gehat, un zu bazoln dem fotograf hobn sej jo gehat?!

derbét, erblickt • *bórwess*, barfuß • *óntu 'echz* (Anzutuendes), Kleider

A klejnschteteldiker jid hot nischt gehat kejn parnosse ... Hot im a krisstlecher schochn gegebn an ejze:
– Schmad sich, wesstu bakumen a gutn posstn.
Der jid hot im gefolgt, ober der schmad hot im geholfn punkt wi a tojtn bankess ...
Amol bagegnt dem meschumed a gewesener frajnd. Fregt er im:
– Nu, wi gejt ess dir azind?
– Wejss ich woss ... – entfert der «frisch gebakener» krisst. – Fri'er hot sich doss wajb mit mir gekrigt, woss ich gib ir nischt ojf schabess. Izt schelt si mich tojte kloless, woss ich gib ir nischt ojf suntik.
– Wosche hosstu gepojlt mitn schmad? Woss hosstu gewunen?
– Woss hejsst, woss ich hob gewunen? A tog is ojch nischt kejn klejnikajt!

Ein Jude kommt zu seinem Nachbarn herein, einem Christen, und erblickt an der Wand eine schöne, große Photographie, welche zwei halbnackte Menschen und ein kleines Kind ohne Hemdchen darstellt.
Fragt der Jude:
«Wer sind die Leute?»
Sagt der Nachbar:
«Das ist die heilige Familie.»
«So ist das gar! Und warum sind sie nackt?»
«Weil sie keine Kleider hatten.»
«Und warum sind sie barfuß?»
«Weil sie keine Schuhe hatten.»
«Das verstehe ich nicht! Kleider und Schuhe zu kaufen, hatten sie kein Geld – aber den Photographen zu bezahlen hatten sie welches?!»

Ein kleinstädtischer Jude hatte kein Auskommen... . Da gab ihm sein christlicher Nachbar den Rat:
«Laß dich taufen! Dann wirst du einen guten Posten bekommen.»
Der Jude folgte diesem Rat, aber die Taufe half ihm wie einem Toten Schröpfköpfe.
Einmal begegnet ein früherer Freund dem Täufling. Fragt er ihn:
«Nun, wie geht es dir jetzt?»
«Was weiß ich!» antwortet der «frisch gebackene» Christ. «Früher hat das Weib mit mir gezankt, weil ich ihr kein Geld für den Sabbat geben konnte. Jetzt verflucht sie mich in Grund und Boden, weil ich ihr für Sonntag keines gebe.»
«Was also hast du mit der Taufe erreicht? Was hast du gewonnen?»
«Was heißt, was ich gewonnen habe? Ein Tag Aufschub ist doch auch keine Kleinigkeit!»

parnósse (h. parnassá), Einkommen, Auskommen • *éjze* (h. ejzá), Rat • *schmad* (h. schamód = vernichten), taufen • *bánkess* (p. banka), Schröpfköpfe • *meschúmed* (h. m'schumád = der Vernichtete), Getaufter • *azínd*, jetzund • *«sich gekrigt»* («sich gekriegt»), gezankt • *tójte klóless* (d. tote + h. klalót = Flüche, wörtl. «tote Flüche»), wüste Flüche • *gepójlt* (h. paól = erwirken), erreicht

Wen Mussolini is gekumen zu der macht, hot di itali'enische assekurazje-geselschaft «dschenerali» baschlossn zu kindikn ale jidische ba'amtn.

Hot ober in der Lemberger optejlung gearbet a jid, der ssame fe'iksster agent. Lost im der direktor rufn un lejgt im for:

– Ir darft sich blojs schmadn un demolt wet ir konen blajbn ojf ajer posstn.

– Gut – sogt der agent noch a kurzn jischew-hadass. – Schikt nochn galach! –

Der galach gejt arajn in kabinet un der direktor wart in foderzimer. 'ss fargejt a scho, zwej scho …

Erscht arum draj a sejger kumt arojss fun kabinet der farschwizter galach un im gejt noch mit a schtralndik-zufridenem ponem der agent.

Der direktor lojft im antkegn:

– Zi kon ich ajch gratulirn? Zi sent ir schojn getojft?

– Ich getojft?! – entfert der agent. – 'ss cholemt sich mir afile nischt! … Der galach is assekurirt! …

ssáme (p. sam), selber, allein; äußerst • *«lejgt im for»*, schlägt ihm vor • *schmadn* (h. schamód = vernichten), taufen • *jíschew-hadass* (h. jischúw-hadá'at), Überlegung • *gálach* (h. galóach = rasieren), christl. (ursprünglich nur katholischer) Priester • *scho* (h. scha'á), Stunde • *chólemt* (v. h. chalóm = träumen), träumt • *afíle* (h. afílu), sogar

Fajwl hot sich ongeschtekt mit tifuss un ligt in an epidemjeschpitol. Der gesund-zuschtand funm kranken is sejer schwer. Pluzlung hojbt er ojf dem kop un bet, men sol woss gicher brengn zufirn a galach.

Als Mussolini an die Macht kam, beschloß die italienische Assekuranzgesellschaft Generali, allen jüdischen Beamten zu kündigen.
Nun arbeitete aber in der Lemberger Abteilung ein Jude, der ein ungewöhnlich fähiger Agent war. Der Direktor läßt ihn rufen und schlägt ihm vor:
«Ihr braucht Euch nur taufen zu lassen, dann könnt Ihr auf Eurem Posten bleiben.»
«Gut», sagt der Agent nach kurzer Überlegung. «Schickt nach einem Priester!»
Der Priester geht in das Kabinett hinein, und der Direktor wartet im Vorzimmer. Es vergeht eine Stunde, zwei Stunden ... Erst gegen drei Uhr kommt aus dem Kabinett ein verschwitzter Priester heraus, und hinter ihm her geht der Agent mit einem strahlend-zufriedenen Gesicht.
Der Direktor läuft ihm entgegen:
«Kann man Euch nun gratulieren? Seid Ihr schon getauft?»
«Ich getauft?!» antwortet der Agent. «Es fällt mir nicht einmal im Traume ein! ... Aber der Priester ist versichert! ...»

Fajwl hat sich mit Typhus angesteckt und liegt im Epidemie-Spital. Der Gesundheitszustand des Kranken ist sehr bedenklich. Plötzlich hebt er den Kopf und bittet, man solle so rasch wie möglich einen Pfarrer herbeibringen.

Di «schwesstern» un di doktojrim senen mole ssimche: der jid gejt sich schmadn farn tojt!
Der katojlischer gajsstlecher kumt arajn. Fajwl sogt mit a schwacher schtim:
– Ich wel ajch diktirn majn zawo'e. Letojwess der schul ojfn altn mark baschtim ich a ss'chum fun zen tojsnt sloti …
A doktor rajsst im iber:
– Ojb ir farschrajbt asojfil gelt far der schul, to farwoss hot ir gelost rufn dem galach un nischt dem row?
Fajwl wundert sich:
– Her doktor, zi sent ir baj klore gedanken? … Dem row – in an epidemje-schpitol?!

«*woss gícher*» («was schneller»), so schnell wie möglich • *gálach* (v. h. galóach = rasieren), Pfarrer, vor allem kathol. Pfarrer • *móle ssímche* (h. maléj ssimchá), voller Freude • *schmadn* (v. h. schamód = vernichten), taufen • *zawó'e* (h. zawa'á), Testament, Befehl. *letójwess* (h. l'towát), zugunsten • *ss'chum* (h.), Betrag • «*rajsst im iber*», unterbricht ihn

A jid baklogt sich far dem bazirkssgericht in Sstanisslaw, wajl sajn apelazje is in meschech fun a langer zajt noch nischt derledikt geworn.
Ba'amter: – Woss macht ir asa tuml? Ir, jidn, hot zugeschlogn zu a zejlem Jesuss Chrisstuss, undser har!
Sogt der jid: – A schod, woss er hot nischt apelirt zum Sstanisslawer bazirkssgericht! Er wolt noch ad hajojm gelebt …

méschech (h.), Lauf, Dauer • *tuml*, Tumult • *zéjlem* (h.), Abbild; im Jid. immer = Kruzifixus oder Kreuz • *ad hajójm* (h. ad hajóm), bis heute

Fajwl Jakubowitsch wil sich schmadn. Farbrengt er etleche scho mitn galach.
Zulezt schtelt men im a frage:
– Woss fara nomen wilt ir hobn nochm schmad?
– Franz Josef.

Die Schwestern und die Doktoren sind voller Freude: Der Jude will sich vor dem Tode taufen lassen!
Der katholische Geistliche kommt herein. Fajwl sagt mit schwacher Stimme:
«Ich werde Euch mein Testament diktieren. Zugunsten der Synagoge auf dem alten Markt bestimme ich einen Betrag von zehntausend Zloty ...»
Ein Doktor unterbricht ihn:
«Wenn Ihr so viel für Eure Synagoge verschreibt, warum habt Ihr dann den Pfarrer kommen lassen und nicht den Rabbiner?»
Fajwl wundert sich:
«Herr Doktor, Ihr seid wohl nicht bei klarem Verstand? ... Den Rabbiner – in ein Epidemie-Spital?!»

Ein Jude beklagt sich bei dem Bezirksgericht von Stanislau, weil seine Berufung im Laufe einer langen Zeit noch nicht erledigt wurde.
Beamter: «Was drängt Ihr Euch da vor? Ihr Juden habt Jesus Christus, unsern Herrn, ans Kreuz geschlagen!»
Sagt der Jude: «Schade, daß er nicht beim Stanislauer Bezirksgericht appelliert hat! Er würde noch heute leben ...»

Fajwl Jakubowitsch will sich taufen lassen. Er verbringt etliche Stunden mit dem Priester.
Zuletzt stellt man ihm die Frage:
«Was für einen Namen wollt Ihr nach der Taufe haben?»
«Franz Joseph.»

– A modne sach! Ir wilt hejssn asoj wi unser hojchgnediker kejser?!
– Ich wel ajch doss gebn zu farschtejn. Hejssn hejss ich Fajwl Jakubowitsch. Wil ich take onnemen dem nomen «Franz Josef», kedej nischt zu bajtn di monogramen ojf majne nostichlech …

schmadn (v. h. schamód = vernichten), taufen • *scho* (h. scha'á), Stunde • *gálach* (v. h. galóach = rasieren), christlicher, zunächst nur katholischer Geistlicher • *schmad*, Taufe • *módne* (p. modny), eigenartig, befremdend • *kedéj* (h. k'dej), damit, daß • *bajtn* («beuten»), tauschen

An arendar kumt ahejm mit a meschune-grojssn hunt. Fregt im doss wajb, wu hot er pluzem dertapt asa min kelew. Derzejlt er ir a ganze majsse:
– Ich kum hajnt zum poriz dingn di arende fun unser kretschme ojf wajter. Tref ich im a schikern un er lejgt mir for, ich sol ojsslernen sajn hunt redn loschn-kojdesch, wet er mir derfar opgebn di arende an a kopike gelt. Un ojb nischt – derschisst er mich bald ojfn ort … Haklal hob ich glajch farschtanen, as 'ss is nischto kejn brejre. Un kojm ojssgebetn baj im, er sol dem hunt mitgebn zu mir ojf finf jor, wel ich im ojsslernen redn …
– Woss hosstu geton, meschugener!? – zejomert sich doss wajb.
– Un finf jor weln dir helfn derzu? Ejder der dosiger kelew wet sich ojsslernen redn, wesstu gicher sich ojsslernen biln!
– Baru'ik sich, majn tajere! – ruft sich op der kretschmer.
– In finf jor arum kon sajn ejness fun di draj: oder der hunt wet pejgern, oder der poriz wet schtarbn, oder ich alejn wel awekgejn fun der welt …

arendár, Rendar, Pächter • *meschúne* (h. m'schuné), eigentümlich, befremdend • *plúzem* (h. pluzím), plötzlich • *asá*, einen solchen • *kélew* (h.), Hund • *májsse* (h. ma'assé), Geschehnis, Geschichte • *póriz* (h. paríz = Räuber, Gewalttäter), Gutsherr, Graf • *krétschme* (p. karczma), Schnapsschenke • *schíkern* (h. schikór = betrunken), einen betrunkenen • *ójsslernen*, lehren • *loschn-kójdesch* (h. laschón – kódesch = Sprache des Heiligen), Hebräisch • *bald*, alsbald, sogleich • *baklál* (h. = das Prinzip, das Allgemeine), kurz und gut • *bréjre* (h. brejrá), Ausweg • *meschúgener* (h. m'schugá), Verrückter • *éjder*, bevor, ehe • *dósiger*, dieser • *péjgern* (h. péger = Kadaver), krepieren

«Eine merkwürdige Sache! Ihr wollt so heißen wie unser hochgnädiger Kaiser?!»
«Ich will Euch das erklären. Heißen tue ich Fajwl Jakubowitsch. Den Namen Franz Joseph will ich deshalb annehmen, damit ich nicht die Monogramme auf meinen Nastüchlein zu ändern brauche …»

Ein Pächter kommt mit einem erstaunlich großen Hund nach Hause. Da fragt ihn sein Weib, wo er den Hund her habe. Da erzählt er ihr die ganze Geschichte:
«Ich komme heute zum Grafen, um die Pacht für unsere Schankwirtschaft zu verlängern. Ich treffe ihn betrunken an, und er macht mir den Vorschlag, wenn ich seinem Hund beibringe, unsere heilige hebräische Sprache zu sprechen, dann wird er mir dafür die Pacht ohne eine Kopeke überlassen. Wenn aber nicht – dann erschießt er mich gleich auf der Stelle … Kurz und gut, ich habe sofort verstanden, daß es keinen Ausweg gibt. Ich habe kaum bei ihm erreicht, daß er mir den Hund für fünf Jahre mitgibt, damit ich ihm das Sprechen langsam beibringen kann …»
Das Weib beginnt zu jammern: «Was hast du getan, Verrückter?! Werden dir denn die fünf Jahre etwas helfen? Ehe dieser Hund lernt zu sprechen, wirst du eher lernen zu bellen!»
«Beruhige dich, meine Teure!» ruft der Schankwirt aus. «In fünf Jahren kann dreierlei passieren: entweder der Hund wird krepieren, oder der Graf wird sterben, oder ich selber werde die Welt verlassen …»

In der Religionsschule

Reb Sajnwl, der melamed, bakumt a briw funm sun.
– Woss schrajbt epess unser Izjale? – fregt doss wajb.
– Ech, ech, ech … sajn schwiger, olejho hoscholem, is nebech geschtorbn. Doss wajb hot gebrochn a fuss. Doss kind krenkt un di gescheftn lign ojchet in der erd … derfar ober is der briw geschribn in a loschn-kojdesch! Du hersst, Pessje? A fargnign zu lejenen! …

oléjho hoschólem (h. aléjha haschalóm = Friede über ihr!), Friede ihrer Seele! • *fuss*, Bein, Fuß • *loschn kójdesch* (h. laschón kódesch = Sprache des Heiligen), Hebräisch

A melamed lojft arojss in gass un schrajt:
– Gewald, jidn! Men hot mich baganwet, barojbt, men hot baj mir zugenumen dem ganzn ss'char-limed!
– Schal – baruikt im a sokn – baj uns in schtot tor men nischt chojsched sajn erleche jidn. Sucht nor gut in ale kescheness!
Der melamed kert iber ale taschn.
– Nischto, nischto un nischto!
– Rebe! – ruft sich on Bejle di mark hendlerin. – In der hinterschter hojsnkeschene hot ir noch nischt gesucht … Der melamed kukt si on mit a bejs ojg:
– Dort tor ich nischt sucht! Wajl tomer gefin ich dort nischt majn gelt, bin ich inganzn a farfalener!!

bagánwet (v. h. ganáw = Dieb), bestohlen • *ss'char-límed* (h. ss'char limúd), Lehr-Lohn • *sokn* (h. sakéjn), Alter, vgl. Rotwelsch: «alter Socken!» • *tor*, darf • *chójsched sajn* (v. h. choschéjd), verdächtigen • *késcheness* (v. p. keszeń), Taschen • *rébe* (h. rabí): Nur die Kinder – nicht die Erwachsenen – nennen auch ihren Melamed «rebe». Hier tut es auch eine einfache Frau • *tómer* (h. tomár = du wirst sagen), vielleicht

In der Religionsschule

Reb Sajnwl, der Melamed, bekommt einen Brief vom Sohn.
«Was schreibt denn unser Iziale?» fragt das Weib.
«Ach, ach, ach ... seine Schwiegermutter, Friede ihrer Seele, ist nebich gestorben. Das Weib hat ein Bein gebrochen. Das Kind ist krank, und die Geschäfte liegen auch darnieder ... Dafür aber ist der Brief in einem Hebräisch geschrieben! Hörst du, Pessje? Ein Vergnügen zu lesen! ...»

Ein Melamed läuft auf die Gasse heraus und schreit:
«Gewalt, Juden! Man hat mich bestohlen, beraubt, man hat mir das ganze Schulgeld weggenommen!»
«Scht!» beruhigt ihn ein Alter, «bei uns in der Stadt darf man ehrliche Juden nicht verdächtigen. Sucht nur gut in allen Taschen!»
Der Melamed dreht alle Taschen um.
«Nicht da, nicht da, und nicht da!»
«Rebe!» ruft ihm Bejle, die Marktfrau zu. «In der hintern Hosentasche habt Ihr noch nicht gesucht ...»
Der Melamed wirft ihr einen bösen Blick zu:
«Dort darf ich nicht suchen! Denn wenn ich mein Geld auch dort nicht finde, dann bin ich doch ganz verloren!»

Lejserl gejt in chejder, hot ober, lo olejnu, a farschtoptn kop. Wifil der melamed hot nischt in im arajngeknelt, er wejsst noch ad hajojm nischt dem chilek zwischen misrech un majrew.

Der melamed schtelt im awek un chasert iber:

– Asoj wi du schtejsst mitn ponem zu der want, is far dir der zofen. Un woss is fun der rechter sajt? Sog: misrech!

– Misrech.

– Un woss is hinter dir?

Zewejnt sich Lejserl:

– Hinter mir sizt Arale un schtecht mich mit a schpilke in tochess!

chéjder (h. chéder = Zimmer), Kleinkinderschule für Hebräisch • lo oléjnu (h. lo aléjnu, wörtl. «Nicht auf uns!»), abwehrend beschwörende Formel • *arájngeknelt*, v. kneln = lehren, eintrichtern • ad hajójm (h. ad hajóm), bis heute • *chílek* (h. chilúk), Unterschied • *mísrech* (h. misrách), Osten • *májrew* (h. ma'aráw), Westen • *chásert iber* (h. chasór), wiederholen • *zófen* (h. zafón), Norden • *schpílke* (p. szpilka), Stecknadel • *tóchess* (h. tachát = hinter, unter), Hintern

Reb Izjale sogt zu reb Motke:

– Du hersst, majn sundl, sol gesunt un schtark sajn, is a «wunder-wind»!

– Woss hejsst epess «wunder-wind»?

– Er is, kejn ajnore, draj jor alt un hot noch nischt gelernt kejn blat gemore!

kejn ajnóre (d. kein + h. ájin hara'á = das schlechte Auge), etwa: toi-toi! • *gemóre* (h. g'mará), Talmud • (Der Witz verspottet die Tatsache, daß die Ostjuden ihre Knäblein manchmal schon mit 3 Jahren in den ‹Cheder› schickten. Mit 8 Jahren lasen begabte Knaben in der Tat schon den Talmud.)

A jidische mamre hot sich barimt, as ir sun farmogt a gutn kop.

– Woss is di majsse? – fregt men si. – Er lernt sich asoj gut?

Leiserl geht in den Cheder, aber – nicht auf uns gesagt! – er lernt schwer. Wieviel der Lehrer auch in ihn hineinpaukt – der Junge weiß bis heute noch nicht den Unterschied zwischen «misrach», Osten, und «ma'araw», Westen.
Der Lehrer stellt ihn hin und repetiert mit ihm:
«Wenn du so wie jetzt mit dem Gesicht zur Wand stehst, ist vor dir ‹zafon›, Norden. Und was ist auf der rechten Seite? Sag: Misrach!»
«Misrach.»
«Und was ist hinter dir?»
Fängt Leiserl zu weinen an:
«Hinter mir sitzt Aronchen und sticht mich mit einer Stecknadel in den Hintern!»

Reb Iziale sagt zu Reb Motke:
«Hör mal, mein Söhnchen – gesund und stark soll es sein! – ist ein Wunderkind!»
«Wieso denn Wunderkind?»
«Es ist – toi-toi – drei Jahre alt und hat noch kein einziges Blatt Talmud gelernt!»

Eine jüdische Mutter prahlt damit, daß ihr Sohn einen guten Kopf habe.
«Was ist los?» fragt man sie. «Lernt er so gut?»

– Nejn! Nor nechtn is im gefaln a zigl ojfn kop un 'ss hot im gornischt geschadt.

sich barímt, sich gerühmt, geprahlt • *farmógt* («vermag»), hat • *májsse* (h. ma'assé), Geschichte, Geschehnis • *nechtn,* gestern

A nogid, woss wil nischt schikn sajn ben-jochidl in a chejder, nemt ojf a melamed, er sol mitn jingl lernen in der hejm.
Is ober der tachschit nischt kejn felker un derzu a fojler, kon er sich nischt ojsslernen dem «alef-bejss».
Ejnmol kumt arajn der tate in sajn sundelss alkerl, hert er, wi der melamed knelt mitn jingl:
– Jissgadal w'jisskadasch sch'mej rabo …
Zebejsert er sich un schrajt:
– Rebe, woss lernt ir majn sun «kadisch»?! Ich leb doch, dankn got!
– Baleboss! – entfert im der melamed. – Halwaj lebt asoj lang, bis ajer sun wet sich ojsslernen «kadisch»!

ben-jóchidl (h. ben-jachíd), einziges Söhnchen • *chéjder* (h. chéder = Zimmer), Kleinkinderschule für Hebräisch • *táchschit* (h. tachschít), Juwel, Kleinod • *«álef-bejss»* (h. alef-béjt), Alphabet • *álkerl* (p. alkierz = Estrich. Von arabisch «al kuba» = Harem), Schlafzimmer, Nebenzimmerchen • *knelt,* lernt, büffelt • *kádisch* (ar. kadisch), Totengebet • *zebéjsert sich,* wird böse • *halwáj* (h.), positiv beschwörender Ausruf

A melamed is in a jerid-tog awek ojfn mark kojfn a zig. Hot men im awade opgenart un untergerukt a zap.
Der melamed kumt ahejm, hert nebech ojss dem wajbss kloless un sidlerajen un firt di ajngehandelte ss'chojre in schtal arajn.
Waj'hi hajojm, wert in schtetl a magejfe ojf zign. Frejt sich der melamed: er hot doch in schtal, dankn got, a «sochor», un nischt kejn «n'kejwe».
Zumorgenss is sich der zap mejaschew un falt ojch awek.

«Nein! Aber gestern ist ihm ein Ziegel auf den Kopf gefallen, und es hat ihm gar nicht geschadet.»

Ein reicher Mann, der sein einziges Söhnchen nicht in den Cheder schicken wollte, nimmt einen Lehrer auf, der mit dem Jüngelchen zuhause lernen sollte. Nun ist aber das Kleinod unbegabt und obendrein faul! Es kann nicht einmal das Alphabet erlernen.

Einmal kommt der Vater in des Söhnchens Zimmer, da hört er, wie der Lehrer dem Jungen (das Totengebet) beibringt: «Jitgadal w'jitkadasch schmej rabo ... Groß und geheiligt sei der Name des Herrn ...»

Voller Zorn schreit er:

«Rebe, was lehrt Ihr meinen Sohn das Totengebet?! Ich lebe doch, Gott sei Dank!»

«Herr», antwortet der Lehrer. «Gott möge Euch vergönnen so lange zu leben, bis Euer Sohn das Totengebet erlernt hat!»

An einem Jahrmarkttage ging der Melamed zum Markt, um eine Ziege zu kaufen. Man legte ihn gründlich herein und schob ihm einen Ziegenbock unter.

Der Melamed kommt heim, muß sich, nebich, des Weibes Flüche und Beschimpfungen anhören, und führt die eingehandelte Ware in den Stall.

Und es kam der Tag, da brach im Städtchen eine Ziegen-Seuche aus. Freut sich der Melamed: er hat doch im Stall, Gott sei Dank, ein Männchen und nicht ein Weibchen.

Der melamed farbrecht di hent un sogt mit a klogendiker schtim:

– Oj, zap, zap! Zu melkn sich bisstu gewen a zap un zu pejgern a zig!

jeríd (h. j'rid), Jahrmarkt • *ópgenart* («abgenarrt»), zum Narren gehalten, betrogen • *zap* (p. cap), Ziegenbock • *klóless* (h. klalót), Flüche • *sidlerájen* (d.), Beschimpfungen • *ss'chójre* (h. ss'chorá), Ware • *wajhi hajójm* (h.), und es kam der Tag • *magéjfe* (h. magejfá), Epidemie, Pest • *sóchor* (h. sachár), ein männliches Wesen • *n'kéjwe* (h. n'kejwá), ein weibliches Wesen • *is sich mejáschew* (h. m'jaschéjw), hat sich überlegt • *falt awék* («fällt weg»), krepiert • *«farbrécht di hent»*, ringt die Arme • *pejgern* (h. péger = Kadaver), krepieren

A tate schlept sajn jingl in chejder arajn. Der tachschit, dermanendik sich on di nechtike schmiz, blajbt alemol schtejn, driget mit di fisslech un wejnt ojfn kojl …

Pluzlung derhert sich ojf der gass militer-musik. Es fort farbaj a schwadron dragoner in schejne, glanzendike mundirn, ongefirt fun a jungn elegantn ofizir.

Der tate, wajsendik ojfn ofizir, sogt zum sundl:

– Ojb du wesst nischt lernen, wesstu hobn asa ssof!

(Der Witz ist nur verständlich, wenn man den ganzen Abscheu der Ostjuden gegen den Militärdienst kennt, der in der Tat für sie in Osteuropa damals sinnlos war.) • *chéjder* (h. chéder = Zimmer), Kleinkinderschule für Hebräisch • *táchschit* (h. tachschít), Juwel, Kleinod • «*dermánendik* sich», sich erinnernd • *néchtike*, gestrige • *schmiz*, Peitschenhiebe • dríget (p. drygać), strampelt, hupft • *kojl* (h. kol), Stimme, hier: laute Stimme • *fort*, fährt, reitet, zieht • *mundírn*, Monturen • *wájsendik*, weisend, deutend • *ssof* (h.), Ende

Be'ejss der rebe hot geknelt mit sajne kinderlech in chejder, hot im di rebezin arojfgerufn ojfn bojdem, er sol ir helfn hengn wesch.

Hot sich der melamed, nebech, gemust matrijech sajn arojf, ober frijer ongesogt sajne talmidim sej soln wajter lernen. Un ojb in possek wet forkumen an umbakant wort, sol men im fregn.

Am nächsten Morgen hat sichs der Ziegenbock überlegt und ist gleichfalls krepiert.
Ringt der Melamed die Hände und sagt mit klagender Stimme:
«Oh Bock, Bock! Beim Melken warst du ein Bock, und beim Krepieren bist du eine Ziege!»

Ein Vater schleppt sein Jüngelchen in den Cheder. Das «Kleinod» aber erinnert sich an die Hiebe, die es gestern dort bekommen hat, es bleibt immer wieder stehen, strampelt mit den Füßchen und weint schallend ...
Plötzlich hört man in der Gasse Militärmusik. Vorbei zieht eine Schwadron Dragoner in schönen, glanzvollen Uniformen, angeführt von einem jungen eleganten Offizier.
Der Vater deutet auf den Offizier und sagt zum Söhnchen: «Wenn du nicht lernen willst, wirst du ein solches Ende nehmen!»

Der Rebe gab den Kindern Unterricht in der Schulstube. Da ruft ihn die Rebbezin auf den Dachboden hinauf, er solle ihr helfen, die Wäsche aufhängen.
Der Lehrer muß sich, nebich, hinaufbemühen, vorher aber befiehlt er seinen Schülern, sie sollen weiterlernen, und wenn im Bibeltext ein unbekanntes Wort vorkomme, dann solle man ihn fragen.

Lernen di jingelech, bis sej schtojssn sich an ojfn wort «lemajle». Asoj wi sej wissn nischt dem tajtsch derfun, schtelt sich awek der klejner Beil baj der lejter un fregt bekojl rom:
– Rebe, woss hejsst «lemajle»?
Entfert im der melamed funm bojdem:
– Hecher.
Mejnt doss jingele, as der melamed derhert nischt, schrajt ess:
– Re-be!! Woss hejsst «lemajle»??
– Hecher!
– Re-be!!! Voss hejsst «lemajle»???
– Ich hob dir doch schojn zwejmol gesogt – a ru'ech in dajn taten arajn!!
Kumt Berl un is mojdije sajne chawejrim, as «lemajle» hejsst: A ru'ech in dajn taten arajn!
Schpeter chasert men iber dem possek. Izikl lejent un fartajtscht. Zulezt zesingt er sich mit a siss kojlechl:
– Lemajle – a ru'ech in dajn taten arajn …
Wet der melamed awade bejs un chapt dejm kantschuk. Wejnt Izikl:
– Rebe, ir hot alejn asoj fartajtscht!
Scheptschet im ojfn ojer der kluger Mojschele:
– Du nar! Zum rebn sogt men nischt «a ru'ech in *dajn* taten arajn! Zum rebn sogt men: «A ru'ech in *ajer* taten arajn!»

be'éjss (h. b'ejt), zur Zeit, da, während • *kneln*, lernen, büffeln • *chéjder* (h. cheder = Zimmer), Kleinkinderschule für Hebräisch • *rébezin,* Frau des «Rebbe» • *bójdem*, Dachboden • *matríjech* (h. matríach), ein sich bemühender • *talmídim* (h. talmidím), die Schüler • *ojb*, wenn, ob • *póssek* (h. passúk, Abschnitt), Abschnitt im Bibeltext • *sich ónschtojssn*, stutzig werden über etwas • *lemájle* (h. l'ma'alá), hinauf. Der Lehrer übersetzt nicht ganz korrekt mit «höher», was jiddisch gleichbedeutend ist mit «lauter» • *kojl* (h. kol), Stimme • *rom* (h. ram), stark, erhoben • *«a rú' ech in dajn táten arajn»* (h. rúach = böser Geist, Teufel, p. tata = papa), üblicher Fluch • *is mojdíje* (h. modía), teilt mit • *chawéjrim* (h. chawejrím), Kameraden • *chásern* (h. chasór), wiederholen • *fartájtscht* (verdeutscht), erklärt, übersetzt • *kójlechl* (v. h. kol), Stimmchen • kántschuk (p. kańczug), aus Riemen gefertigte Peitsche • *scheptschet* (p. szeptać), flüstert

Die Kinder lernen weiter, bis sie auf das Wort «l'ma'ala» stoßen. Da sie nicht wissen, wie sie es übersetzen sollen, stellt sich der kleine Berl neben die Leiter und fragt mit erhobener Stimme:

«Rebe, was heißt ‹l'ma'ala›?»

Antwortet der Lehrer vom Dachboden herunter:

«Höher!»

Meint das Jüngelchen, daß der Rebe nicht hört, und schreit:

«Re-be!! Was heißt ‹l'ma'ala›??»

«Höher!»

«Re-be!!! Was heißt ‹l'ma'ala›???»

«Ich habe es dir doch schon zweimal gesagt! Zum Teufel mit deinem Vater!»

Kommt Berl und verkündet seinen Kameraden, ‹l'ma'ala › bedeute: Zum Teufel mit deinem Vater!

Später wiederholt man den Abschnitt. Itzigl liest und übersetzt. Zuletzt singt er mit seinem süßen Stimmchen:

«‹L'ma'ala› – zum Teufel mit deinem Vater ...»

Da wird der Lehrer natürlich böse und greift nach der Rute. Weint Itzigl:

«Rebe, Ihr habt es doch selber so übersetzt!»

Da flüstert ihm der kluge Moischele ins Ohr:

«Du Narr! Zum Reben sagt man nicht: Zum Teufel mit *deinem* Vater!, sondern: Zum Teufel mit *Eurem* Vater!»

A hojcher jid mit a langer bort schtejt in an ibergefilter tramwej un halt sich on bajm ledernem hentl. Noch a wajle kumt arajn in wagon a niderik jidele un asoj wi er kon nischt derlangen zum ledernem hentl, chapt er on di lange bort fun sajn schochn.

– Lost op majn bort! – schrajt der hojcher jid.

– Farwoss epess? – fregt tmimessdik der nideriker. – Ir schtajgt schojn ojss?

tmímessdik (v. h. tmimút = Naivität), naiv

Fregt ejn jingl dem zwejtn:

– Farwoss ruft men di jidische schprach «mame-loschn»?

Entfert der zwejter:

– A poschete sach! Wajl di mame lost dem tatn kejnmol nischt a wort ojssredn!

máme-loschn (h. laschón = Sprache), Muttersprache. Übliche Bezeichnung für Jiddisch • *póschete* (v. h. paschút = einfach), einfache

A klejnschteteldiker inteligent hot gedarft farlosn sajn wojnort un iberzijen sich in a gresserer schtot. Hobn im sajne frajnt ajngeordnt a gesegenungss-ownt, un der ssekreter fun kile hot, ojfhejbendik dem koss, gesogt:

– Farn gesunt fun unser frajnt, welcher farlost undser schtot! Do is er gebojrn geworn, do hot er chassene gehat, do hot er mit uns a ganz lebn farbracht un mir hobn ale gehoft, as do wet er ojch schtarbn. Zum badojern, is unser hofnung nischt farwirklecht geworn …

gedárft, gemußt • *gesḗgenungss-ownt*, «Verabschiedungs-Abend» • *kíle* (h. k'hilá), Gemeinde • *koss* (h.), Glas • *gesúnt*, Gesundheit

Ausgefallenes

Ein hochgewachsener Jude mit einem langen Bart steht in der überfüllten Trambahn und hält sich am ledernen Handgriff fest. Nach einer Weile kommt ein kleines Jüdlein in den Waggon, und da es nicht zum ledernen Handgriff hinaufreichen kann, hält es sich am langen Bart seines Nachbarn fest.
«Laßt meinen Bart los!» schreit der große Jude.
«Warum denn?» fragt naiv der Kleine. «Steigt Ihr schon aus?»

Fragt ein Knabe den andern:
«Warum nennt man die jiddische Sprache ‹Mame-loschn› – Muttersprache?»
Antwortet der andere:
«Das ist eine einfache Sache! Weil die Mutter den Vater nie ein Wort ausreden läßt!»

Ein kleinstädtischer Intellektueller mußte seinen Wohnort verlassen und in eine größere Stadt übersiedeln. Da gaben ihm seine Freunde ein Abschiedsfest. Der Sekretär der jüdischen Gemeinde hob das Glas und sagte:
«Auf die Gesundheit unseres Freundes, welcher unsere Stadt verläßt! Hier ist er geboren, hier hat er geheiratet, hier hat er mit uns sein ganzes Leben verbracht, und wir haben alle gehofft, daß er auch hier sterben wird. Zu unserm Bedauern hat sich unsere Hoffnung nicht erfüllt …»

Iziale hot sich barimt far Janklen, as sajn sejde is schojn achzik jor alt.
– Doss is ess inganzn? – hot Jankl sich zelacht. – Ot doss hejsst baj dir a sokn? Wen majn sejde sol azind lebn, wolt er schojn alt gewen iber hundert jor!

sich barímt («sich gerühmt»), geprahlt • *séjde* (p. dziad), Großvater • *sokn* (h. sakéjn), Alter, Greis (Rotwelsch: «alter Socken!»)

Fir kortnschpiler sizn baj a sekss un sechzik.
Bejnisch klert lang, woss far a kort zu warfn ojfn tisch.
Akegn im kibizicht sajn frajnt Mechl, kukt arajn in jenemss kortn un wajst mit der hant ojfn harz.
Bejnisch gejt arojss mit «ker» un farschpilt.
Nochn schpil bejsert er sich ojfn frajnt:
– Du hosst farfirt! Farwoss hosstu gewisn mit der hant ojfn harz?!
– Nu, un woss macht doss harz? Pik, pik, pik ...

wajst, deutet • *béjsert sich*, wird böse, gibt seinem Zorn Ausdruck

In zirk hot a schejne, junge dressirerin bawisn a kunz, woss hot alemen gemacht schtojnen: si hot genumen a schtikl zuker in mojl arajn, un a wilder, brumendiker lejb hot ess arojssgenumen zwischn ire lipn.
Bischass doss publikum is gesessn mit an ajngehaltenem otem, is ojfgeschtanen an elterer, schwachlecher jid un derklert, as doss is gor kejn kunz nischt ...
– Wolt ir ess gekont ton? – fregt im der zirk-direktor.
– Gewiss – entfert der jid – ich kon ess ton, punkt wi der lejb!

lejb, Löwe • *bischáss* (h. bisch'át), zur Stunde, da; während

Itziale prahlt vor Jankl, daß sein Großvater schon achtzig Jahre alt ist.
Jankl fängt an zu lachen: «Ist das alles? Und das heißt bei dir ein Greis? Wenn mein Großvater jetzt noch leben würde, dann wäre er schon über hundert Jahre alt!»

Vier Kartenspieler sitzen beim Sechsundsechzig.
Bejnisch überlegt lange, was für eine Karte er auf den Tisch werfen soll.
Ihm gegenüber kiebitzt sein Freund Michael, schaut dem andern in die Karten und deutet mit der Hand auf sein eigenes Herz. Bejnisch spielt «Coeur» aus und verspielt.
Nach dem Spiel sagt er erzürnt zu seinem Freund:
«Du hast mich mißleitet! Warum hast du mit der Hand auf das Herz gedeutet?»
«Nun, und was macht das Herz? Pik-pik-pik ...»

Im Zirkus vollführte eine schöne, junge Dresseurin ein Kunststück, das alle staunen machte: sie nahm ein Stücklein Zucker in ihren Mund, und ein wilder, knurrender Löwe holte es zwischen ihren Lippen hervor.
Während das Publikum mit angehaltenem Atem dasaß, stand ein älterer schwächlicher Jude auf und erklärte, das sei gar keine Kunst ...
«Würdet Ihr es tun können?» fragt ihn der Zirkusdirektor.
«Gewiß», antwortet der Jude, «ich kann es tun, genau wie der Löwe!»

Zwej jidn trefn sich in bejss-medresch.
– Mir hobn sich schojn nischt gesen a schok mit jorn! Wi gejt ess dir, liber frajnt?
– Nischt gut un nischt schlecht …
– Woss hejsst: nischt gut un nischt schlecht?
– Du farschtejsst? Ich hob inmitn mark a zwejschtekige mojer, is der ganzer zwejter etasch lejdik …
– Aj, aj, aj! Is doch schlecht!
– 'ss is nischt asoj schlecht. Wojnt ojfn erschtn schtok an ofizirl, zolt er mir dire-gelt far dem ganzen hojs.
– Is doch gut!
– 'ss is nischt asoj gut. Doss ofizirl firt a libe mit majn froj …
– Aj, aj, aj! Is doch schlecht!
– 'ss is nischt asoj schlecht. Er firt a libe mit majn wajbl, fir ich a libe mit sajn wajbl …
– Is doch gut!
– Wosche is doss gut? … Du farschtejsst? Ich schtel im zu ofizirn un er mir kremerss …

bejss-médresch (h. bejt ha'midrásch), Lehrhaus; immer zugleich Bethaus • *mójer*, («Mauer»), Haus • *léjdik*, leer • *dire* (h. dirá), Wohnung

– Woss machsstu, majn liber Fajwl, wi gejt ess dir? Ich hob dich schojn lang nischt gesen. Ach, wi du hosst sich ge'endert, poschet nischt zu derkenen!
– Antschuldikt, ich hejss nischt Fajwl!
– Asoj gor? Hosstu dem nomen ojch ge'endert? Wej is mir! Du hejsst schojn afile nischt Fajwl!? …

Fajwl, Koseform v. Fajwusch = Phoebus, häufiger ostjüd. Vorname • *afíle* (h. afílu), sogar

Zwei Juden treffen sich im Bethaus.
«Wir haben uns schon ein Schock Jahre nicht mehr gesehen! Wie geht es dir, lieber Freund?»
«Nicht gut und nicht schlecht …»
«Was heißt: nicht gut und nicht schlecht?»
«Verstehst du? Ich habe doch mitten auf dem Marktplatz ein zweistöckiges Haus, und die ganze zweite Etage steht leer …»
«Ei, ei, ei! Das ist doch schlecht!»
«'s ist nicht so schlecht. Auf dem ersten Stock wohnt ein Offizierchen, das zahlt mir Miete für das ganze Haus.»
«Das ist doch gut!»
«'s ist nicht so gut. Das Offizierchen hat eine Liebschaft mit meiner Frau …»
«Ei, ei, ei! Das ist doch schlecht!»
«'s ist nicht so schlecht. Hat er eine Liebschaft mit meinem Weibchen, habe ich dafür eine Liebschaft mit seinem Weibchen …»
«Das ist doch gut!»
«Was ist da so gut? … Versteh doch: ich liefere ihm Offiziere, und er liefert mir Krämer …»

«Was machst du, mein lieber Fajwl, wie geht es dir? Ich habe dich schon lange nicht gesehen. Ach, wie hast du dich verändert, einfach nicht zu erkennen!»
«Entschuldigt, ich heiße nicht Fajwl!»
«So ist das gar! Hast auch den Namen abgeändert? Weh mir! Du heißest nicht einmal mehr Fajwl?! …»

Fajwl kumt arajn in merchez, git im ojf der beder a retenisch:
– Sog mir nor, chochem majner, wer is doss? 'ss is nischt majn bruder, 'ss is nischt majn schwesster, un 'ss is a kind fun majn tate-mame?
Fajwl klert un klert un sogt zulezt:
– Ich wejss nischt.
Lacht der beder:
– Doss bin ich!
Fajwln gefelt sejer doss retenisch un kumendik ahejm fregt er sajn wajb:
– Sog nor, Ssore, wer is doss? 'ss is nischt majn Bruder, 'ss is nischt majn schwesster un 'ss is a kind fun majn tate-maure?
Ssore schwajgt. Fajwl schtikt sich far gelechter:
– Du wejsst nischt? Doss is doch der beder fun merchez! …

mérchez (h. mercház = Bad), Bad, Badanstalt • *béder*, Bader • *rétenisch*, Rätsel • *kúmendik*, kommend

Dovid sizt in jidischn teatr un is schtark ojfgeregt. Er wejss nischt, woss es tut sich ojf der bine. Kejn ejn wort fun di aktjoren dergejt nischt zu sajn ojer, wajl hinter im sizt a porfolk woss hert nischt ojf zu redn.
Dovid kert op dem kop un sogt heflech:
– Antschuldikt, ober ich her nischt kejn wort!
Darojf entfert im di dame mit a gebejser:
– Kukt im nor on, dem chuzpenik! Er mus nejtik hern, wegn woss ich red mit majn man!

aktjóren, Akteure, Schauspieler • *porfólk*, (Paar-Volk), Pärchen • *gebéjser* («Geböser»), Entrüstung • *chúzpenik* (v. h. chuzpá), Frechdachs

A wortkarger jid kumt arajn in a frisir-anschtalt. Der najer kli'ent is a hajntzajtiker ssojcher, an bort un pejess, trogt a kurzn schaket un geschtejfte hojsn.

Fajwl kommt in die Badeanstalt, da gibt ihm der Badediener ein Rätsel auf:
«Sag mir nur, mein Obergescheiter, wer ist das? ’s ist nicht mein Bruder, und ’s ist nicht meine Schwester, und ’s ist ein Kind meiner Eltern?»
Fajwl grübelt und grübelt und sagt zuletzt:
«Ich weiß nicht.»
Lacht der Badediener:
«Das bin ich!»
Das Rätsel gefällt Fajwl sehr, und wie er heimkommt, fragt er sein Weib:
«Sag nur, Sara, wer ist das? ’s ist nicht mein Bruder, ’s ist nicht meine Schwester, und ’s ist ein Kind meiner Eltern?»
Sara schweigt. Fajwl erstickt schier vor Lachen:
«Du weißt es nicht? Das ist doch der Diener aus der Badanstalt! ...»

David sitzt im Theater und ist sehr aufgeregt. Er weiß nicht, was sich auf der Bühne tut. Kein Wort von den Schauspielern dringt zu seinem Ohr, weil hinter ihm ein Pärchen sitzt, das nicht aufhört zu reden.
David dreht den Kopf zurück und sagt höflich:
«Entschuldigt, aber ich höre kein Wort!»
Darauf entgegnet die Dame mit Empörung:
«Guckt ihn nur an, den Frechdachs! Er muß unbedingt hören, worüber ich mit meinem Mann rede!»

Ein wortkarger Jude kommt zum Friseur. Der neue Kunde ist ein moderner Kaufmann, ohne Bart und Schläfenlocken, trägt ein kurzes Jackett und Hosen mit Bügelfalten.

Fregt im der parikmacher:
– Arumschern di hor?
– Aha!
– Rasirn?
– Aha!
– Farkemen?
– Aha!
– Kelnisch wasser?
– Aha!
– Brilantin?
– Aha!
– Krem?
– Aha!
– Puder?
– Aha!
– Massasch?
– Aha!
– Ir zolt zwanzik sloti.
– Oho!

hájntzajtiker («heutzeitiger»), moderner • *péjess* (h. pe'ót = Ecken, Winkel), Haarlocken an der Schläfe, die nach mosaischem Gesetz nicht abgeschnitten werden dürfen • *geschtéjft*, «gesteift», mit Bügelfalten • *paríkmacher* («Perückenmacher»), Friseur

Motl treft ojfn mark sajnen frajnt, a bakantn schwajger.

Fregt er im ojss:
– Woss hert sich baj dir?
Entfert im jener:
– Ot ...
– Un woss macht doss wajbele?
– Et!
– Un di kinderlech?
– Ech!

Fragt der Friseur:
«Die Haare schneiden?»
«Aha!»
«Rasieren?»
«Aha!»
«Kämmen?»
«Aha!»
«Kölnisch Wasser?»
«Aha!»
«Brillantine?»
«Aha!»
«Creme?»
«Aha!»
«Puder?»
«Aha!»
«Massage?»
«Aha!»
«Ihr zahlt zwanzig Zloty.»
«Oho!»

Motl trifft auf dem Markt seinen Freund, der bekannt ist als Schweiger.
Fragt er ihn aus:
«Was gibt es Neues bei dir?»
Antwortet ihm jener:
«Tja …»
«Und was macht das Weibchen?»
«Na ja!»
«Und die Kinderlein?»
«Ach …»

– Un wi gejen di gescheftn?
– Och!
– A gut jor!
– Saj gesunt! – gesegnt sich mit im der schwajger. – Oj, as men redt sich a bissl durch, wert take gringer ojfn harzn!

geségnt sich, verabschiedet sich • *grínger*, leichter

Chajim: – Ich will nischt hobn kejn schum gescheftn mit Motl dem kremer! Men sogt, as sajn tochter schlept sich arum mit a schejgez …
– Er hot doch gor kejn tochter nischt!
– Woss is der chilek? Ich kon nischt hobn kejn zutroj zu a mentsch, woss der ollem kon klern fun im, as wen er wolt gehat a tochter, wolt si sich arumgeschlept mit a schejgez …

schum (h.), irgendein • *schéjgez* (h. schékez = Abscheu, Greuel), grober nichtjüdischer Bursch • *chílek* (h. chilúk), Unterschied

Draj sachn – hot ejner gesogt – hob ich fajnt un kon sej nischt onkukn: a schwer, a schtrajml un lokschn. Hajnt schtel dir for, wi fajnt ich hob majn schwer bischass er sizt bajm tisch in a schtrajml un esst derbaj lokschn!

«hob ich fajnt» («habe ich [als] Feind»), hasse ich • *schwer*, Schwäher, Schwiegervater • *schtrajml*, Strajmel, Sabbatmütze der Ostjuden aus Sammet mit einem Rand aus Zobelschwänzchen • *lokschn*, Nudeln. Herleitung des Wortes unbestimmt • *hajnt*, heute. Hier im Sinne von: Und nun! • *bischáss* (h. bisch'át), in der Stunde, zur Zeit von …

Amol hot a ssojcher fun malbuschim ge'efnt a grojsse fabrik un anonzirt in ale bleter, as er darf hohn kwalifizirte arbeter, maschin-nejerss, zuschnajderss, presserss un andere.
Ojf morgn, glajch inderfri, kumt zu lojfn a jungerman un schtelt sich for, as er is a kwalifizirter zuschnajder.
Ess hot sich ober bald arojssgewisn, as er halt di scher zum erschtn mol in der hant …

«Und wie gehen die Geschäfte?»
«Och!»
«Ich wünsch dir ein gutes Jahr!»
«Sei gesund!» verabschiedet sich von ihm der Schweiger. «Oh, wenn man sich nur ein bißchen ausspricht, wird einem wirklich leichter ums Herz!»

Chajm: «Ich will keinerlei Geschäfte mit Motl dem Krämer machen! Man sagt, daß seine Tochter sich mit einem christlichen Burschen herumschleppt ...»
«Er hat doch gar keine Tochter!»
«Was macht das für einen Unterschied? Ich kann kein Vertrauen zu einem Menschen haben, von dem die Leute denken können, daß, wenn er eine Tochter hätte, sie imstande wäre, sich mit einem christlichen Burschen herumzutreiben ...»

«Drei Sachen», sagte einer, «hasse ich und kann sie nicht anschauen: einen Schwiegervater, eine Sabbatmütze und Nudeln. Und nun stell dir vor, wie ich meinen Schwiegervater hasse, wenn er in seiner Sabbatmütze bei Tisch sitzt und Nudeln ißt!»

Ein Kleiderhändler eröffnete einmal eine große Fabrik und annoncierte in allen Blättern, daß er qualifizierte Arbeiter brauche: Maschinen-Näher, Zuschneider, Bügler und andere. Am nächsten Morgen, gleich in der Frühe, kam ein junger Mann angelaufen und stellte sich als qualifizierter Zuschneider vor. Es erwies sich aber alsbald, daß er zum erstenmal in seinem Leben eine Schere in der Hand hielt ...

Wert schojn der fabrikant in kass un git a sog:
– Jungerman, wosche sent ir aher gekumen?
Entfert ruik der bocher:
– Ich bin a kwalifizirter ejze-geber un ich hob farschtanen, as in asa grojssn gescheft darft ir gewiss hobn a mentsch, woss sol ajch gebn ejzess.
– Ojb asoj – sogt der fabrikant – efscher kont ir mir gehn an ejze, wi men wert fun ajch poter?

malbúschim (h. malbuschím), Kleider • *kass* (h. ká'ass), Wut, Zorn • *«git a sog»* = wörtl. «gibt ein Sagen», sagt, wirft die Worte hin • *éjze* (h. ejzá), Rat • *éfscher* (h. efschár), vielleicht • *póter* (h. patúr), befreit von …

Der ssojcher Dow-Ber ligt in gssisse. Arum dem bet hobn sich farsamlt krojwim un schchejnim. Dow-Ber redt mit a schwacher schtim:
– Fargess nischt, Leje, as der kremer Schmul Gross is mir schuldik fufzik kronen …
Doss wajb chasert iber di lezte werter funm man:
– Ich nem alemen far an ejdess, as der kremer Schmul Gross is uns schuldik fufzik kronen.
– Un der blecher Lejb Bobzjess is mir schuldik achzik kronen … – Ich nem alemen far an ejdess, as der blecher Lejb Bobzjess is uns schuldik achzik kronen.
– Un fargess nischt, majn tajere, as ich alejn bin schuldik dem beker Pinje Berger hundert un zwanzik kronen …
Doss wajb brecht ojss in a gewejn:
– Oj-wej, majn oremer Dow-Ber! Er redt schojn fun grojsser hiz!

Dow-Ber (h. dow = Bär). Solche Doppelnamen, bei welchen das gleichbedeutende Wort deutsch und hebräisch nebeneinanderstand, waren im Osten üblich • *gssísse* (h. gssissá), Agonie • *krójwim* (h. krowím), Verwandte • *«chásers íber»* (h. chasór = wiederholen), wiederholt • *éjdess* (h. ejdút = Zeugenschaft), 1. Zeugenschaft, 2. Zeuge, sing. u. plur. • *hiz*, Fieberhitze

Der Fabrikant wird schon ganz wütend und sagt:
«Junger Mann, wozu seid Ihr hergekommen?»
Antwortet der Bursche ruhig:
«Ich bin ein qualifizierter Ratgeber und ich habe angenommen, daß Ihr in einem so großen Geschäft gewiß einen Menschen braucht, der Euch Ratschläge geben soll.»
«Wenn es so ist», sagt der Fabrikant, «vielleicht könnt Ihr mir dann einen Rat geben, wie man Euch los wird?»

Der Kaufmann Dow-Bär liegt im Sterben. Um das Bett haben sich Verwandte und Nachbarn versammelt. Dow-Bär spricht mit schwacher Stimme:
«Vergiß nicht, Lea, daß der Krämer Schmul Groß mir fünfzig Kronen schuldet ...»
Das Weib wiederholt die letzten Worte des Mannes:
«Ich nehme alle zu Zeugen, daß der Krämer Schmul Groß uns fünfzig Kronen schuldet.»
«Und der Spengler Löb Bobzieß schuldet mir achtzig Kronen ...»
«Ich nehme alle zu Zeugen, daß der Spengler Löb Bobzieß uns achtzig Kronen schuldet.»
«Und vergiß nicht, meine Teure, daß ich selber dem Bäcker Pinje Berger hundertundzwanzig Kronen schulde ...» Das Weib bricht in Weinen aus:
«Oh weh! Mein armer Dow-Bär! Er spricht schon in hohem Fieber!»

Der nogid Dow-Ber ligt in gssisse un sogt on sajn wajb Chane-Dwosche:
– Di fabrik farschrajb ich unser eltesstn sun Henoch …
– Farwoss epess Henoch? Er wet si gich un bald iberfirn … Chajim hot mer ssejchl fun im!
– Gut, sol sajn asoj, wi du wilsst … Un doss hojs farschrajb ich unser tochter Rochl.
– Farwoss epess Rochl? Sej hobn genug hajser! Farschrajb ess besser der jingerer tochter Dwojre.
– Masskim! Un doss mesumene gelt farschrajb ich unser jingsstn sun Jojel …
– Farwoss epess Jojel?
– 'ch farschtej nischt – schrajt der gojssess mit a brojgeser schtim. – Wer fun uns bejde schtarbt – du oder ich?! …

gssísse (h. gssissá), Agonie • *sogt on* («sagt an»), prägt ein, verkündet . *gich*, schnell • *íberfirn* («überführen»), zugrunde richten • *ssejchl* (h. sséjchel), Verstand • *másskim* (h. masskím), einverstanden • *mesúmene* (h. m'sumán = Bargeld). «Doss mesumene gelt» = Bargeld • *gójssess* (h. gosséjss), agonisierend • *brójgeser* (h. b'róges = im Zorn) beleidigter

Fidl-lerer: – Ajer sun, her Kon, spilt afn fidl wi a zwejter Sarasate!
Der foter sifzt: – Ess wolt mir gewen liber, wen er wolt geschpilt af der berse wi sajn tate …

Mojsche kumt zu sajn frajnt Mejer in Warsche zu gasst. Sej schpazirn bejde af der hoiptgass.
– Schejne frojen set men do! – sogt Mojsche – tu nor a kuk! dort: jene blonde!
– Di kennstu hobn far zwanzik sloti – sogt Mejer.
– Tu a kuk! Jene! In pelzmantl!
– Kennstu far fufzn sloti hobn! Un jene dort bajm fenesster far zen. Un sesstu dort di schwarze? Ejne fun di schenssste Warschawer frojen! Di kennstu ojch hobn far finf sloti!

Der reiche Dow-Bär liegt im Sterben und prägt seiner Frau Chane-Dwosche ein:
«Die Fabrik verschreibe ich unserm ältesten Sohn Henoch ...»
«Warum gerade Henoch? Er wird sie doch gleich zugrunde richten ... Chajm hat mehr Verstand als er!»
«Gut, soll es so sein, wie du willst ... Und das Haus vermach ich unserer Tochter Rachel.»
«Warum gerade Rachel? Sie haben genug Häuser! Verschreib es lieber unserer jüngeren Tochter Debora.»
«Einverstanden! Und das Bargeld vermache ich unserm jüngsten Sohne Joel ...»
«Warum gerade Joel?»
«Ich verstehe nicht», schreit der Sterbende mit beleidigter Stimme. «Wer von uns beiden stirbt – du oder ich?! ...»

Geigenlehrer: «Euer Sohn, Herr Kohn, spielt auf der Geige wie ein zweiter Sarasate!»
Der Vater seufzt: «Mir wäre lieber, wenn er auf der Börse spielen würde wie sein Vater ...»

Moische kommt als Gast zu seinem Freund Mejer in Warschau. Sie spazieren beide auf der Hauptstraße.
«Schöne Frauen sieht man da!» sagt Moische. «Schau nur mal hin! Dort jene blonde!»
«Die kannst du für zwanzig Zloty haben!» sagt Mejer. «Schau mal! Jene! Im Pelzmantel!»
«Kannst du für fünfzehn Zloty haben! Und jene dort am Fenster für zehn. Und siehst du dort die Schwarze? Eine der schönsten Warschauer Frauen! Die kannst du auch haben, für fünf Zloty!»

– A lebn af dir, Mejer! Sajnen in Warsche gornito kejn onschtendike frojen?
– Jo, awade – entfert Mejer – sej kosstn ober noch tajrer …

hójptgass, Hauptstraße. Im Jid. ist, genau wie im Mhd., die Straße = Landstraße, und nur die Gasse = bebaute Straße in der Stadt • *tu a kuk* («tu einen Guck!»), blick hin! • *A lebe af dir!* («Ein Leben auf dich!»), ein freundlich-wohlwollender Wunsch, der oft in die Rede eingestreut wird • *awáde* (d. a = ein + h. wadáj = sicherlich), sicher, gewiß

Kopl un Brejne, a porfolk in di mitlere jorn, machn a schabessdikn schpazir. Mid geworn, sezt men sich in schotn, unter a zezwajgten bojm.
Pluzem tut sich Brejne a riss funm ort mit a geschraj:
– Gewald! Di muraschkess essn mich ojf lebedikerhejt! Kopl kukt ojf sajn misser plojnesste un sifzt:
– Zu woss der hunger kon derfirn! …

porfólk («Paar-Volk»), Pärchen, Ehepaar • *múraschkess* (v. p. mrówka), Ameisen • *lébedikerhejt*, lebend, lebendig, bei lebendigem Leibe • *mísser* (v. h. miúss = Ekel), mieser • *plójnesste* (h. plonít = irgendeine), Gattin

Sajnwl bakumt a briw fun amerike. Er lejent im un sogt mit a umetiker mine:
– Wejsst, Leje, di mume Seide is geschtorbn.
Di froj hojbt an zu jomern:
– Oj wej! Mume Seide is geschtorbn! Asan umglik! Asa broch!
– Scha! – rajsst ir iber der man. – Si hot uns farschribn birusche ganze finf tojsnt dolar …
– As gesunt un schtark sol si sajn!

úmetik («unmutig»), traurig • *broch*, Unglück • *«rajsst iber»*, unterbricht • *birúsche* (h. biruschá), als Erbschaft

«Ich wünsch dir alles Gute, Mejer – aber sag mal, gibt es in Warschau gar keine anständigen Frauen?»
«Ja, sicher», antwortet Mejer, «sie kosten aber noch mehr ...»

Kopl und Brejne, ein Pärchen in mittleren Jahren, machen einen Sabbatspaziergang. Müde geworden, setzt man sich in den Schatten, unter einen reichverzweigten Baum.
Plötzlich fährt Brejne mit einem Geschrei vom Boden hoch:
«Gewalt! Die Ameisen fressen mich bei lebendigem Leibe!»
Kopl blickt auf seine miese Gattin und seufzt:
«Wohin der Hunger führen kann! ...»

Sajwl bekommt einen Brief aus Amerika. Er liest ihn und sagt mit trauriger Miene:
«Weißt du, Lea, die Muhme Selde ist gestorben.»
Die Frau beginnt zu jammern:
«Oh weh! Muhme Selde ist gestorben! Solch ein Unglück! Solch ein Kummer!»
«Still!» unterbricht sie der Mann. «Sie hat uns als Erbschaft fünftausend Dollar vermacht ...»
«Daß sie gesund und stark sein möge!»

Der kremer Schmerl schtejt far sajn gewelb. Gejt farbaj a jid.
– Ir hert? – sogt er. – Reb Jossef Selik is far a minut niftr geworn.
– Uwa! Uwa! Boruch dajen emess! Epess a klejnikajt – reb Jossef Selik! Asa erlecher, frumer, bechowediker jid! Aj, aj, aj! Di schensste balebatim fun undser schtot schtarbn sich awek ojfn ojlom-ho'emess! ... Wartet nor a bissl ... Wi asoj hot ir ongerufn dem geschtorbenem?
– Reb Jossef Selik.
– Reb Jossef Selik? ... Welcher Jossef Selik? ...

gewélb («Gewölbe»), Laden • *niftr* (h. niftár), gestorben • *bóruch dájen émess* (h. barúch daján emét), Gelobt sei der Richter der Wahrheit! – Üblicher Friedhofs-Ausspruch • *bechówedik* (v. h. kawód = Ehre), ehrbar, respektiert, «bekowet» • *balebátim* (h. ba'aléjbatim = Hausherren), bessere Leute • *ójlém-ho'émess* (h. olám-ha'emét = Welt der Wahrheit), das Jenseits • *óngerufn* («angerufen»), genannt

Di hojptschtat fun Galizje hot farmogt a jidische zajtung – doss «Lemberger togblat».
Hot sich ejnmol getrofn, as farn gericht is geschtanen a schmid, woss hot schwer balejdikt dem esstrajchischn kejser Franz Josef. Er hot sich schikerhejt ojssgedrikt, as er hot «sajn majestet in ... hinter-chelek».
Der baschuldikter is farmischpet geworn ojf draj jor tfisse.
Di schurnalisstn hobn sich lang gebrochn di kep, wi asoj farefentlechn in druk di bagrindung funm urtejl.
Zumorgenss nochn prozess hot men gelejent in «Lemberger togblat»: «Der schmid Pawel Schuk is farmischpet geworn ojf draj jor tfisse, wajl er hot farschprejt baumruikendike jedijess wegn dem ojfhalt-ort fun unser kejser.»

hot farmógt («hat vermocht»), es gab dort • *hinter-chélek:* (h. chélek = Teil), Hinterteil • *farmíschpet* (v. h. mischpát = Urteil, Gericht), verurteilt • *tfísse* (h. tfissá), Gefängnis • *jedíjess* (h. j'diót), Nachrichten

Der Krämer Schmerl steht vor seinem Laden. Geht ein Jude vorbei.
«Ihr hört?» sagt er. «Reb Josef Selik ist vor einer Minute gestorben.»
«Wehe! Wehe! Baruch dajan emet – gelobt sei der Richter der Wahrheit! Etwa eine Kleinigkeit? Reb Josef Selik! Ein solch ehrlicher, frommer, respektierter Jude! Ei, ei, ei, die feinsten Herrschaften unserer Stadt sterben ins Jenseits dahin … Wartet mal! Wie habt Ihr den Verstorbenen genannt?»
«Reb Josef Selik.»
«Reb Josef Selik? … Welcher Josef Selik? …»

In der Hauptstadt von Galizien gab es eine jüdische Zeitung – das ‹Lemberger Tagblatt›.
Einmal traf es sich, daß ein Schmied vor Gericht stand, der den österreichischen Kaiser Franz Joseph schwer beleidigt hatte. In der Trunkenheit hatte er geäußert, er habe «seine Majestät im Arsch».
Der Beschuldigte wurde zu drei Jahren Gefängnis verurteilt. Die Journalisten zerbrachen sich lange den Kopf, wie sie die Begründung des Urteils gedruckt veröffentlichen sollten. Am Morgen nach dem Prozeß las man im ‹Lemberger Tagblatt›: «Der Schmied Pawel Szuk ist zu drei Jahren Gefängnis verurteilt worden, weil er beunruhigende Nachrichten über den Aufenthalt unseres Kaisers verbreitet hat.»

In «Lemberger togblat» is opgedrukt geworn asa min nekrolog:
«Tif derschitert bin ich mojdije ale krojwim, frajnt un bakante, as frajtik dem finftn merz is geschtorbn majn hejssgelibte froj Gitl, nochdem wi si hot gebojrn a sundl, far welchn ich such a junge bone, bis ich wel, mirzeschem, zum zwejtn mol chassene hobn mit a schejn, inteligent mejdl, woss farmogt a nadn fun wejniksstenss drajssik tojsnt sloti, un wet mir helfn firn majn galanteri-gewelb, woss gefint sich ojf Lelewele-gass 2.
Mit achtung

Schoul Griminger.»

min (h.), Art, Sorte • *mojdíje* (h. modia), «mache wissen», mache bekannt • *krójwim* (h. krowím), Verwandte • *mírzeschem* (h. im jirzé haschém = Wenn der Name [= Gott] wollen wird), so Gott will • *farmógt* («vermag»), hat als Vermögen, besitzt • *nadn* (h. nadán), Mitgift

Im ‹Lemberger Tagblatt› war einmal ein solcher Nekrolog abgedruckt:

«Tief erschüttert teile ich allen Verwandten, Freunden und Bekannten mit, daß Freitag, den 5. März, meine heißgeliebte Frau Gütl gestorben ist, nachdem sie ein Söhnchen geboren hat, für welches ich eine junge Bonne suche, bis ich, so Gott will, zum zweiten Male Hochzeit halten werde, mit einem schönen, intelligenten Mädchen, welches eine Mitgift von wenigstens 30 000 Zloty hat und mir helfen wird, mein Galanteriegeschäft zu führen, welches sich befindet auf der Lelewelegasse 2.

Mit Achtung,

Saul Griminger.»

Israel

In Jissro'ejl sizt a jid unter a fremdn pomeranzn-bojm un derkwikt sich doss harz mit di geschmake, saftike pejress …
Der baleboss funm gortn dertapt im baj der genejwe un schelt im mit tojte kloless ojf loschn-kojdesch, zitirendik derbaj di asseress-hadibress …
Der ganew hert im ojss, zeschmejchlt sich un sogt mit a gerirter schtim:
– Oj, wi wojl, oj, wi fajn is in unser hejlik land! Men sizt sich in schotn fun a bojm, esst frische pomeranzn un lernt a perek fun der tojre!

Jissró'ejl (h.issra'éjl), Israel • *péjress* (h. pejrót), Früchte • *genéjwe* (h. g'nejwá), Diebstahl • *tójte klóless* (d. tote + h. klalót = Flüche), etwa: wüste Flüche • *asséresshadíbress* (h. asséret hadibrót), die 10 Gebote • *«zeschméjchlt sich»* («zerschmeichelt sich»), fängt an zu lächeln • *pérek* (h.), Abschnitt • *tójre* (h. torá), Lehre, Pentateuch

In der Jissro'ejl-ofizirschul kumt for an eksamen.
Schtelt men Berischn a frage:
– Woss wolt ir geton, wen ir wert arumgeringelt funm ssojne? Fun fornt a tajch, fun hintn a felsiker barg, un ojf rechtss un ojf linkss fun ajch fajntleche chajoless … Woss far a komande wolt ir gegebn ajere soldatn?
Berisch glajcht sich ojss un sogt mit a dunerdiker schtim:
Achtung! Sogt tilim!

ssójne (h. ssoné), Feind • *tajch*, Fluß • *chajóless* (h. chajalót), Armeen • *«glajcht sich ojss»* (glajch = gerade), strafft den Körper • *tílim* (h. t'hilím), Psalmen

Izik kumt kejn Jissro'ejl un noch a gewisser zajt schtejt er far a militer-komissje.
Fregt im der major:
– In woss far a formazje wilt ir dinen?
– Dehajnu?

Israel

In Israel sitzt ein Jude unter einem fremden Pomeranzenbaum und erquickt sich an den frischen, saftigen Früchten ...
Der Besitzer des Gartens erwischt ihn beim Diebstahl und schilt ihn mit wüsten Flüchen in der heiligen Sprache, wobei er die Zehn Gebote zitiert ...
Der Dieb hört ihm zu, beginnt zu lächeln und sagt mit gerührter Stimme:
«Oh, wie herrlich, oh, wie fein ist unser Heiliges Land! Man sitzt im Schatten eines Baumes, ißt frische Pomeranzen und lernt dabei ein Kapitel aus dem Pentateuch!»

Examen in der israelischen Offiziersschule.
Man stellt Berisch die Frage:
«Was würdet Ihr tun, wenn Ihr von Feinden umringt wäret? Vor Euch ein Fluß, hinter Euch ein felsiger Berg, links und rechts von Euch feindliche Truppen ... Was für ein Kommando würdet Ihr Euren Soldaten geben?»
Berisch nimmt Achtungstellung an und sagt mit donnernder Stimme:
«Achtung! Rezitiert Psalmen!» (Juden rezitieren Psalmen in schweren und aussichtslosen Situationen.)

Itzig ist nach Israel eingewandert. Nach einer gewissen Zeit muß er vor eine Militär-Kommission.
Fragt der Major:
«In was für einer Formation wollt Ihr dienen?»
«Nämlich? ...»

– Ir wilt wern a fliger?
– Nejn.
– An infanterisst?
– Nejn.
– An artilerisst?
– Nejn.
– Woss den wilt ir sajn?
– Ich wil sajn in Jissro'ejl der umbakanter soldat.

dehájnu (aram. d'hájnu), nämlich?

In Jissro'ejl wojnt a turisstn-wegwajser, a schtarker barimer. Woss er sol nischt wajsn di englender mit di amerikaner, dermant er derbaj sajn tatn.
– Lejdiss end dschentelmenss, ir set dem kultur-palaz? Agaw, hot im gebojt majn foter …
– Un doss is doss hojs fun der «Hisstadrut». Ojch dem dosikn binjen hot projektirt majn foter …
Gekumen kejn Ssdom ruft sich an der wegwajser:
– Un doss is der «Tojter jam» …
– Mir wissn schojn – rajsst im iber ejner fun di turisstn. – Ajer foter hot im derharget!

barímer, Prahler • *wajsn*, zeigen • *ágaw* (h. agáw), nebenbei • *bínjen* (h. binján), Gebäude, Bau • *jam* (h.), Meer • *«rajsst im iber»*, unterbricht ihn • *derhárget* (h. haróg = morden), erschlagen, ermordet

Zum fridenssrichter in Jeruscholajim hot men gebracht a jidn wegn a klejne awejre.
– Ich wil, as majn injen sol bahandelt wern baj geschlossene tirn!
– Farwoss? – fregt der richter najgerik.
– Ich bin schtark farkilt – entfert der jid.

awéjre (h. awejrá), Übertretung, Sünde • *ínjen* (h. inján), Angelegenheit

«Wollt Ihr Flieger werden?»
«Nein.»
«Infanterist?»
«Nein.»
«Artillerist?»
«Nein.»
«Was wollt Ihr denn sein?»
«Ich will in Israel der ‹Unbekannte Soldat› sein.»

In Israel wohnt ein Touristen-Führer, ein gewaltiger Prahler. Was immer er den Engländern und Amerikanern zeigt – immer erwähnt er dabei seinen Vater.
«Ladies and Gentlemen, ihr seht den Kulturpalast? Nebenbei, mein Vater hat ihn erbaut …
Und das ist das Haus der Gewerkschaft, der ‹Histadrut›. Auch dieses Gebäude hat mein Vater projektiert …»
In Sodom angekommen ruft der Reiseführer aus:
«Und das ist das Tote Meer …»
«Wir wissen schon», unterbricht ihn einer der Touristen. «Euer Vater hat es erschlagen!»

Man brachte einen Juden wegen einer kleinen Übertretung vor den Friedensrichter in Jerusalem.
«Ich will, daß meine Angelegenheit bei geschlossenen Türen verhandelt werden soll!»
«Warum?» fragt der Richter neugierig.
«Weil ich stark erkältet bin», antwortet der Jude.

Sprichwörter

A ssejfer on a hakdome is wi a guf on a neschome.

ssé̱jfer (h.), Buch • *hakdóme* (h. hakdamá), Einleitung • *guf* (h., Körper • *neschóme* h. n'schamá), Seele

As a jid is gerecht, chapt er erscht recht klep.

A jidisch aschiress – is wi a bintl schtroj.

aschíress (h. aschirút), Reichtum

Der jam is on a grund, un jidische zoress – on a breg.

jam (h.), Meer • *breg* (ukr.), Ufer

Jidische keplech! Sej klogn un wejnen un essn wajter kreplech.

kréplech («Kräpfchen»), gefüllte, gekochte Teigtaschen, eine Art Ravioli

As a jid is hungerik, singt er, und der pojer schlogt doss wajb.

Der mentsch sindikt, un der hon wert a kapore.

kapóre (h. kapará), Sühnopfer. Einmal im Jahr, vor Jom-Kipur, schlachten Juden nach altem Brauch einen Hahn als Sühnopfer

A mineg brecht a din.

míneg (h. minhág), Brauch, Sitte • *din* (h.), Gesetz

Wej dem, woss er is gerecht.

Ess get im, wi a zadik ojf der welt.

Ein Buch ohne Vorwort ist wie ein Körper ohne Seele.

Wenn ein Jude im Recht ist, bekommt er erst recht Schläge.

Jüdischer Reichtum – ist wie ein Bündel Stroh.

Das Meer ist bodenlos, und jüdische Leiden – uferlos.

Jüdische Köpfchen! Sie klagen und weinen und essen weiter Kräpfchen.

Wenn ein Jude hungrig ist, singt er, und der Bauer schlägt das Weib.

Der Mensch sündigt, und der (unschuldige) Hahn fällt als Sühneopfer.

Brauch bricht Gesetz.

Weh dem, der im Recht ist!

Es geht ihm, wie einem Heiligen auf dieser Welt.

Dem andernss jissurim is lajcht mekabl bawe sajn.

jissúrim (h. jissurím), Qualen • *mekábl* (h. m'kabéjl), ein Empfangender • *báwe* (h. ba'ahawá), mit Liebe. – *M'kabejl ba'abawa* ist eine feste Redensart, welche meint: Schicksalsschläge in Gottergebenheit ohne Erbitterung hinnehmen

Men sol nit betn, di zoress soln sich ojsslosn. Worem as di zoress losn sich ojss, lost sich doss lebn ojch ojss.

Oj wej, a rucch zu der welt – wemen si bentscht un wemen si schelt!

rú'ech (h. rúach = Wind, Geist), böser Geist. Im Zusammenhang mit Flüchen etwa: zum Teufel mit ... *bentscht* (lat. benedicere), segnet

Nit mit scheltn un nit mit lachn kon men di weit ibermachn.

Brochess helfn nischt un kloless schadtn nischt.

bróchess (h. brachót), sing. bróche, Segen • *klóless* (h. klalót), Flüche

Ojlem keminhogoj nojheg – dariber set take di weit asoj ojss.

ójlem (h. olám), Welt • *keminhógoj* (h. k'minhagó), nach ihrer Art, nach ihrer Sitte • *nójheg* (h. nohéjg), führt sich auf

Ribojne schel ojlem – krich fun himel arop un kuk dir on dajn welt!

ribójne schel ójlem (h. ribonó schel olám) Herr der Welt!

Far draj hot got ongegrejt a basunder gan-ejdn: far rabonim, nemonim un lamdonim – nor ess schtet noch ad hajojm ler.

nemónim (h. n'emaním), sing. *némen*,vertrauenswürdig, treu • *lamdónim* (h. lamdaním), sing. lamdn, Gelehrter (fast immer nur im Sinn jüdisch-religiöser Gelehrtheit) • *ad hajójm* (h. ad hajóm), bis heute

Es ist leicht, die Qualen eines andern gottergeben hinzunehmen.

Man soll nicht beten, daß das Leid ein Ende nehme. Denn wenn das Leid aufhört, hört auch das Leben auf.

Weh, verflucht sei die Welt – (wenn man sieht,) wen sie segnet und wen sie schilt.

Weder mit Schelten noch mit Lachen kann man die Welt anders machen.

Das Segnen hilft nicht, und die Verfluchung schadet nicht.

Die Welt benimmt sich ihrer Art gemäß – und darum sieht sie auch entsprechend aus.

Herr der Welt! Klettere vom Himmel herab und schau dir deine Welt an!

Für drei hat Gott ein gesondertes Paradies bereitgestellt: für Rabbis, Vertrauensmänner und (religiös) Gelehrte – aber es steht bis heute leer.

Draj sachn tojgn nischt: a pojer a chorez, an oremer porez un a row an amorez.

chórez (h. charúz), fleißig, eifrig • *amórez* (h. am-ha'árez), (religiös) Ungebildeter

A hun, woss krejet, a goj woss jidisch redt, un a jidene, woss lernt tojre, ist nit kejn gute sschojre.

ss'chójre (ss'chorá), Ware

In draj erter git men sich kejn kowed nit op: in tfisse, in bejsshakisse un in merchez.

kówed (h. kawód), Ehre • *tfísse* (h. t'fissá), Gefängnis • *bejss-hakísse* (h. bejt-hakisséj), Klosett • *mérchez* (h. mercház), Bad. Gemeint ist immer die Sauna

Firerlaj mentschn senen glajch wi geschtorbn: an oreman, a mezojre, a blinder un a besdetnik.

mezójre (h. m'zorá), Aussätziger • *besdétnik* (p. bezdzietny), Kinderloser

Ssof odemlemisse, ssof behejme leschchite, ssof ssojcher liflejte un ssof ganew lisslije.

ssóf (h.), Ende • *lemísse* (h. l'mitá), zum Tode • *behéjme* (h. b'hejmá), Vieh, Rindvieh • *lifléjte* (h. liflejtá), zum Bankrott • *leschchíte* (h. l'schchitá), zur Schächtung • *lisslíje* (h. litliá), zum Hängen

Draj mentschn hot got fajnt: an ojscher a ganew, an oreman a bal-gajwe, un an altn nojef.

hot fajnt («hat Feind»), haßt • *bal-gájwe* (h. ba'al-ga'awá), ein Stolzer, Hochmütiger • *nójef* (h. no'éjf), Ehebrecher, Schürzenjäger

Got sol ophitn far jidische chuzpe, far jidische majler un far jidische kep!

Drei Sachen taugen nichts: ein (allzu) eifriger Bauer, ein armer Gutsherr und ein (religiös) ungebildeter Rabbiner.

Ein Huhn, das kräht, ein Goj, der jiddisch redet, und eine Jüdin, welche die Tora studiert, sind keine gute «Ware».

An drei Orten erweist man sich nicht Ehre: im Gefängnis, im Klosett und im Schwitzbad.

Viererlei Menschen sind gleich wie gestorben: der Arme, der Aussätzige, der Blinde und der Kinderlose.

Das Ende des Menschen ist der Tod, des Rindes die Schlachtbank, des Kaufmanns die Pleite und des Diebes der Galgen.

Dreierlei Menschen haßt Gott: einen reichen Gauner, einen stolzen Armen und einen alten Schürzenjäger.

Gott soll einen behüten vor jüdischer Chuzpe, vor jüdischen Mäulern und vor jüdischen Köpfchen.

Besser a jidisch harz mit a gojischn kop,wi a gojisch harz mit a jidischn kop.

Ess is nito kejn schlechter bronfn far a schiker, kejn schlechte matbeje far a ssojcher un kejn misse nekejwe far a nojef.

bronfn, Branntwein • *matbéje* (h. matbéa), Münze • *nekéjwe* (h. n'kejwá), weiblich, Weib • *nójef* (h. no'éjf), Ehebrecher

Doss erschte wajb is fun got, doss zwejte is fun mentschn, doss drite – fun dem ru'ech.

rú'ech (h. rúach), Wind, Geist; böser Geist, Teufel

Doss zwejte waib is wi a marzowe sun: si macht nit warem, si macht nit kalt.

Draj mentschn singn far zoress: a chasn, a betler un a marschalek.

chasn (h. chasán), Kantor • *marschálek* (p.), Spaßmacher auf Hochzeiten. – Die berühmteren wurden hoch honoriert. Die meisten dichteten aus dem Stegreif. Von einem – Eliakum Zunser – sind die Verse erhalten.

A jid a lamdn kon kejn chossid nit sajn, un an amorez kon kejn apikojress nit sajn.

lamdn (h. lamdán), Gelehrter, meist im Sinne von religiös Gelehrter • *chós-sid* (h. chassíd), Chassid. Die naiven, wundergläubigen Chassidim waren kaum je gebildet • *amórez* (h. am-ha'árez, wörtl. Landvolk), religiös Ungebildeter

As a chossid wert ojfgeklert, schelt er got in tatn arajn.

schelt in tate arajn, wörtl. schilt in den Vater hinein, etwa: grob verfluchen, lästern

Besser ein jüdisches Herz mit einem goischen Kopf als ein goisches Herz mit einem jüdischen Kopf.

Es gibt keinen schlechten Branntwein für den Trinker, keine schlechte Münze für den Händler und kein häßliches Weib für den Schürzenjäger.

Das erste Weib kommt von Gott, das zweite von Menschen, das dritte – vom Teufel.

Das zweite Weib ist wie eine Märzsonne: sie gibt nicht warm, sie gibt nicht kalt.

Drei Menschen singen aus Not: der Kantor, der Bettler und der Hochzeitsspaßmacher.

Ein gelehrter Jude kann kein Chassid sein, und ein Ungebildeter kann kein Ketzer sein. (Chassidismus setzt Naivität und Wunderglauben voraus; und Ketzerei erfordert Kenntnis der zu brechenden Gebote).

Wenn ein Chassid aufgeklärt wird, beginnt er Gott zu lästern.

A ssejfer-tojre sol men farsezn un a mejdl sol men chassene machn.

sséjfer-tójre (ssėjfer-torá), «Buch der Tora», Torarolle (von Hand auf Pergament geschrieben und mit goldverzierter Umhüllung versehen)

As a row tut a schidech mitn beder, halt sich der beder far a row.

schídech (h. schidúch), Heiratspartie

A zig hot ojch a bord – un is fort a zig.

bord (Bart): Abzeichen des frommen Juden • *fort*, weiterfort, dennoch

A gutn frajnd bakumt men umsisst, a ssojne mus men sich kojfn.

ssójne (h. ssonéj), Feind

An oreman is a watren ojf a fremdn bajtl.

wátren (h. watrán), ein Freigebiger

An oreman is a schlimasl: hot er a make, felt im a zibele ojf zu lejgn; hot er a zibele, felt im grod a make.

schlimásl (h. sch'ló masál = was nicht Glück ist), Pechvogel • *máke* (h. maká), Plage, Schlag, Geschwür

A prozentnik bet got mer farn bal-chojw wi far sich alejn.

bal-chójw (h. bá'al-chów), Schuldner

Woss a grober bojch kosst, wolt ich gewolt farmogn – woss er is wert, soln meine ssojnem farmogn.

ssójnem (h. ssoním), Feinde

Di fiss trogn, wu der kop sol run.

(talmudisch)

Selbst eine (heilige) Torarolle soll man versetzen, um ein Mädchen zu verheiraten.

Wenn ein Rabbi sich mit einem Badediener verschwägert, hält sich der Badediener für einen Rabbi.

Eine Ziege hat einen Bart (wie ein orthodoxer Jude) – und ist doch nur eine Ziege.

Einen guten Freund bekommt man umsonst, einen Feind muß man sich kaufen.

Ein Armer geht mit dem fremden Beutel freigebig um.

Ein Armer ist ein Pechvogel: hat er ein Geschwür, dann fehlt ihm die Zwiebel zum Drauflegen; hat er eine Zwiebel, fehlt ihm gerade ein Geschwür.

Ein Wucherer betet zu Gott mehr für seinen Schuldner (gemeint: für dessen Leben) als für sich.

Was ein dicker Bauch kostet, möchte ich besitzen; was er wert ist – das mögen meine Feinde besitzen!

Die Füße tragen dahin, wo der Kopf ruhen soll. (gemeint: sterben)

Der kass is a schlechter ejze-gebr.

kass (h. ká'ass), Zorn

Kass wechejme machn dem mentschn far a bchejme.

wechéjnle (h. w'chejmá), «und Wut» • *behéjme* (h. b'hejmá), Rindvieh, Vieh

Ojb a chochem wert in kass, farlirt er sajn chochme.

Kass is glajch zu gezendineraj.

Gelt farentfert ale kaschess.

káschess (h. kuschiót), Schwierigkeiten, rituelle Fragen, Probleme

Far gelt hot men di un jene welt.

Kessew wesohow metaher mamsejrim.

késsew weróhow metáher mamséjrim (h. késsew w'saháw m'tahéjr mamsejrím), Silber und Gold reinigt die Bastarde. Talmudisch

Daless macht passless.

dáless (h. dalút), Armut • *pássless* (h. passlút), Makel, Untauglichkeit, Illegitimität

Parnosse kumt schwerer on wi kri'ess jam ssuf.

krí'ess jam ssuf (h. kriát jam ssuf), Spaltung des Schilfmeeres

Af draj sachn schtejt di welt: af gelt, af gelt un af gelt.

Parodie auf den Talmudausspruch, wonach die Welt auf den «drei Sachen» Tora, Wohltätigkeit und Gebet steht.

Der Zorn ist ein schlechter Ratgeber.

Zorn und Wut machen den Menschen zum Vieh.

Wenn ein Weiser in Wut gerät, verliert er seine Weisheit.

Ein Zornausbruch ist so (schlimm) wie Götzendienst.

Geld löst alle Probleme.

Für Geld hat man diese und jene Welt.

Silber und Gold machen Bastarde ohne Makel.

Armut verursacht Makel.

Lebensunterhalt (zu gewinnen) ist schwieriger als das Rote Meer zu teilen.

Auf drei Sachen steht die Welt: auf Geld, auf Geld und auf Geld.

As di hazloche schpilt, gilt erscht di chochme.

hazlóche (h. hazlachá), Glück

An ojscher hot umetum a deje.

ójscher (h. aschír), Reicher • *déje* (h. deá), Meinung

As men wert an doss gelt, hejsst men baj der welt a chasser-dejenik.

chásser-déjenik (h. chassár-deá, einer, der den Verstand einbüßt, + -ik, slawische Endung), ein Verrückter

Parnosse hegt ale makess.

parnósse (h. parnassá), Einkommen • *mákess* (h. makót), Schläge, Plagen, Geschwüre

Momen bekeschene, scholem babajiss.

mómen (h. mamón), Mammon • *bekéschene* (h. be = in, + p. keszeń = Tasche), in der Tasche • *schólem* (h. schalóm), Friede • *babájiss* (h. babájit), im Hause

As got nemt ejnem zu doss gelt, nemt er im dem ssejchel ojch zu.

Ale ssimonim geen unter, nor der ssimen daless blajbt.

ssímen, pl. ssimónim (h. ssimán, ssimaním), Merkmal, Zeichen • *dáless* (h. dalút), Armut, «Dalles»

A frejlecher kabzn is rajcher fun a more-schchoredikn nogid.

kabzn (h. kabzán), Bettler • *móre-schchóredik* (h. mará-schchorá = Melancholie, + slaw. Endung -ik), trübselig • *nógid* (h. nagíd), Reicher

Gelt is blote – ober blote is kejn gelt nit.

blóte (p. blota), Dreck, Kot

Wem das Glück (gemeint: Reichtum) hold ist, dessen Klugheit beginnt zu gelten.

Der Reiche hat überall die maßgebliche Meinung.

Wenn man das Geld verloren hat, hält einen die Welt für verrückt.

Geld (wörtl. Einkommen) heilt alle Plagen.

Hat man Geld in der Tasche, so hat man Frieden im Haus.

Wenn Gott einem das Geld nimmt, nimmt er ihm auch den Verstand.

Alle Merkmale lassen sich verwischen, nur das Merkmal der Armut bleibt.

Ein fröhlicher Bettler ist reicher als ein trübsinniger Millionär.

Geld ist Dreck – aber Dreck ist kein Geld.

Bechinem krigt men kinem.

bechínem (h. b'chinám), umsonst, gratis • *kínem* (h. kiním), Läuse, Ungeziefer

As men git, nem; as men nemt, schraj gewald.

As der mentsch falt, sogt afile a schpin ojf der want ojch ejdess kegn im.

afíle (h. afílu), sogar • *éjdess* (h. ejdút = Zeugenschaft), Zeugnis, Zeuge

A fojgl an fligl un an oreman a gadlen schtarbn bejde far hunger.

gádlen (h. gadlán), einer, der sich groß dünkt

An oreman is geglichn zu a mess.

mess (h. mejt), Leiche

An oreman kwikt sich mit chaloschess.

chalóschess (h. chalaschút), Ohnmacht

Orem ist glajch wi geschtorbn – ober rajch sajn is noch nit gelebt.

Der ipesch macht scholem.

ípesch (ipúsch), Epidemie, Plage

Dem emessn tam fun wasser derkent men in der midber.

tam (h. tá'am), Geschmack • *mídber* (h. midbár), Wüste

A doktor un a kabren wintscht men nit kejn «gut jor».

kábren (h. kabrán), Totengräber

A chasn ojf der elter bilt wi a hunt un fresst wi a ferd.

chasn (h. chasán), Kantor

Gratis bekommt man nur Ungeziefer.

Wenn man gibt, nimm; wenn man nimmt, schrei Gewalt!

Wenn der Mensch fällt, legt sogar die Spinne an der Wand Zeugnis gegen ihn ab.

Ein Vogel ohne Flügel und ein stolzer Bettler sterben beide Hungers.

Ein Armer gleicht einem Toten.

Ein Armer erlabt sich an Ohnmachten.

Arm ist wie gestorben – aber reich sein heißt noch nicht leben.

Eine Epidemie stiftet (in der befallenen Gemeinde) Frieden.

Den wahren Geschmack des Wassers erkennt man in der Wüste.

Dem Arzt und dem Totengräber wünscht man kein «Gutes Jahr».

Ein alter Kantor bellt wie ein Hund und frißt wie ein Pferd.

As got wil schtrofn an amorez, lejgt er im a loschn-kojdeschwort in mojl arajn.

amórez (h. am-ha'árez), Ignorant, Ungebildeter (vor allem in religiösen Fragen) • *loschn-kójdesch* (h. laschón-kódesch), heilige Sprache, hebräisch

An amorez tor nit hojch dawenen.

dáwenen, beten

Woss kon men fun an okss mer farlangn wi okssnflejsch?

Fun ejn okss zit men kejn zwej fein arop.

Fun demselbn holz macht men a lopete un a zejlem.

lópete (p. lopáta), Schaufel • *zéjlem* (h. zélem), Bildnis, Kruzifix

«Ejn brejre» – is a grojsse gsejre.

ejn bréjre (h. ejn brejrá), «kein Ausweg», «keine Wahl» • *gséjre* (h. gsejrá), hartes Gesetz, Verhängnis

Di pen schisst erger fun a fajl.

pen, Feder

A patsch farhejlt sich – a wort gedenkt sich.

A patsch fargejt, a wort baschtejt.

Besser an erlecher patsch ejder a falscher kusch.

éjder (d.), bevor, als (Vergleichspartikel)

Di zung is scharfer fun a chalef.

chálef (h. chaláf), Dolch

Wenn Gott einen religiös Ungebildeten strafen will, legt er ihm ein hebräisches Wort in den Mund.

Ein Ignorant darf nicht mit lauter Stimme beten. (Die Gebete der Juden sind alle hebräisch.)

Was kann man von einem Ochsen verlangen außer Ochsenfleisch.

Von einem Ochsen kann man nicht zwei Felle abziehen.

Aus demselben Holz macht man eine Schaufel und ein Kruzifix.

«Keine andere Wahl» – das ist ein bitteres Gebot!

Die Feder schießt schärfer als ein Pfeil.

Eine Ohrfeige heilt aus – ein Wort bleibt im Gedächtnis.

Eine Ohrfeige vergeht, ein Wort besteht.

Besser eine ehrliche Ohrfeige als ein falscher Kuß.

Die Zunge ist schärfer als ein Dolch.

As men gejt arajn zu a schojte af a halbe scho, kon men narisch wern af a halb jor.

scho (h. scha'á), Stunde

Naronim darf men nischt sejen – sej wakssn alejn.
A nar waksst on regn.

As moschiech wet kumen, weln ale krankn gehejlt wern, nor der nar wet a kalieke blajbn.

kálieke (p. kaleka), Krüppel

A geschwir is a gute sach – baj jenem untern orem.

Fun sogn wet men nischt trogn.

trogn («tragen»), schwanger sein.

Fun neki-chapajim wet men nit rajch.

nekí-chapájim (n'ki-chapájim), einer mit reinen Händen

Erlech is schwerlech.

Ale kinder senen klejnerhajt klug, nor doss row blajbn bajm kinderischn ssejchel.

row (h.), Großteil • *sséjchel* (h.), Verstand

Mit blut wascht men nischt op kejn blut.

Schwajgn hejsst masskim sajn.

másskim (h. masskím), einverstanden

A schemewdiker wet kejnmol nit sajn kejn talmid-chochem.

tálmid-chóchem (talmíd-chachám, wörtl. weiser Schüler), Gelehrter (Sprüche der Väter)

Wenn man zu einem Narren für eine halbe Stunde hineingeht, kann man für ein halbes Jahr zum Narren werden.

Narren braucht man nicht zu säen – sie wachsen allein.
Ein Narr wächst ohne Regen.

Wenn der Messias kommen wird, werden alle Kranken geheilt werden, nur der Narr wird ein Krüppel (gemeint: Narr) bleiben.

Ein Geschwür ist eine gute Sache – unter dem Arm eines andern.

Vom Reden allein wird man nicht schwanger.

Von Unbestechlichkeit wird man nicht reich.

Ehrlich ist beschwerlich.

Alle Kinder sind, solange sie klein sind, klug, aber der Großteil bleibt beim Kinderverstand stehen.

Mit Blut wäscht man Blut nicht ab.

Schweigen heißt einverstanden sein.

Ein Schüchterner wird nie ein großer Gelehrter werden.

A talmid-chochem, wen er is afile mojchl af sajn kowed – is sajn kowed ober nischt mojchl.

afíle (h. afílu), sogar • *kówed* (h. kawód), Ehre • *mojchl* (h. mochéjl), ein Verzichtender

Woss tut kol an essrig? Men begejt sich.

kol (h. kahál), Gemeinde • *éssrig* (h. etróg), Zitrusfrucht

As an alter nemt a bssule, hobn bejde kejn grojsse gdule.

bssúle (h. b'tulá), Jungfrau • *gdúle* (h. g'dulá), Freude, Vergnügen

A wajb un a wekssl kumen tomid zurik.

tómid (h. tamíd), immer

Far a wajb a marschass antlojft afile a lejb.

marrchàss (h. marschá'at), eine Böse

An ische roje is glajch zu a falscher matbeje: men wil fun ir ingichn poter wern.

róje (h. ra'á), schlechte • *matbéje* (h. matbéa), Münze • *póter* (h. patúr), befreit

A ligner glojbt nit kejnem.

A ganew fun a ganew is poter.

(talmudisch)
póter (h. patúr), befreit, straffrei

Fun a ganew is schwer zu ganwenen.

Far a hejmischn ganew kon men sich nit ophitn.

Selbst wenn ein Talmudgelehrter auf die ihm zustehende Ehre verzichtet – die Ehre selber verzichtet nicht.

Was tut die Gemeinde ohne Etrog? Sie kommt ohne ihn aus. (Am Sukkot-Fest wird über einen Etrog, eine Zitrusfrucht, ein Segen gesprochen.)

Wenn ein Alter eine Jungfrau nimmt, haben beide kein großes Vergnügen daran.

Ein Weib und ein Wechsel kommen immer zurück.

Vor einem bösen Weib läuft sogar ein Löwe davon.

Ein böses Weib ist wie eine falsche Münze: man will sie rasch los werden.

Ein Lügner glaubt keinem.

Wer einen Dieb bestiehlt, geht straflos aus.

Einen Dieb kann man schwer bestehlen.

Gegen einen Dieb im eigenen Hause kann man sich nicht schützen.

As di dinsstn krign sich, wert der baleboss gewor fun ale genejwess.

genéjwess (h. g'nejwót), Diebstähle

As men get zwischn Iajt, wejsst men, woss ess tut sich baj sich inderhejm.

In a tscholent un in a schidech kukt men nit zufil arajn.

schidech (h. schidúch), Heiratspartie

Wu men darf hobn mojech, helft nit kejn kojech.

mójecb (h. móach), Verstand • *kójech* (h. kóach), Kraft

Freg an ejze dem ssojne – un tu farkert.

ssójne (h. ssonéj), Feind

A schwerer bajtl macht a lajcht gemit.

An oreman is wi a lecheriker sak.

Doss mojl, woss farwert; doss mojl derlojbt.

Lernen mit a grobn jung is erger wi hakn holz.

Wer in got nit glojbt, sol bakumen a frum wajb.

Der gresste wejtok is der, woss men ken im far andere nit arojssogn.

Wenn die Dienstboten sich zanken, erfährt der Hausherr von ihren Diebereien.

Wenn man unter die Leute geht, erfährt man, was sich bei einem selber zuhause tut.

In einen Tscholent und eine Ehepartie soll man nicht zu genau hineinschauen.

Wo man Verstand braucht, hilft keine Kraft.

Frag den Feind um Rat – und tu das Gegenteil.

Ein schwerer Beutel macht ein leichtes Gemüt.

Ein Armer ist wie ein löchriger Sack.

Es ist der Mund, der Verbote schafft; und der Mund, der erlaubt.

Einen groben Flegel unterrichten ist schlimmer als Holz hacken.

Wer nicht an Gott glaubt, dem soll ein frommes Weib beschert werden. (Gemeint ist: damit er unter ihrem pedantischen Einhalten der rituellen Gebote zu leiden hat.)

Der größte Schmerz ist der, den man andern nicht sagen kann.

Dem mentschnss harz wejss sajne lajdn.

As di ss'chojre ligt lang, fargesst men dem mekech.

ss'chójre (h. ss'chorá), Ware • *mékech* (h. meékach), Preis

Di besste ss'chojre fun der weit is mesumen gelt.

mesúmen (h. m'sumán), Bargeld

Tajere ss'chojre waksst fun der erd arojss.

A schmek tabeke is mir liber fun a fass pulwer.

Jeder schtekn hot zwej ekn.

A zig, wen nischt di welf, wolt fargangn kejn erez-jissro'ejl.

érez (h.), Land

In trojrige zajtn blit di lejzoness.

lejzóness (b. lejzanút), Spott, Witz

Tate, du lachsst? Wej is zu dajn gelechter!

Ernsst redn nor lejzim.

lézim (h. lejzím), Spötter, Witzbolde

A schprichwort is – lehawdl – a tojre.

lecháwdl (h. l'hawdíl), «wohl zu unterscheiden!». Feste Formel, wenn man Profanes mit Heiligem vergleicht • *tójre* (h. torá), 1. Lehre, 2. Pentateuch

In gan-ejdn weln sajn mer farbotn wi in gehenem.

Des Menschen Herz kennt seine Leiden.

Wenn die Ware lange liegen bleibt, vergißt man ihren Einstandspreis.

Die beste Ware der Welt ist das Bargeld.

Wenn eine Ware teuer wird, wächst sie plötzlich aus der Erde heraus.

Eine Prise Tabakpulver ist mir lieber als ein Faß Schießpulver.

Jeder Stecken hat zwei Enden.

Gäbe es nicht die Wölfe, dann könnte eine Ziege bis ins Heilige Land wandern.

In traurigen Zeiten blüht der Witz.

Vater, du lachst! Weh über dein Gelächter!

Ernst reden nur Spötter.

Ein Sprichwort ist – man verzeihe den Vergleich! – eine Tora.

Im Paradies werden mehr Verbote sein als in der Hölle.

Mit a chochem wel ich mir ojch in gehenem an ejze gebn, mit a schojte ojch in gan-ejdn nit.

Wen men sol schtreng ophitn di forschriftn, woltn in ganejdn gewen blojs naronim.

narónim («Narr» + h. Pluralendung), Narren

In gehenem wet men dich farschlepn. In gan-ejdn – ojch.

Wesst dem malech nochgebn ojf a hor, wet der tajwl di neschome farchapn.

málech (h. malách), Engel • *neschóme* (h. n'schamá), Seele • *farchápn* (d. far = ver + p. chapać), packen, ergreifen

Di t'schuwe is zubesstn iberzulosn ojf der zajt fun unser lebn in ojlem-habo. In ojlem-hase is si wejnik nuzlech.

t'schúwe (h. t'schuwá), Umkehr, Reue • *ójlem-hábo* (h. olám-habá), kommende Welt, Jenseits • *ójlem-háse* (h. olám-hasé), diese Welt, Diesseits

Di jidische chochmess hobn di weit ojssgelejst, ober di jidn umgebracht.

Schajless schtelt men nischt dem bojre-ho'ojlem un dem Schandar.

schájless (h. sch'elót), Fragen • *bójre-ho'ójlom* (h. boré-ha'olám), Schöpfer der Welt

'ss is farwert nochzufregn iber dem wesn fun der haschgoche schel haschomajim we'al ho'orez.

haschgóche schel haschomájim we'al ho'órez (h. haschgachá schel haschamájim w'al ha'árez), die himmlische und irdische «Vorsehung»

Mit einem Klugen werde ich mir sogar in der Hölle Rat schaffen, mit einem Dummkopf selbst im Paradiese nicht.

Wenn man sich streng an die Vorschriften halten wollte, kämen nur Narren ins Paradies.

In die Hölle wird man dich gewaltsam schleppen. Ins Paradies – auch!

Wirst du dem Engel nur um Haaresbreite untreu werden, dann wird der Teufel deine Seele packen.

Die Reue verspart man sich am besten für das Jenseits. Im Diesseits nützt sie wenig.

Jüdische Weisheit hat die Welt erlöst – aber die Juden selber umgebracht.

Fragen stellt man weder dem lieben Gott noch dem Gendarmen.

Man darf weder die himmlischen noch die irdischen Mächte nach den Gründen ihrer Ratschlüsse fragen.

Ojch wen der zadik wendet sich zum ribojnoj schel ojlom mit a schajle – di t'schuwe git er alejn.

ribójnoj schel óilom (h. ribonó schel olám), Herr der Welt • *schájle* (h. sch'elá), Frage, Problem • *tschúwe* (h. t'schuwá), Antwort

Der weg in gehenem is glajch; in gan-ejdn – ganz krum.

glajch, 1. gleich, 2. gerade

Ess is fil lajchter dem zadik zu kojfn sich dem gehenem, wi dem rosche dem gan-ejdn.

rósche (h. raschá), der Schlechte

Ojch di schlichim fun tajwl schtrebn zu hobn an ejgene tojre.

schlíchim (h. schlichím), Abgesandte, Apostel • *tójre* (h. torá), Lehre, Pentateuch

Der mentschleche ssejchel is nit far zadikim – der ssejchel fun zadikim is nit far mentschn.

sséjchel (h.), Verstand

Der ben-odom is oder gots baschefenisch – oder a newejle.

ben-ódom (h. ben-adám), Mensch • *newéjle* (h. n'wejlá), Aas, Kadaver, Leiche

As men fartift sich in di jessojdess fun der moral, kon men farlirn dem ojffirungs-schtejger (derech-erez).

jessójdess (h. j'ssodót), Grundlagen • *schtéjger*, Art • *dérech-érez* (h.), «Landessitte», gute Sitte

Baj bnej-odom wejss men kejnmol nit, wu der malech hert ojf un der tajwl hejbt on.

bnej-ódom (h. bnej-adám), Menschen • *málech* (h. malách), Engel

Auch wenn der Heilige sich mit einer Frage an Gott wendet – die Antwort gibt er selber.

Der Weg in die Hölle ist gerade; der ins Paradies – ganz krumm.

Der Heilige erwirbt sich viel leichter die Hölle als der Böse das Paradies.

Auch die Apostel des Teufels streben danach, einen eigenen Katechismus zu haben.

Der menschliche Verstand ist nicht für Heilige – der Verstand der Heiligen ist nicht für Menschen.

Der Mensch ist entweder Gottes Geschöpf – oder ein Kadaver.

Wenn man sich in Grundlagen der Moral vertieft, kann man leicht die guten Sitten einbüßen.

Bei Menschen weiß man nie, wo bei ihnen der Engel aufhört und der Teufel anfängt.

Kinder schrekt men mit tajwlonim, derwakssene – mit mentschn.

tajwlónim (d. tajwl + h. Pluralendung -im), Teufel (pl.)

Doss bejse hot schtendik a mentschleche geschtalt.

Der klugsster mentsch in an umglik hejbt on zu glojbn in narischkajtn.

Berejschiss boro elojhim ess hoschomajm we'ess ho'orez – fun der zajt on sizt der gwir in himl un der oreman ligt in der erd.

gwir (h.), Reicher • «*in der erd lign*»: «in der Erde liegen», heißt: im größten Elend vegetieren

Kajin w'Hewel – doss is kim'at di tamziss fun der ganzer welt-geschichte.

Kájin w'Héwel (h.), Kain und Abel • *kim'át* (h.), beinahe • *támziss* (h. tamzít), Essenz, Wesen

Amol hot am jissro'ejl gepajnigt jedn grojssn nowi – hajnt kon jeder falscher un klejner newi'ele pajnign doss ganze jidische folk.

am jissró'ejl (h. am jissra'éil), Volk Israel • *nówi* (h. nawí), Prophet, davon *newí'ele*

Aponem baschizt di tonsur besser dem kop wi di jarmulke.

apónem (d. a + h. paním = Antlitz, Oberfläche), offenbar • *jármulke* (p. jarmulka), Mützchen, das orthodoxe Juden ständig, sogar im Hause, tragen

Der jid wejsst nit, wu ess is der himl – asoj hot men im zugedrikt zu der erd.

Kinder schreckt man mit Teufeln, Erwachsene – mit Menschen.

Das Böse hat immer eine menschliche Gestalt.

Im Unglück beginnt auch der klügste Mensch an Unsinn zu glauben.

«B'rejschit bara elohim et haschamaim w'et ha'arez» – «Im Anfang schuf Gott Himmel und Erde»: von der Zeit an sitzt der Reiche im Himmel und der Arme liegt auf der Erde.

Kain und Abel – das ist beinahe die Essenz der ganzen Weltgeschichte.

Einstmals hat das Volk Israel jeden großen Propheten gepeinigt – heute kann jedes falsche und kleine Prophetlein das ganze jüdische Volk peinigen.

Offenbar beschützt die Tonsur des katholischen Priesters den Kopf besser als das Mützchen den frommen Juden.

Ein Jude weiß nicht, wo der Himmel ist – so hat man ihn zur Erde niedergedrückt!

Gib op dajn bort – as du konsst dermit ophitn dajn kop.

Besser a jid on a bort wi a bort on a jid.

A jidischer mechaber schtarbt lebedikerhejt, kedej er sol lebn geschtorbenerhejt.

mechåber (h. mechabéjr),Verfasser, Schriftsteller • *lébedikerhejt*, lebend • *geschtórbenerhejt*, als Gestorbener

A jid wet gicher a buch schrajbn ejder kojfn.

gícher, schneller, eher • *éjder*, bevor, ehe

A goj is klejnerhejt klejn un grojsserhejt grojss – a jid faikert.

Got sol mich ophitn fun gojische hent un fun jidische ejzess.

gójisch (v. h. goj = Volk; im Jid. = Nichtjude, Bauer), nichtjüdisch, goisch • *éjzess* (h. ejzót), Ratschläge

Der bojre-ho'ojlom wet dir mojchl sajn, di macht wet nit nochlosn.

bójre-ho'ójlom (h. boré-ha'olám), Schöpfer der Welt • *mojchl* (h. mochéjl), verzeihen

Far a mentsch mus men sich gicher farentfern wi farn ribojne schel ojlom.

gícher, schneller, eher • *ribójne schel ójlom* (h. ribonó schel olám), Herr der Welt

Opfere deinen Bart – wenn du damit deinen Kopf retten kannst! (Bart als äußeres Zeichen der Zugehörigkeit zum Judentum.)

Besser ein Jude ohne einen Bart als ein Bart ohne einen Juden.

Ein jüdischer Schriftsteller ist bereit, bei lebendigem Leibe (vor Hunger) zu sterben, um dafür nach dem Tode (durch Ruhm) zu leben.

Ein Jude wird ein Buch eher schreiben als kaufen.

Ein Nichtjude ist klein, wenn er klein ist, und groß, wenn er groß ist. Bei einem Juden ist es umgekehrt.

Gott soll mich vor goischen Händen und jüdischen Ratschlägen behüten!

Der Herr der Welt wird dir verzeihen – nicht aber die weltlichen Machthaber.

Vor einem Menschen muß man sich eher rechtfertigen als vor Gott.

Der ribojne schel ojlom sol dich in sajn haschgoche hobn, ejder du wesst di gdojlim eljojnim far der hant chapn!

ribójne schel ójlom (h. ribonó schel olám), Herr der Welt • *haschgó he* (h. haschgachá), göttliche Obhut • *éjder,* bevor • *gdójlim* (h. gdolím), die Großen • *eljójnim* (h. eljoním), die höheren, oberen

Zwejflen meg men nor in emessn, welche ess darschenen fremde newi'im.

newí'im (h. n'wi'ím), Propheten

Afile der schojte ojfn kisse-hamalchuss is a melech.

mélech (h.), König

«Derech-erez solsstu hobn farn kejser, mojre solsstu hobn farn polizjant!» –

dérech-érez (h.), Landessitte, Ehrfurcht • *mójre* (h. morá), Furcht

Zadikim hobn doss wort ojch in apikorssische pilpulim.

apikórssisch (v. aram. apikoráss = Epikuräer, Freidenker, Ketzer), ketzerisch, frei denkerisch

Ojch di gresste chochme, gepredikt nit in der passiker zajt, is an apikorssess.

chóchme (h. chochmá), Weisheit, Einsicht • *apikórssess* (h. apikorssút), Ketzerei

Mitn emess hot noch kejner nit derobert di welt.

Er nojgt sich bis zu der erd, derfar tret men im ojfn kop.

Di geferlechsste sajnen di apikorssim, woss schwern baj der tojre hakdojsche.

tójre hakdójsche (h. torá hakdoschá), heilige Tora. cf. Glossar

Eher wird dich Gott zu sich nehmen, als daß du die irdischen Machthaber erreichen kannst.

Zweifeln darf man nur an Wahrheiten, die von fremden Propheten gepredigt werden.

Auch der Dummkopf auf dem Thron ist ein König.

«Vor dem Kaiser sollst du Respekt haben, vor dem Polizisten Furcht!»

Die Frommen entscheiden auch in ketzerischen Disputen.

Zur unpassenden Zeit gepredigt, ist auch die größte Weisheit eine Ketzerei.

Mit der Wahrheit hat noch keiner die Welt erobert.

Er neigt sich bis zur Erde, darum tritt man ihn auf den Kopf.

Am gefährlichsten sind jene Freidenker, die bei der heiligen Bibel schwören.

Di zwijess darf men nischt lojbn, ober men tor sich fun ir nischt opsogn. Si kumt tomid zunuz.

zwíjess (h. zwiút), Scheinheiligkeit • *tómid* (h. tamíd), immer

Mit chuzpe dekt men zu zumbesstn di ejgene charpe.

chúzpe (h. chuzpá), Frechheit • *chárpe* (h. cherpá), Schande

Farlojrn dem mut – farlojrn dem ssejchl.

ssějchl (h. ssějchel), Verstand, Klugheit

Der woss is arojf zu hojch, arunter ken er nor aropflijen.

Ich ken afile schejne mentschn, woss hobn farlojrn doss ponim.

afíle (h. afílu), sogar

Dem ferd lejgt men arojf dem geschpan. Der mentsch lejgt im sich alejn arojf.

Saj bojgewdik! A nit, wet men dich bojgn!

«a nit» = *as nit*, wenn nicht

Ess is nito kejn tojer, woss sol sich nit efenen far a chamer, woss is balodn mit gold.

chámer (b. chbamór), Esel

Doss gelt fargnigt un pajnigt ale.

Hob ich nit kejn kowed, wil ich lechol hapochess hobn doss gelt.

kówed (h. kawód), Ehre • *lechól hapóchess* (h. l'chol hapachót), wenigstens

Scheinheiligkeit soll man nicht loben, aber man darf sich von ihr auch nicht lossagen. Sie kommt immer zunutze.

Die eigene Schande verdeckt man am besten mit Frechheit.

Den Mut verloren – die Klugheit verloren!

Wer zu hoch hinaufgestiegen ist, kann von dort nur noch herunterfliegen.

Ich kenne auch schöne Menschen, die dennoch das Gesicht verloren haben.

Dem Pferd schnallt man das Zaumzeug auf. Der Mensch legt es sich selber auf.

Sei beugsam! Sonst wird man dich beugen!

Es gibt kein Tor, das sich einem goldbeladenen Esel nicht öffnen würde.

Das Geld vergnügt und quält alle.

Hab ich keine Ehre, will ich wenigstens Geld haben.

A kapore gelt – abi der kowed is grojss.

kapóre (h. kapará = Sühneopfer), hier: nicht vorhanden! • *abí* (p. aby), wenn nur

As men sucht chale, ferlirt men derwajl doss brojt.

chále (h. chalá = Teighebe), sabbatliches Weißbrot, Eierzopf

As der kremer barechnt nit sajn krom, barechnt der krom dem kremer.

Zu di chuzpenikess gehert ojch der gan-ejdn.

chúzpenikess (v. h. chuzpá = Frechheit), Frechdachse

Farwoss tor an oreman nit essen kejn ssmetene? Wajl er is nit krank zu essn sojermilch.

ssmétene (p. smietana), Rahm

'ss is nit asoj gut mitn gelt, wi ess is schlecht on im.

Farwoss ruft men a rajchn kamzn «chasr»? Wajl ssaj fun im, ssaj fun a chasr kon men erscht hanoje hobn nochn tojt.

kamzn (h. kamzán), Geizhals • *chasr* (h. chasír = Schwein). Bei Slawen und Ostjuden bedeutet «Schwein» nicht Schmutzfink, sondern Geizhals • *hanóje* (h. hana'á), Vergnügen, Genuß

Ojb du wilsst poter wern fun a frajnt, bet baj im a gmilussch-essed oder laj im a gmiluss-chessed.

póter (h. patúr), befreit, entledigt • *gmíluss-chéssed* (h. gmilút-chéssed), Gefälligkeit, zinsfreies Darlehen

Woss krigt sich baj a porfolk? Der daless.

porfólk («Paar-Volk»), Pärchen, Ehepaar • *dálest* (h. dalút), Armut

Geld ist ein Dreck – wenn nur die Ehre groß ist!

Wenn man einen Eierzopf sucht, verliert man inzwischen das Brot.

Wenn der Krämer seinen Kram nicht berechnet, berechnet der Kram den Krämer.

Den Unverschämten gehört auch das Paradies.

Warum darf ein Armer keinen Rahm essen? Weil er nicht krank ist, und folglich Sauermilch essen kann.

Es ist nicht so gut mit Geld, wie es schlecht ist ohne.

Warum nennt man einen reichen Geizhals «Schwein»? Weil man sowohl von ihm wie vom Schwein erst nach deren Tod einen Genuß hat.

Wenn du einen Freund los sein willst, dann bitt ihn um ein Darlehen oder gib ihm ein Darlehen.

Was zankt sich bei einem Ehepaar? Die Armut.

Wilsst bajm mentschn sen a frajntlechn ponem – borg im hundert kerblech.

kérblech, Rubel (wegen des gekerbten Münzrandes)

Fil ssejchl macht alt, fil gelt – jung.

sséjchl (h. sséjchel), Verstand

Der karger besizt nit sajn farmegn, nor sajn farmegn besizt im.

Mit sajn gelt bagnigt sich kejner, mit sajn ssejchl bagnigt sich jeder.

Ess hot sich noch kejner nit beklogt, as ess feit im der kop oder di neschome.

neschóme (h. nschamá), Seele

A schtendiker groschn is besser fun a seltn kerbl.

kerbl, Rubel (wegen des gekerbten Münzrandes)

As an oreman hot chassene, hobn di hint ganze kep.

Wen frajt sich an oreman? As er farlirt un gefint.

A lange krenk is a sicherer tojt.

A matone git men, um jenem sich mekarew zu sajn, a nedowe – um fun jenem poter zu wern.

matóne (h. matanà), Geschenk • *mekárew* (h. m'karéjw), angenähert, angefreundet • *póter* (h. patúr), befreit, entledigt

Willst du beim Menschen ein freundliches Gesicht sehen – borg ihm hundert Rubel!

Viel Verstand macht alt, viel Geld – jung.

Der Geizhals besitzt nicht sein Vermögen, sondern sein Vermögen besitzt ihn.

Mit seinem Geld begnügt sich keiner, mit seinem Verstand – jeder.

Es hat sich noch keiner beklagt, daß es ihm an Verstand oder Seele fehle.

Ein ständiger Groschen ist besser als ein seltener Rubel.

Wenn ein Armer Hochzeit feiert, behalten die Hunde ganze Köpfe.

Wann freut sich ein Armer? Wenn er verliert und wieder findet.

Eine lange Krankheit ist ein sicherer Tod.

Ein Geschenk gibt man, um jemanden zu sich heranzuziehen, ein Almosen – um jemanden los zu werden.

A schusster gejt borwess.

Fun schmole lokschn hot men nit kejn brajtn hintn.

lokschn, Nudeln. Herkunft des Wortes unsicher.

A ssach mlochess – wejnik brochess.

ssach (h.), Summe, Menge • *mlóchess* (h. mlachót), Handwerke, Berufe • *bróchess* (h. brachót), Segen

Woss tojg doss bissl pojlisch, as men lost nit arajn zum poriz in hojf?

A lecheriker sak is kejnmol nit schwer.

As men nemt arop di ssmetene, blajbt di sojermilch.

ssmétene (p. smietana), Rahm; bildlich: Oberschicht

Der ojscher blost sich on – der oreman wert geschwoln.

Der dawnt hejss, ober schind di hojt kalt.

Der hot zufil gutss gemacht farn wojl fun der mentschhejt, kedej er sol hobn a rejn gewissn.

kedéj (h. k'dej), damit, um zu

Awess-achim is schtendik der jessod fun ssiness-achim.

áwess-áchim (h. ahawát-achím), Nächstenliebe • *jessód* (h. j'ssod), Grundlage, Fundament • *ssíness-áchim* (h. ssin'át-achím), Nächstenhaß

Wer ess ejlt sich zu libn, der ejlt sich ojch zu hassn.

Ein Schuster geht barfuß.

Von schmalen Nudeln hat man keinen breiten Hintern.

Viele Beschäftigungen – wenig Ertrag.

Was nützt das bißchen Polnischkenntnisse, wenn man in den Gutshof des Grafen nicht hineingelassen wird?

Ein löchriger Sack ist niemals schwer.

Wenn man den Rahm wegschöpft, bleibt die Sauermilch.

Der Reiche bläst sich auf – der Arme schwillt an (vor Hunger).

Der betet heiß, aber schindet die Haut kalt.

Der hat zuviel Gutes für das Wohl der Menschheit getan, als daß er ein reines Gewissen haben könnte.

Nächstenliebe ist immer das Fundament des Nächstenhasses.

Wer rasch zur Liebe bereit ist, ist auch rasch zum Haß bereit.

Ojch mentschn mit rejne hent hobn farmisstikte kep.

Ojch zum glajchn zil gejt men mit krume drochim.
glajchn, geraden • *dróchim* (h. drachím), Wege

Wer is nischt masskim zu tojschn sajn gewissn ojf parnosse?
másskím (h. masskim), einverstanden • *parnósse* (h. parnassá), Einkommen, Lebensunterhalt

Wifil krume wegn macht men – ej der men gefint dem glajchn!
éjder, bevor, ehe • *glajchn*, 1. gleichen, 2. geraden

Woss helft chochme, as doss narischkajt gilt.

Wen der bojre schel ojlom wil emezn baschtrofn, git er im dem ssejchel.
bójre schel ójlom (h. boré schel olám), Schöpfer der Welt • *émezn*, jemanden • *sséjchel* (h.), Verstand

As got wil emezn schtrofn, nemt er baj im zu dem ssejchel.
émezn, jemanden • *sséjchel* (h.), Verstand

Nit jeder krazt sich in kop, wajl er klert.

A ganzer nar is a halber nowi.
nówi (h. nawí), Prophet

Der halber emess is der geferlichsster lign.

Auch Menschen mit reinen Händen haben schmutzige Gedanken.

Auch das gerade Ziel erreicht man auf krummen Wegen.

Wer wäre nicht damit einverstanden, sein Gewissen für Geld einzutauschen?

Wieviele krumme Wege macht man, bis man den geraden findet!

Was hilft Klugheit, wenn die Narrheit regiert?

Wenn Gott jemanden bestrafen will, gibt er ihm Verstand.

Wenn Gott jemanden strafen will, nimmt er ihm den Verstand.

Nicht jeder kratzt sich deswegen am Kopfe, weil er nachdenkt.

Ein ganzer Narr ist ein halber Prophet.

Die halbe Wahrheit ist die gefährlichste Lüge.

Der woss wil nit denkn – is a fanatiker; der woss kon nischt denkn – is a schojte; der woss hot mojre zu denkn – is erger fun bejde.

mójre (h. morá), Furcht

Mit narischkajt alejn kumt men noch nit durch. Men darf noch a bissl chuzpe ojch.

chúzpe (h. chuzpá), Frechheit

Mit chitrekajt kon men doss lebn ibergejn, mit farschtand – nit schtendik.

chítrekajt (v. ukr. chitre), listig

Far a zap hot men mojre fun fornt, far a ferd – fun hintn, far a schojte – fun ale sajtn.

zap (p.), Ziegenbock

Fun lejdike fesser is der ljarem gresser.

A chochem hot asoj fil zu denkn, as er hot nit kejn zajt zu redn; a schojte hot asoj fil zu redn, as er hot nit kejn zajt zu denkn.

Der chochem zejlt sajne werter, der schojte – schit sej.

Ess is fil lajchter zu entfern ojf tojsnt kaschess fun tojsnt kluge, ejder ojf ejn kasche fun ejn nar.

káschess (h. kuschiót), schwierige Fragen, Fragen • *éjder*, bevor, eher, als

In redn is doss wichtiksste doss, woss men redt nit ojss.

Wer nicht denken will – ist ein Fanatiker; wer nicht denken kann – ist ein Dummkopf; wer Angst hat zu denken – ist ärger als beide.

Mit Dummheit allein kommt man noch nicht durch. Man braucht noch ein bißchen Frechheit dazu.

Mit Durchtriebenheit kann man das Leben durchstehen, mit Verstand – nicht immer.

Einen Ziegenbock fürchtet man von vorne, ein Pferd von hinten, einen Dummkopf – von allen Seiten.

Von leeren Fässern ist der Lärm am größten.

Ein Kluger hat so viel zu denken, daß er keine Zeit hat zu reden; ein Dummkopf hat so viel zu reden, daß er keine Zeit hat zu denken.

Der Kluge zählt seine Wörter, der Dummkopf – schüttet mit ihnen.

Es ist viel leichter, auf tausend Fragen von tausend Klugen zu antworten, als auf eine einzige Frage von einem Narren.

Beim Sprechen ist das Wichtigste das, was man nicht ausspricht.

Woss baj a nichternem ojf der lung, is baj a schikern ojf der zung.

Werter darf men wegn un nit zejln.

As men rimt a froj, as si is frum, is doss a ssimen, as si is nit schejn.

ssímen (h. ssimán), Zeichen, Beweis

Baj dem schajn fun a licht klajbt men sich nit ojss kejn diamentn un kejn frojen.

klajbt, klaubt, sucht aus

A schejner ponem brojcht kejn puder.

Machschowess brengn nit asoj fil ajn, wi gefiln kostn.

machschówess (h. machschawót), Gedanken

Ejn hor fun a mejdlss kop schlept schtarker wi zen okssn.

A geschlogenem hunt wajst men nit kejn schtekn.

As men wil schlogn a hunt, gefint men tomid a schtekn.

tómid (h. tamíd), immer

Los a hunt ojf der bank schpringn – schpringt er tejkef ojfn tisch.

téjkef (h.), sogleich

Ess senen do ssojdess, fun welche men wolt gor nit gewusst, wen sej woltn nit gewen kejn ssojdess.

ssójdess (h. ssodót), Geheimnisse

Was beim Nüchternen auf der Lunge, ist beim Betrunkenen auf der Zunge.

Worte muß man wägen und nicht zählen.

Wenn man an einer Frau rühmt, daß sie fromm ist, ist dies ein Zeichen, daß sie nicht schön ist.

Beim Schein einer Kerze wählt man weder Diamanten noch Frauen aus.

Ein schönes Gesicht braucht keinen Puder.

Gedanken bringen nicht so viel ein als Gefühle kosten.

Ein Haar von eines Mädchens Kopf zieht stärker als zehn Ochsen.

Einem geschlagenen Hund zeigt man keinen Stecken.

Wenn man einen Hund schlagen will, findet man immer einen Stecken.

Laß den Hund auf die Bank springen – springt er sofort auf den Tisch.

Es gibt Geheimnisse, von denen man nicht wüßte, wenn sie nicht Geheimnisse wären.

Schpajendik in der hojch – farschtel doss ponem.

Men sol nischt fregn dem rojfe, nor dem chojle.

rójfe (h. rofé), Arzt • *chójle* (h. cholé), Kranker

Woss tojg dir dajn tatnss jichess, as men schemt sich mit dir?

jíchess (h. jichúss), Adel, vornehme Herkunft

Wesst pamelech durch dajn lebn gejn – wet men dich ontrajbn. Wesst lojfn – wet men dir a fuss unterschteln.

pamélech (p. pomalo), langsam

Ess is gut, zu gefinen, besser zu gewinen, noch besser zu fardinen.

Tachrichim hobn nit kejn kescheness.

tachríchim (h. tachrichím), Leichengewänder • *késcheness* (p. keszeń), Taschen

A ligner mus hobn a gutn sikorn.

sikórn (h. sikarón), Gedächtnis

Wen a falscher mentsch git dir a kusch, solsst du bald iberzejln dajne zejn.

Saj nit kejn schefele zwischen mentschn, wajl scherer gefinen sich alemol.

Saj an ewed fun dem, woss hot kowed far dir, un saj a bal fun dem, woss schendet dich.

éwed (h.), Knecht • *kówed* (h. kawód), Ehre • *bal* (h. bá'al), Herr, Herrscher

Wenn du in die Höhe spuckst – verdeck dein Gesicht!

Man soll nicht den Arzt fragen, sondern den Kranken.

Was nützt dir deines Vaters vornehme Herkunft, wenn man sich deiner schämt?

Gehst du langsam durch dein Leben – wird man dich antreiben. Rennst du – wird man dir ein Bein stellen.

Es ist gut zu finden, besser, zu gewinnen, noch besser, zu verdienen.

Leichengewänder haben keine Taschen.

Ein Lügner muß ein gutes Gedächtnis haben.

Wenn ein falscher Mensch dir einen Kuß gibt, mußt du sogleich deine Zähne nachzählen.

Sei kein Schäfchen zwischen den Menschen, denn Scherer finden sich immer.

Unterwirf dich dem, der dich achtet, und behandle den herrisch, der dich erniedrigen will.

Bentsch gojml, as du hosst arojssgetrogen fun dem wiku'ech dem ejgenem kop.

bentsch (v. lat. benedícere), sprich einen Segensspruch, segne • *gojml* (v. h. gamól = vollenden); *gojml bentschn:* ein Dankgebet nach überstandener Gefahr sprechen • *wikú'ech* (h. wikúach), Disput, Auseinandersetzung

A kaz in hentschkess wet kejnmol nit chapn kejn majs.

Wen di kaz wolt gehat fligl, wolt kejn fojgl ojf der weit nit geblibn.

As di balebosste is a schlimesalnize, is di kaz a nascherin.

schlimesálnize (v. *schlemásel* = h. sch'lo masál = was nicht Glück ist), Schlampe

Jede schnur is a schtikl schwigr.

A gemachte machschejfe is arger fun a gebojrener.

machschéjfe (h. m'chaschejfá), Hexe

Wen gutharzikajt hot a gwul – is ka gutharzikajt nito.

gwul (h.), Grenze • *nitó*, nicht da

Der woss sogt, er wejss nit, wejss fil mer fun dem, woss sogt, er wejss alz.

A schiksse baj a row kon ojchet passkenen schajless.

schíksse (v. h. schékez = Abscheu), gewöhnliches nichtjüdisches Mädchen, auch Dirne oder Dienstmagd • *pásskenen* (v. h. pssák = Gerichtsentscheid), entscheiden • *schájless* (h. sch'elót), Fragen, hier: rituelle Anfragen

Mit fremde zejn kon men nit kajen.

Sprich ein Dankgebet, wenn du aus dem Disput den eigenen Kopf gerettet hast.

Eine Katze in Handschuhen wird niemals Mäuse fangen.

Wenn die Katze Flügel hätte, würde kein Vogel auf der Welt übrig bleiben.

Wenn die Hausfrau eine Schlampe ist, ist die Katze eine Nascherin.

In jeder Schwiegertochter steckt ein Stücklein Schwiegermutter.

Eine gewordene Hexe ist ärger als eine geborene.

Wenn Gutherzigkeit eine Grenze hat – dann ist sie keine Gutherzigkeit.

Der, welcher sagt, er wisse nicht, weiß viel mehr als der, welcher sagt, er wisse alles.

Eine christliche Magd bei einem Rabbiner kann auch rituelle Fragen entscheiden.

Mit fremden Zähnen kann man nicht kauen.

Men kon nit tanzn ojf zwej chasseness, men kon mit ejn «sajtschet mojchl» sizn ojf zwej schtiln.

«sájtschet mojchl» (v. h. mochéjl = Verzeihender), verzeiht bitte! Der Ausdruck ist auch eine scherzhafte Umschreibung für den Hintern

Wer ess jogt sich noch a gut masl, antlojft fun mnuche.

masl (h. masál = Gestirn, Geschick), Glück • *mnúche* (h. mnuchá), Ruhe

Der selber schturmwind, woss lescht ojss a klejn rajer, blost ojf a grojssn flam.

Ojf schwarzer erd waksst wajsse twu'e.

twú'e (h. twuá), Getreide

Di gute mentschn lernen fun di schlechte mer wi di schlechte fun di gute.

Went hobn ojrn, un fil ojrn hobn went.

Mit der baschejdnkajt barim sich nit, wajl si farlirt ir majless.

májless (h. ma'alót), Vorzüge

Di jugent schpajst sich mit dimjojness, di elter – mit sichrojness.

dimjójness (h. dimjonót), Träume, Phantasien • *sichrójness* (h. sichronót), Erinnerungen

Winsch schtendik nor doss gute, doss bejse kumt fun alejn.

Ess schpirt nit der fojgl di masse fun sajne fligl.

másse (h. massá), Gewicht

Man kann nicht auf zwei Hochzeiten tanzen, aber man kann mit einem Hintern auf zwei Stühlen sitzen.

Wer dem großen Glück nachläuft, entläuft der Ruhe.

Derselbe Sturmwind, der ein kleines Feuer löscht, bläst eine große Flamme auf.

Auf schwarzer Erde wächst weißes Getreide.

Die guten Menschen lernen von den schlechten mehr als die schlechten von den guten.

Wände haben Ohren, und viele Ohren haben Wände.

Rühme nicht deine Bescheidenheit, denn sie geht dadurch verloren.

Die Jugend nährt sich von Träumen, das Alter von – Erinnerungen.

Wünsch ständig nur das Gute! Das Böse kommt von allein.

Der Vogel spürt das Gewicht seiner Flügel nicht.

A wogn rut sich op winterzajt, a schlitn – sumerzajt. A ferd rut sich kejnmol nit op.

Baj a gans kojft men nit kejn hober.

Saj der lezter bajm ibergejn a tif wasser.

A hun is gut zu essen banand – ich un di hun.

Farwoss hot a mite zwej schtangn un a chupe – fir? Wajl in a mite bagrobt men nor ejnem, un unter a chupe – zwej.

míte (h. mitá), Bett, Totenbahre • *chúpe* (h. chupá), Traubaldachin

A ganz jor schiker, purim nichter.

púrim (h. purím = Lose), Purimfest. Wird lustig mit Trinkgelagen gefeiert

Besser zu hobn fajnt, sej soln mekane sajn, ejder zu hobn frajnt, sej soln rachmoness hobn.

mekáne (h. mekané), neidisch • *éjder*, bevor, eher als • *rachmóness* (h. rachmanút), Erbarmen, Mitleid

Tojsnt frajnt senen zu wejnik far a mentsch, un ejn ssojne is zu fil.

ssójne (h. ssoné), Feind

Ess is fil gringer zu gefinen zen schgijess bajm zwejtn, ejder baj sich ejnem.

schgíjess (h. schgiót), Fehler • *éjder*, als

Ammajsstn faln mentschn nit, wajl sej senen zu schwach, nor wajl sej haltn sich far zu schtark.

Ein Wagen ruht im Winter aus, ein Schlitten im Sommer – ein Pferd ruht niemals aus.

Bei einer Gans kauft man keinen Hafer.

Sei der letzte beim Überqueren eines tiefen Wassers.

Ein Huhn ist gut zu zweit zu essen – ich und das Huhn.

Warum hat die Totenbahre zwei Stangen und der Traubaldachin vier? Weil man auf der Totenbahre nur einen begräbt, unter dem Traubaldachin – zwei.

Das ganze Jahr betrunken – Purim nüchtern.

Besser von Feinden beneidet als von Freunden bemitleidet.

Tausend Freunde sind für einen Menschen zu wenig, und ein einziger Feind ist zu viel.

Es ist viel leichter, beim andern zehn Fehler zu finden, als bei sich selber einen einzigen.

Meist fallen die Menschen nicht, weil sie zu schwach sind, sondern weil sie sich für zu stark halten.

Nit schtendik is doss schejne gut, ober schtendik is doss gute schejn.

Der ergsster tojber is der, woss wil nit hern, der ergsster blinder – woss wil nit sen.

Ojch gesunt kon onschtekn.

Nit alz woss ich se fun der wajtnss, is fremd, nit alz woss ich halt in der hant, is majnss.

Nicht immer ist das Schöne gut, aber immer ist das Gute schön.

Der schlimmste Taube ist der, der nicht hören will, der schlimmste Blinde – der nicht sehen will.

Auch Gesundheit kann anstecken.

Nicht alles, was ich in der Ferne sehe, ist fremd, nicht alles, was ich in der Hand halte, ist mein.

Glossar

Verzeichnis der in unserem Text am häufigsten vorkommenden jiddischen Wörter und ihre Erklärung

apikójress, pl. *apikórssim* (h. apikoráss = Epikuräer), Ketzer, Freidenker.
as (d.), als, daß, wenn.
awáde (d. a = ein + h. wadáj = sicher), sicher, gewiß.
balebóss (h. bá'al-habájit), wörtl. Hausherr. Familienvater.
bess-médresch (h. bejt-hamidrásch), wörtl. Lehrhaus. Im J. immer zugleich Bethaus. Im Bess-médresch beteten im allgemeinen nur die Männer, die dort zugleich die religiöse Bibliothek benützten, um vor oder nach dem Gebet ein wenig zu studieren. Da es in den kleinen Städtchen des Ostens keine Cafés gab und das Wirtshaus nur aus einem Schnapsausschank für die Bauern bestand, war das Bess-médresch zugleich der Treffpunkt für die Männer, wo sie plauderten, bei kleinen Festanlässen einen gemeinsamen Imbiß einnahmen, und wo Fremde oder Studenten mitunter auch auf den Bänken nächtigten.
bócher, pl. *bócherim* (h. bachúr, bachurím), Jüngling. Im J. oft in der Zusammensetzung *‹jeschíwe-bócher›,* Student an der *jeschíwe* (s. d.). Bocher kann auch = Junggeselle sein, ganz unabhängig vom Alter. Da Heirat bei den Juden ein religiöses Gebot ist, brachte man dem Junggesellen eine gewisse Verachtung entgegen. Und alte Jungfern gab es im traditionsgebundenen Osten nicht: die Mädchen wurden immer verheiratet.
chapn (p. chapać), packen, ergreifen.
chássene (h. chatuná), Hochzeit, Heirat. *‹chássene machn›* = verheiraten.

chóchem, pl. *chachómim* (h. chachám, chachamím), klug, der Kluge, der Weise.
chóchme (h. chochmá), Weisheit.
chóssid, pl. *chassídim* oder *chssídim* (h. chassíd, chassidím), der Fromme. Als ‹Chassidim› bezeichneten sich auch mystische Sektierer sowohl in Deutschland im Mittelalter, wie auch seit dem 17. Jahrhundert im slawischen Osten. Der Chassidismus des Ostens zeichnet sich andern jüdisch-mystischen Strömungen gegenüber durch seine naive Volkstümlichkeit und Wundergläubigkeit aus. Nur der Chassidismus kennt und anerkennt einen Rabbi, der nicht in erster Linie ein großer Schriftgelehrter, sondern eher ein Tröster der Unglücklichen und ein Heiliger ist.
chóssen oder *chóssn, pl. chassánim* (h. chatán, chataním), Bräutigam. cf. *chássene.*
éfscher (h. efschár), vielleicht.
éjder (d.), ehe, bevor.
émess (h. emet), Wahrheit, im J. auch adjektivisch: wahr.
épess (d. = etwas): ‹*farwóss épess*› = ‹warum nur?› ‹*épess a rébe*› = ‹so etwas wie ein Rabbi›.
gábe (h. gabáj), früher Steuereinnehmer und Verwalter der Armenkasse der Kultusgemeinde. Heute nur noch ehrenamtlicher Synagogenvorstand. Bei den Chassidim ist der Gabe auch = Manager und Sekretär des Wunderrabbi.
gan-éjdn (h. gan-éden), Garten Eden, Paradies.
gánew, pl. *ganówim* (h. ganáw, ganawím), Dieb, Gauner, ‹Ganef›. Davon *genéjwe* (h. g'néjwa), Diebstahl.
gehénem (h. gej-hinóm), Tal Hinnom, Hölle.
gemóre (h. g'mará v. gamór = vollenden). Das Wort wird von manchen gleichbedeutend mit Talmud (s. d.) gebraucht und von andern nur für den spätern Teil des Talmud, der in die (frühere) Mischna und die (spätere) Gemara zerfällt.

jeschíwe (h. j'schiwá), wörtl. Sitz. Im J. immer nur = Talmudhochschule. Es gab – und gibt auch heute – an der Jeschiwa keinen eigentlichen Abschluß. Man kann beliebig lang weiterstudieren. Künftige Rabbiner besuchten meist eine Jeschiwa, doch bekamen sie ihre Approbation nicht durch irgendeine Art von Abschlußprüfung, sondern durch einen andern, bereits approbierten Rabbiner, der die Kenntnisse prüfte, ohne zu fragen, wie und wo sie erworben worden waren. Da die Studenten an der Jeschiwa oft sehr arm waren, aßen sie bei den Bürgern der betreffenden Stadt *«teg»* = Tage, d. h. sie waren an bestimmten festen Wochentagen während des ganzen Semesters zu den Mahlzeiten eingeladen. Der Jeschiwe-Bocher übernachtete oft auf den Bänken der Jeschiwe und mußte oft regelrecht hungern.

Jissró'ejl (h. jissra'ejl), sowohl Land wie auch Volk Israel.

kále, pl. *káless* (h. kalá, kalót), Braut, auch Schwiegertochter.

kále-mejdl = präsumptive Braut; Mädchen, das als Braut in Frage kommt und auch als solche vorgeschlagen wird.

kásche (h. kuschiá), wörtl. Schwierigkeit. Im J. immer = Frage, und zwar meist eine schwierige Frage in rituellem Zusammenhang.

kehíle oder *kíle* (h. k'hilá), Gemeinde. Gemeint ist immer nur die jüdische Kultusgemeinde.

kejn (d.), 1. = kein, 2. nach (Richtung), vermutlich von d. ‹gegen›, ev. von h. ‹kan› = hier.

klésmer, pl. *klesmórim* (h. klej-sémer = Musikinstrumente), J. nur = Musikant. Das Wort ist ähnlich gebildet wie im D. ‹Schildwache›.

klern (d. = klären), durch Nachdenken klären. Gleichbedeutend mit *‹trachtn›* (d. = trachten).

kóscher (h. kaschéjr), wörtl. rein, tauglich. Rituell erlaubt. Übertragen: korrekt.

lebn, 1. neben, 2. Leben. Oft im Zusammenhang mit Namen: *Jankl-lebn.* Dieses angehängte Leben bedeutet entweder den Wunsch, daß der Betreffende lange leben möge, oder vielleicht auch, daß er dem Sprecher so teuer ist wie das eigene Leben.
léjnen oder *léjenen* (v. altfranz. lejre), lesen.
mágid (h. magíd = der Sprecher), Wanderprediger. Meist ein eher ungebildeter Mann, der volkstümliche Predigten vor allem für die Frauen hielt.
mázze, pl. *mázzess* (h. mazzá, mazzót), Brotfladen aus ungesäuertem Teig. Die Juden feiern ihr Osterfest (Pessach) zur Erinnerung an den Exodus aus Ägypten. Damals reichte vor der Flucht die Zeit nicht aus, das Brot für den Proviant anzusäuern. Darum essen die Juden noch heute zur Osterzeit 8 Tage lang an Stelle von Brot ungesäuerte Fladen: Mazzes.
melámed, pl. *melámdim* (h. melaméjd, m'lamdím), Lehrer. Im J. immer nur der Elementarlehrer für Hebräisch, und zwar für Knaben. Der Unterricht begann im 5., manchmal schon im 3. Lebensjahr, und Schrift und Sprache wurden direkt aus dem hebräischen Bibeltext beigebracht. Der Melamed wurde schlecht besoldet und seine Bildung war beschränkt.
meschúge (h. m'schugá), verrückt, ‹meschugge›.
mlúche (h. mluchá), Königsherrschaft, Regierung.
nébich, ein mitleidig-herablassender Ausruf, über dessen Etymologie die Philologen sich nicht einigen können. Vorgeschlagen werden unter anderm deutsche («nie bei Euch!»), slawische (p. nje bożе = bei Gott nicht!) und hebräische (nawúch = gedrückt) Ableitungen.
nógid, pl. *negídim* (h. nagíd, n'gidím), reich, der Reiche.
oremán (d.), armer Mann.
plúzlung, plúzem, plötzlich.
pónem, pl. *pénemer* (h. paním = Gesicht, Oberfläche. Im H. ist das Wort bereits eine Pluralbildung, an die aber im J. noch

einmal eine d. Pluralendung = er angehängt werden kann), Gesicht. «*a ponem*» = es ist offenbar, es scheint.

póriz, pl. *prízim* (h. paríz, parizím = Wegelagerer, Gewalttäter), j. nur = Gutsherr, Graf, vornehmer Herr. Die Herleitung des Wortes ist soziologisch interessant.

Rabbi, reb, row etc.: alle diese Wörter kommen von h. raw = viel, mächtig; ein vornehmer Herr. *Row* (h. raw), Rabbiner. *rébbe* (h. rabbí), ‹mein Herr›, mein Rabbi. *Reb:* immer nur im Zusammenhang mit einem Namen, z. B. ‹*reb* Jankl›. Hier ist die Bedeutung von *web*› auf ‹Herr› zusammengeschrumpft, und zwar bis zu einem solchen Grade, daß man sagen kann: ‹*der* row *reb Jankl*› = der Rabbiner Herr Jankl. *Rabojssaj* (h. rabotáj), meine Herren! – Die polnische Form ‹*rábin*› wird im J. gleichbedeutend mit rébe (Rabbi) benützt, dagegen bezeichnet im J. die aus dem D. übernommene Form «*rabíner*» einen Reformrabbiner, dem der Witz neben mangelnder Frömmigkeit meist auch ungenügende Kenntnisse vorwirft. – Der chassidische Wunderrabbi wird in der direkten Ansprache ‹*rébe*› genannt, spricht man dagegen von ihm, dann nennt man ihn ebenso oft statt ‹*der rébe*›: ‹*der zádik*› (s. d.). Kinder – nicht aber erwachsene Männer – nennen auch den Melamed ‹Rébe›.

schábess (h. schabát), Sabbat. Der Sabbat beginnt, wie die meisten Feiertage der Juden, am Vorabend. Am Sabbat ist fast nur geistige Arbeit erlaubt. Körperliche Anstrengung muß auf ein Minimum reduziert werden. Die Vorschriften sind sehr genau. Unter anderm ist auch Schreiben und Rauchen verboten, letzteres, weil es das Entfachen einer Flamme voraussetzt, und Anzünden und Löschen von Feuer ist am Sabbat untersagt. Man läßt das gewöhnlich von Nichtjuden besorgen, und zwar auf Grund einer Dauerabmachung. Denn es ist auch verboten, am Sabbat den Befehl zu einer verbotenen Arbeit zu erteilen, und sei es auch an einen Nichtjuden. Die Dauerabmachung ist ein Trick, im Grunde eine Gebotsumgehung. – Dagegen ist jede körperliche Hantierung auch am höchsten Feiertage erlaubt, wenn es gilt, Menschen aus Lebensgefahr zu retten.

schádchen, pl. *schadchónim* (h. schadchán, schadchaním), Heiratsvermittler. Da es früher in den gutbürgerlichen Kreisen der Ostjuden keine freie Ehewahl, sondern nur die vermittelte Ehe zwischen Partnern aus passenden Familien gab, spielte der Berufsschadchen eine große Rolle.

schámess (h. schamásch), Diener. Im J. immer = Synagogendiener.

schíker (h. schikór), betrunken, ‹schiker›.

schíksse, dazu die männliche Form: *schégez* (v. h. schékez = Abscheu, Greuel), grober Ausdruck für gewöhnliches nichtjüdisches Mädchen, auch Dienstmagd oder Dirne.

schóchn, pl. *schchéjnim* (h. schachéjn, schchejním), Nachbar.

schójte (h. schoté), Dummkopf, ‹Schaute›.

schólem aléjchem (h. schalóm alejchém), Friede mit Euch! Üblicher Gruß, auch im Arabischen (salem alejkum).

schul (d. Schule). Gemeint ist im J. nie die eigentliche Schule, sondern die Synagoge, wobei aber zu beachten ist, daß die männlichen Juden in ihren Beträumen immer auch religiöse Schriften zu studieren pflegten. ‹Religiöse Schriften studieren› heißt im J. = ‹lernen›.

ssach (h.), Summe, Menge, im J. auch adjektivisch: *a ssach* = viel.

ssójcher, pl. *ssóchrim* (h. ssochéjr, ssochrím), Kaufmann.

tajtsch, wörtl. «deutsch», Sinn, Bedeutung. *Fartajtschn* = erklären, deuten. – Die j. Sprache wurde von den Juden anfangs mit der deutschen Sprache in eins gesetzt. Stieß man in den hebräisch und aramäisch abgefaßten religiösen Schriften auf eine schwierige Stelle, dann diskutierte man sie in j. Sprache. *Tajtschn* oder *fartajtschn* bedeutet daher nicht nur durch Übersetzung, sondern vor allem durch Deutung verständlich machen.

táke (p. tako), so, also, wirklich, dennoch etc.
tálmud (h. talmúd = Lehre), nachbiblische Lehren, die zunächst mündlich überliefert und im Jahre 500 n. Chr. endgültig kodifiziert wurden. Der Talmud enthält Kommentare zur Bibel, Angleichung von Bibelgesetzen an die Exilumstände, juristische und religiöse Debatten, Erbauliches, Sagen.
teg essn, «Tage essen». Ein großer Teil der Talmudstudenten, der Jeschiwe-bocherim, war sehr arm. Stipendien gab es keine, dafür aber pflegten die Bürger der betreffenden Stadt sich zu verpflichten, einen oder einige Studenten an bestimmten Wochentagen das ganze Semester hindurch bei sich zu verköstigen. Der Student pflegte dann bei den betreffenden Hausherren *«teg essn»,* wie der feste Ausdruck hierfür hieß.
to (p.), da, das, also, nun.
tómer (h. tomár = du wirst sagen), häufig gebrauchter Ausdruck in der talmudischen Debatte, der zunächst nur den Einwand des Gegners als mögliches Gegenargument vorwegnimmt. Später im J. nur noch = vielleicht.
táte (p. tata = Papa), Vater. *Táte-máme* (Vater-Mutter), Eltern.
tschólent (altfranz. chauld = warm). Da die Juden am Sabbat kein Feuer anfachen dürfen, mußten sie am Sabbat entweder kalt essen – was man aber an einem Festtag nicht gern tut – oder Speisen erfinden, die in einem schon Freitag angeheizten Ofen bei sachter Wärme bis Sabbat Mittag garschmoren. Schon der Talmud kennt Speisen dieser Art und bezeichnet sie aramäisch als ‹*chamin*› (h. cham = warm).
wós-sche oder *wósche* (d. was + p. że = also, denn), was also.
zádik, pl. *zadíkim* (h. zadík, zadikím), 1. der Gerechte, Heilige, 2. feste Benennung für den chassidischen Wunderrabbi.
zi (p. czy), ob.
zóre, pl. *zóress* (h. zará, zarót), Sorge, Kummer.

Nachwort

Während Jahrzehnten sammelte Salcia Landmann jüdische Witze, jüdische Anekdoten, jüdische Weisheiten und Sprichwörter. Sie fand alte Quellen und Schriften über diese seit der Zeit des Dritten Reichs grösstenteils untergegangene Kultur. Ihre Sammlungen haben sie berühmt gemacht. Ihre Sammlungen haben aber auch Echo ausgelöst: Viele Leser und Zeugen der alten Kultur, versprengt durch das Schicksal über die ganze Welt, traten mit ihr in Kontakt und steuerten aus ihrem Wissens- und Erinnerungsschatz zu den weiteren Auflagen ihrer Sammlungen bei.

Vor rund einem Jahrhundert, am 18. November 2011, wurde Salcia Landmann in Zolkiev, im Osten der Donaumonarchie geboren. Seit 1914, der Zeit des Beginns des Ersten Weltkrieges, lebte sie mit ihren Eltern in der Schweiz in St. Gallen. Die kriegerischen Ereignisse und der Untergang der KuK-Monarchie hatten die von der Familie geplante Rückkehr in die alte Heimat verunmöglicht. So wurde aus dem vorübergehenden Aufenthalt ein ganzes Leben. Die Schweiz war Salcia Landmann neue Heimat seit ihrer Kindheit geworden. Auch geistige Heimat, die ihr die Freiheit gab zu schreiben, zu forschen, zu reden, auch wenn es nicht dem Mainstream entsprach.

Salcia Landmann studierte in Paris und Berlin zunächst Jurisprudenz, dann Philosophie und Kunstgeschichte. Ihren Doktortitel erwarb sie mit einer wissenschaftlichen Arbeit über Husserl, Scheler und Heidegger. Das war allerdings ihre letzte philosophische Arbeit. Geprägt durch die politischen und geistigen Umbrüche in Europa, nach welchen sie das Studium in Basel zu Ende führen konnte, wandte sie sich anderen Themen zu:

Vor allem in ihrer Zeit in Berlin während des Studiums zu Beginn der Nazizeit, aber auch in der Zeit der Begegnung mit den vielen Emigranten aus Deutschland in Basel und später in St. Gallen zur Zeit des Zweiten Weltkriegs, war sie dem jüdischen Witz, der jüdischen Anekdote und der jüdischen Weisheit auf die Spur gekommen und hatte deren Wert schätzen gelernt. Witze waren geeignet in kürzester Form, mitunter zynisch und schlagkräftig, mit ihrer Pointe Probleme herauszuheben und zu analysieren, für die sonst lange Traktate nicht einmal ausgereicht hätten. Aber der jüdische Witz und die jüdische Anekdote hatten etwas Besonderes: Da war einerseits der Background von vielen Jahrhunderten jüdischer – vor allem talmudischer und rabbinischer – Weisheit, andererseits die Konfrontation mit der Situation des jüdischen Volkes, zerstreut über die ganze Welt, wobei vor allem Osteuropa sich zu einem Zentrum der jüdischen Anekdote und der jüdischen Weisheit entwickelt hatte. Die Diaspora, die immer wieder auftretenden Verfolgungen und Ausgrenzungen gegenüber jüdischen Bevölkerungsgruppen, der Überlebenswille, der nie von Rebellentum geprägt war, sondern schon eher von Solidarität und Patriotismus gegenüber den Staaten, in denen sie lebten, die Gewaltlosigkeit und grundsätzlich Wehrlosigkeit dieser Menschen, die über alle Wirrnisse ihre Tradition und ihre intellektuelle Leistungsfähigkeit kultivierten, all das hat dem Witz und der Anekdote wie auch den Sprichwörtern und Weisheiten der Juden ein ganz eigenes Folio verliehen. Salcia Landmann nahm Sigmund Freuds Aussage, dass der Witz die letzte Waffe der Wehrlosen sei, auf und sah sie in besonderem Masse im jüdischen Witz und der jüdischen Anekdote bestätigt.

Die Anekdote ist sozusagen die domestizierte Form des Witzes. Während der Witz mit seiner Pointe und mitunter seinem Zynismus das Leben erträglicher machen kann, macht die Anekdote sozusagen die Geschichte erträglicher. Sie enthält die Weisheit vieler Jahrhunderte. Sie schreibt die Weisheit mitunter berühmten Figuren zu. Sie ist nicht verletzend. Sie ist eine Ruhepause auf dem Weg, wie eine willkommene Sandbank für den Langstreckenschwimmer oder eine Oase für denjenigen, der die Wüste durchquert. Die Anekdote widerspiegelt Gestalten, widerspiegelt Weisheiten, widerspiegelt Lebensumstände wie die religiöse Welt, die geistige Welt, die rabbinische Welt aber auch die kaufmännische Welt und das Leben in all seinen Dimensionen. Mündliche und schriftliche Überlieferung haben hier etwas Einzigartiges entstehen lassen. Und Salcia Landmann ist es gelungen, dieser einzigartigen Kultur nicht nur ein Denkmal zu setzen, sondern sie lebendig zu bewahren.

Kulturelles zu bewahren, Werte zu erhalten und sich für ungerechtfertigt Verfolgte einzusetzen war auch in ihrem übrigen Leben ein Ziel von Salcia Landmann. Sie hatte seit ihrer Kindheit und gerade während der Zeiten der grossen Umbrüche der beiden Weltkriege die schweizerische Demokratie und den liberalen Rechtsstaat schätzen gelernt. In ihren Schriften und in ihren vielen Vorträgen setzte sie sich für die Grundsätze der westeuropäischen Demokratie ein. Couragiert trat sie gegen Tendenzen auf, die Werte der Demokratie und der Freiheit zu bagatellisieren. Für sie war es der Blick in die Geschichte, der Blick in die Kultur, der Blick gerade auch in untergegangene oder grossteils zerstörte Kulturen, der es möglich machte, wirkliche Werte und Freiheiten zu schätzen.

Am 16. Mai 2002, 90-jährig geworden und schriftstellerisch aktiv wie eh und je, verstarb Salcia Landmann in St.

Gallen. Salcia Landmann wusste es wie kaum jemand anderer, dem Leser bisher unbekannte Welten näherzubringen. Wer zu einem ihrer Bücher greift, wird das immer wieder tun, mit einem Schmunzeln, einem Lachen, nachdenklich oder vielleicht gar mit einer Träne im Auge. Salcia Landmann verstand es, Kultur unterhaltend zu machen, und das war ihr Weg, die Türen für den Leser nicht nur eine Spalte, sondern weit für einen leichten, mühelosen Eintritt zu öffnen.

Zürich, 9. Dezember 2010

Valentin Landmann
Dr. iur. Rechtsanwalt